光文社文庫

長編推理小説

ヴィラ・マグノリアの殺人

若竹七《なな》海《み》

光　文　社

目次

〈登場人物〉

三島《みしま》芙由《ふゆ》	ヴィラ・葉崎マグノリア　一号棟の住人
三島亜矢《あや》・麻矢《まや》	芙由の双子の娘たち
中里《なかざと》澤哉《たくや》	四号棟の住人・塾の教師
岩崎《いわさき》 晃《あきら》	同じく、中里の友人
松村《まつむら》健《けん》	五号棟の住人・ファミリーレストラン店長
松村朱実《あけみ》	同じく、健の妻
入江《いりえ》 菖子《しょうこ》	六号棟の住人・翻訳家
鬼頭《きとう》典子《のりこ》	七号棟の住人・古本屋〈鬼頭堂〉経営者
鬼頭時子《ときこ》	同じく、典子の母
牧野《まきの》セリナ	八号棟の住人・ホテル南海荘のオーナー
伊能《いのう》 渉《わたる》	九号棟の住人・中古車販売会社経営
伊能圭子《けいこ》	同じく、渉の妻
十勝川《とかちがわ》レツ	十号棟の住人
角田《つのだ》港大《こうだい》	ハードボイルド作家
角田弥生《やよい》	港大の妻
児玉《こだま》剛造《ごうぞう》	児玉不動産社長
児玉礼子《れいこ》	剛造の妻
花岡《はなおか》みずえ	児玉不動産社員
南《みなみ》 小百合《さゆり》	セリナの元姑・ホテル南海荘のシェフ兼共同経営者
ロバート・サワダ	ホテル南海荘の菓子職人
駒持《こまぢ》時久《ときひさ》	葉崎警察署警部補
一ツ橋《ひとつばし》初美《はつみ》	葉崎警察署巡査部長

※お断りするまでもありませんが、神奈川県に葉崎《はざき》という市はありません。江ノ島《えのしま》あたりが突然隆起して、ものすごく細長い半島ができあがりでもしないかぎり、これからも存在しないでしょう。作品中には鎌倉《かまくら》や藤沢《ふじさわ》といった地名が出てきますが、これも架空のものとお考え下さい。舞台の位置関係は事件の謎とはなんの関係もありません。（筆者）

〈ヴィラ・葉崎マグノリア〉見取り図

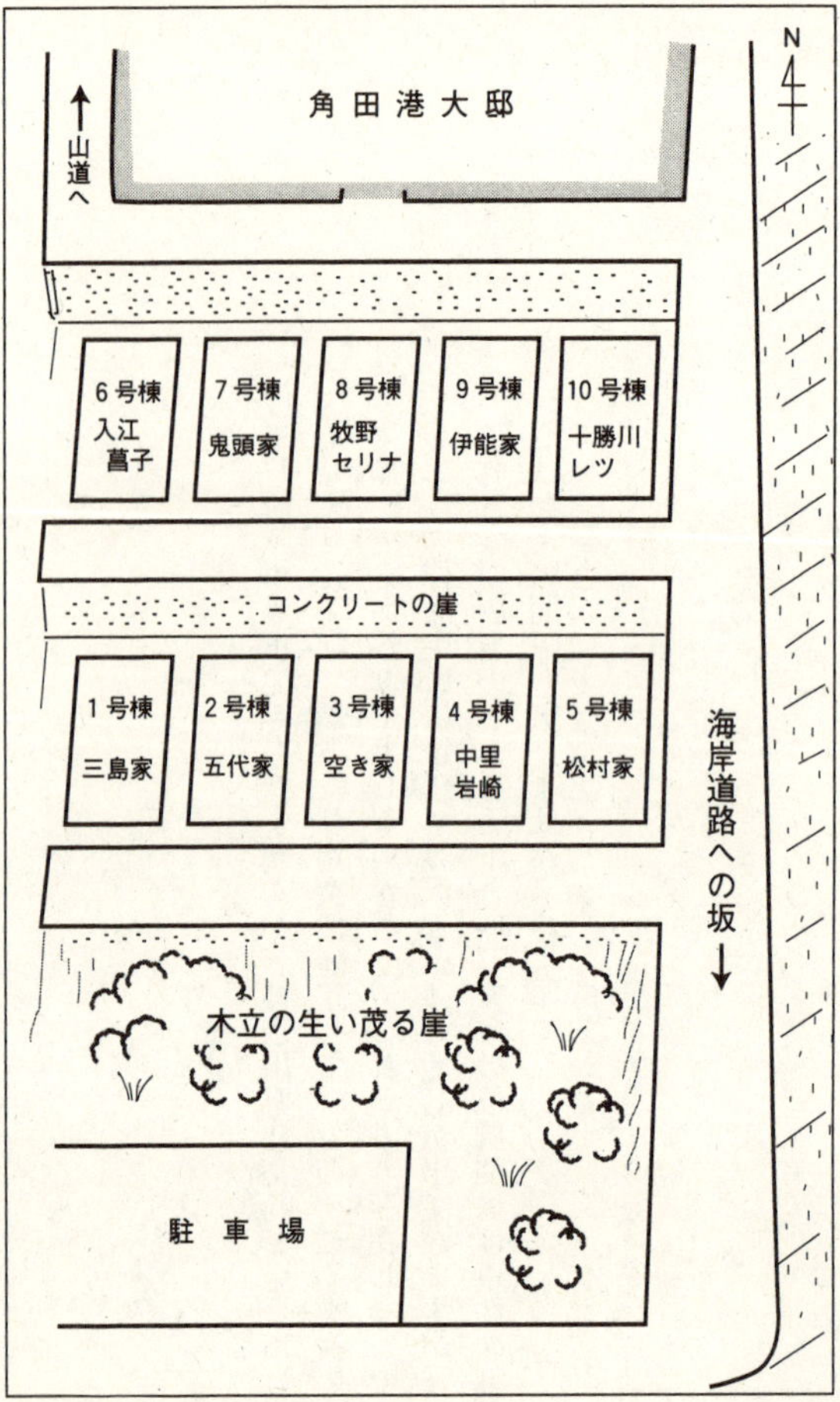

第1章　男が死んでいる

1

車から降り立つ寸前、くしゃみの発作《ほっさ》が児玉礼子《こだまれいこ》を襲った。礼子は同乗の若い夫婦に詫《わ》びを言いかけたその口で、またしてもくしゃみを連発し、コーチのショルダーバッグからすでに湿ったハンカチを取り出して、鼻をおおった。

まったく、いまいましいったら。十月に入って急に下がった気温のおかげで、このざまだ。

「おまえは流行にはとんと縁がないくせに、病気だけは先取りするなあ。四十の坂を越したんだから、身体《からだ》には気をつけなくちゃ」

出がけに夫は礼子をそうねぎらった。そのくせ、自分は仲間と釣りだとさっさと出かけてしまったのだ。夫はいつも口ばっかりだ。にもかかわらず、友人や店の従業員たちの間では愛妻家の評判をとっているのが腹立たしい。なにが愛妻家なもんですか、病気してもおかゆひとつ作ってくれたことがないのに。本当に優しい男だったら、口には出さずに態度で示してくれるはずよ。たとえば、角田港大《つのだこうだい》先生みたいに……。

駐車場には何台もの車が停められていた。一番右端がその角田家のスペースで、いつもだったらたいそう値の張る外車が三台はあるはずが、今日は一台だけ姿が見えず、カバーシートがだらしなく丸めて置いてあった。それ以外のスペースに駐車されているのは燃費のいい小回りのきく国産車ばかりで、ひどくバランスの悪い駐車場に見えた。礼子は隣に停めてある、白いコルサのドアをぞっとして眺《なが》めた。くしゃみの勢いでドアをぶつけ、傷をつけてしまったらしい。持ち主が気づかないといいのだけれど。

「駐車場はここをお使いになれます。坂道は行き止まりになっていますから、車は入れません。そのほうがいいですよ、迷い込んでくる車が少なくて」

無理に明るくしゃべりかけると、若い夫婦は曖昧《あいまい》にうなずいた。夫のほうは真っ黒に日焼けしてアロハシャツ、妻はセットに一時間は費やしたような髪型をしている。ふたりとも勤め先が藤沢《ふじさわ》だとか。礼子は内心で溜息をついた。大抵の場合、夫婦の主導権を握っているのは妻のほうだ。海好きの夫はこの物件を気に入るだろうが、妻はきっと反対する。彼らがこの物件を買うことはないだろう。

児玉不動産は、この葉崎《はざき》一帯の不動産の売買管理を一手に引き受けている。礼子の夫、児玉剛造《ごうぞう》社長はやり手ではないし、見かけはごついが人柄は温厚そのもので、お客の心をつかむべを心得ている。おまけに景観の良い葉崎は、近隣の鎌倉、逗子、葉山あたりが金持ちに占拠し尽くされた今となっては、なによりもその安さで、どうしても海の側に住みたい人々に強くアピールしていた。だからこのご時世に、児玉不動産はまずまずの売り上げを続けていた。しかし、児玉不動産にも泣きどころはある。礼子が若い夫婦に見せようとしている物件こそが、まさにそれだった。

坂道の下から、斜面の途中に建つ十軒の家が見えた。真っ白い壁、深い青色の屋根、窓枠は薄いブルーに塗られた家々が、緑の樹々の間からのぞけている。さながらそれは銀行のカレンダーのような美しさで、仏頂面《ぶっちょうづら》だった妻が少し頬を緩《ゆる》めた。

「海からこの家が見えたんですよ。こんなきれいな家に住めたらいいなあって、思ったんだ。空《あ》いてたなんて、ほんとついてた」

夫が意気揚々と言い出した。礼子はむずむずする鼻をおさえ、悲しそうに彼を見た。あきらめてさっさと帰ってくれたらいいのに。

「二階の窓から見る海は、きっと素晴らしいよ」

夫婦は礼子の背後で手をつないだ。礼子は黙って坂道を登りながら、三か月前、ここへ来たときのことを思い出していた。あのときは良かった。物件もこのやっかいな〈ヴィラ・葉崎マグノリア〉じゃなくて、旧前田《まえだ》邸だったんですもの。おまけにお客はハードボイルド作家の角田港大夫妻!

角田先生はトレードマークのレイバンのサングラスをかけ、アクアスキュータムのトレンチコートを羽織っておられた。そして眉間にしわを刻みながら、しびれるような低い声でこうおっしゃったっけ。

「失礼、児玉さん。この壁の下のほうに開いている穴はなにかな」

「それ実は銃弾のあとなんですの。なんでも日中戦争の頃に、徴兵を逃れるために前田家の息子のひとりが自分の脚に銃弾を撃ち込もうとしたんだそうです。でも、いざとなったら怖くて手が滑っちゃって、それでそんな穴が」

「そうですか。よかった、シロアリじゃなくて」

角田先生の声ってほんとに素敵だったわ。礼子はうっとりと思い返した。それにユーモアもおありだし。奥様のほうは、色黒のなんだか冴えないひとだったけど。ああいうむっつりした感じの女は、家のなかでは口うるさいに決まってる。かわいそうな角田先生、だから小説のなかではいかにも女性らしいヒロインをお書きになるのだわ。あんな豪邸をぽんとお買い上げになるくらい稼いでらっしゃるんだから、もっと優しくしてさしあげなくちゃ。わたしが妻だったら、きっとそうするのに。……そうだ、せっかくここまで来たんだから、ちょっと挨拶に寄ってみてもいいんじゃないかしら。もしかして、ちょっとだけなら。なにかお困りのことがあるかもしれないし。

またくしゃみが出た。頭のてっぺんから爪先まで振動したおかげで我に返り、礼子は玄関の鍵を回しながら夫婦に向かって説明を始めた。

「ここが三号棟です。見た目はこぢんまりした家ですけど、中は案外に広いんですのよ。その脇を通って裏に回ると、裏口入ってすぐが浴室になっていますから、ご夫婦で海を楽しまれたあとも家を汚さずにすみます。外には大きな物置もありますから、サーフボードや釣りの道具なんかをしまっておくにも便利でしょう。玄関ホールも広く設計してありますから、暑い夏の日なんかゴザ敷いて寝転がることだって、やろうと思えばできますわ」

礼子は作り笑いを浮かべながら扉を広げ、さあ、どうぞ、と夫婦を振り返った。夫婦はぽかんとして家のなかを見、続いて礼子の顔を見ると、じりじりと後退《あとずさ》り始めた。あらまあ、と礼子は思った。これまでも多くの客がこの家を下見した。話が決まらない場合のほうが多かったが、それは家そのもののせいではなかった。家はしっかり建てられているし、内装もなかなかおしゃれに作られていた。家を一目見て気に入らなかった客は、今回が初めてだ。まさか、それこそシロアリが大発生したのでは。礼子は不安になって家の中を見た。

男が寝転がっていた。宣伝通り、いかにも広々とした玄関ホールに、両手両足を投げ出して転がっていた。

彼は、どう見ても死んでいた。

2

「やっぱりそうなのね」

女の目は強く輝いていた。俺は目をそらした。本気になっている女の目をまともにのぞきこむような男は、長生きできない。特に、この類《たぐい》の女は危険だった。危険すぎた。

「やっぱり、そうだったのね」

「やめてくれ。忘れたほうがいい昔だってある」

「忘れられない昔だってあるわ」

強い北風が俺の頬をかすめ、女の前髪を巻き上げた。俺は危険を冒すことにした……

牧野《まきの》セリナは「うえっ」と「ぐえっ」がまぜこぜになったような声音を発し、勢いよく『失われた挽歌《ばんか》』を閉じた。信じらんない、と彼女は思った。ここまで都合のいい女をでっちあげて、作者は恥ずかしくないのだろうか。十五年も昔の男のことを執念深く想い続けていて、ドアが開くたびに後頭部を一撃されて気を失うようなまぬけ男の胸に飛び込むような女なんて。作者の角田港大ってのはひょっとして、ばかなんじゃないの。それとも妄想野郎か。

女ってのは、もっと現実的でタフなものだ。昔の男なんてものを、未練たらしく抱え込んでいるような女が仮にいたとしても——まあ、日本だけで六千万人も女がいるのだから、そういう珍獣が存在しないとはかぎらない——、十五年も続きはしないわ。

でなきゃ、あたしが変みたいじゃない。

セリナはぼんやりと視線を宙にさ迷わせた。それからぶるぶるっと頭を振り、断固とした足取りで二階のベランダに出て道を見下ろした。本に集中できなかった理由はもうひとつあった。先刻から、外からさかんにくしゃみと話し声が聞こえてきていたのだ。セリナはそれが気になって仕方なかった。

五軒の家並みと林の向う側に、海岸道路が見えた。夏のシーズン中は常に渋滞していて、たまに無謀なドライバーが抜け道と勘違いして坂道をあがってきては、行き止まりに気づき、方向転換もままならずに泣きべそをかくのを眺めるという楽しみを与えてくれる。十月七日のいまは、日曜日であるにもかかわらず、車も少なく静かだ。

道路を下って砂浜。さらにその先は海。秋の海は黄色みを帯び、午前の若い太陽の下でちらちらと揺れている。潮騒がなんとも心地よく耳に響いた。この二年半あまり、毎日毎日セリナは感謝していた。こんな素晴らしい景色を自分のものにできるなんて。これほどの景色を与えてもらったのだから、海からの風で家が砂だらけになろうが、アンテナが錆びつこうが、台風が正面からぶつかってこようが、すべて耐えられる。神様、そして保険金をたっぷり残してくれた夫よ、どうもありがとう。

セリナの住んでいる家は、〈ヴィラ・葉崎マグノリア〉という、全部で十軒からなる建売住宅の八号棟だった。

もともとこの葉崎山一帯は、前田家という地主の持ち物だった。前田家は江戸時代に、どこぞの大名の愛妾《あいしょう》だった〈木蓮《もくれん》の方《かた》〉とその子から始まった家柄だと言われている。神奈川県の海岸から急に小高く盛り上がった山の中腹には、昭和初期に前田家の別荘が建築され、その後六十年あまりにわたってこの富裕な一族だけがみごとな景観を独り占めしていた。しかし十数年前、九十五歳になる前田しづという婆さんが死んだときから、前田家の葉崎からの撤退が始まった。時、あたかもバブル景気のまっただなか。相続税はとてつもない金額にのぼり、あとを継いだ長男は、別荘の下の斜面に数軒の家を建てて売り、税金を払うことを思いついた。別荘そのものを売り払うという案は、そのときは却下された。維持費が莫大《ばくだい》だという理由で、税金がずいぶん免除されると税理士が言ったからだ。バブルがはじけたあと、長男はその税理士を首にした。

斜面は切り取られ、家の背後の崖は間違っても崩れ落ちたりしないように、コンクリートでがっちり固められた。あまりにも素っ気ない眺めになったので、その前に低い竹垣がしつらえられ、各戸に一本ずつ、前田家の故事にちなんで木蓮が植えられ、外見を整えられると〈ヴィラ・葉崎マグノリア〉は売り出された。〈海の見える、贅沢な、あなただけの〉といった文字が広告に躍った。値段も五千万円台と割りあいに安かった。十軒のなかに入るべく、多くのひとが抽選に殺到した。購入できた人々は運の良さを盛んに吹聴《ふいちょう》した。

ところが、じきに入居者は意外な落とし穴に気づくことになった。交通の便である。広告には、鎌倉まで一時間、藤沢まで一時間二十分、ロマンスカーを接続すれば新宿《しんじゅく》まで二時間半の通勤圏内、とうたわれていたが、実際にはその倍以上の時間がかかった。理由は単純で、バスの便が朝に二本、夜に二本しかない。海岸道路は都市の手前で慢性的な渋滞に陥っている。学校も幼稚園も、葉崎山を越えて歩けば片道四十分はかかる。海岸道路に面している店は、魚屋とさびれた八百屋、それに小さなホテルがあるだけで、洗剤ひとつ買うにも山を越えねばならなかった。

学齢期に達した子どものいる家族は、早々に引き払っていった。病人を抱える家もそうだった。なにしろ救急車が到着するのに、ラッシュ時には下手をすると三十分もかかるのだ。藤沢や鎌倉に勤めを持つ一家も消えていった。

おかげで本来なら、山の斜面全体にあと五十ほどの建売住宅を作り、商店やバスの便を増やすという計画は、住民が居着かないことと資金繰りの悪化によって、一晩たった綿飴《わたあめ》のようにあとかたもなく消えてしまった。それから十年、入居者は猫の目のように移り変わり、いまの住人のほとんどがセリナと同じく海が好きで、多少の不便に目をつぶることができ、どんどん値の下がっていくこの住宅を手放すこともできない、あまり金を持たない人間にかぎられていた。

セリナは海に見とれるのをやめ、潮風に冷やされた頬をこすりながら、もっと卑近な眺めに心を移した。

十軒の家は、五軒ずつの二列になっていた。セリナの八号棟は上のほうの中央にある。斜面に建てられているから、前の五軒が眺めや日当たりを邪魔するわけではない。人間心理というのはおかしなもので、六号棟から十号棟までの、山側の住人は自分たちを〈上〉、それ以外を〈下〉と呼んでいた。逆に一号棟から五号棟までの、海側の住人たちは自分たちを〈前〉、そうでない家々を〈後〉と呼んでいる。

現在空き家になっている三号棟の近くから、くしゃみと話し声は響いているようだ。きっと不動産屋が客を連れてきたのだろう。家の陰になって誰も見えないが。

そのとき一号棟の二階の北側の窓が開いて、同時にふたつの顔がぴょこんと現れ、にかっと笑って消えた。髪型から八重歯まで瓜ふたつの顔、三島芙由《みしまふゆ》の双子の娘たちだ。三島芙由は葉崎市役所に勤める公務員だ。この建売住宅がぴかぴかの新築だったころからの住人で、三年前から母子家庭と聞く。夫がいなくなったいきさつについては諸説ふんぷんたるものがあるが、子どもも本人も明るくて感じがいい。

九号棟の伊能圭子《いのうけいこ》が坂道を下っていくのが見えた。子どもを連れ、右手で外車のキーをこれ見よがしに振り回しながら。おおかた、鎌倉あたりでショッピングとランチの優雅な時間をすごそうというのだろう。夫の伊能渉《わたる》は中古自動車の販売会社の社長で、海岸道路沿いに巨大な店を持っていた。毎日のように窓を開けたまま派手な夫婦喧嘩を展開するので、あまりありがたくないお隣さんだ。

それを言うなら右隣、七号棟の鬼頭《きとう》家もこのところ喧嘩が絶えない。六十歳になる時子《ときこ》とその娘、典子《のりこ》のふたり住まいだ。典子は山を越えた葉崎北町で〈鬼頭堂《きとうどう》〉という古本屋を経営している。見た目はおとなしくて読書家、勉強家でもあり、セリナは〈鬼頭堂〉に足を運ぶたび感心している。こんな片田舎でどうやって、と思うほど品揃えがいいのだ。医学書を中心にしているが、ミステリやユーモア小説も充実していて、児童書のコーナーには仁木悦子《にきえつこ》や佐々木《ささき》邦《くに》までもがずらりと並んでいる。畑違いの本でも注文すればとりよせてくれる親切さから、経営は順調とみえて、去年の暮れにコミック専門の二号店をオープンした。ところが時子は娘に金より孫をもうけてもらいたくて仕方がない。毎日のようにお見合いを勧めては、大変な抵抗にあっているのだ。

毛玉だらけのセーターに身を包んだ時子が庭に出て、ひとり言を呟きながら秋ナスをもいでいるのが見えた。セリナは慌てて目をそらした。

三島家の隣、二号棟には五代四郎《ごだいしろう》・フジ夫妻が住んでいる。引退した中学校校長という五代四郎はこのヴィラの十軒で自治会を組織立て、その会長におさまりたい、という野心を持っている。なにかというとつまらない回覧板をまわしてよこし、どんな出来事にも必ず口をはさむ。

最近では、『裏ビデオのビラを入れないでください　葉崎警察署』と書かれた悪趣味なシールをもらってきて勝手に各家庭の郵便受けに貼りつけてまわり、騒ぎをひき起こしたばかりだ。

妻のフジのほうは毒にも薬にもならない性格だが、子どものころに読んだ『赤毛《あかげ》のアン』に手ひどく影響され、隠居生活を送る今、〈ご近所のキルトとお茶の会〉を結成しようとやっきになっていた。目下《もっか》のところ標的にされているセリナは、針を刺したのが原因で敗血症にかかり、指を落とした友だちをひとり、でっちあげることに決めていた。

〈ヴィラ・葉崎マグノリア〉の住民たちは、首都圏の、どこの町の建売住宅地でもみられるような寄せ集めの集団だし、他人から干渉されるのを嫌うものが多かった。ただし、土地の不便さがある程度の結束をもたらしてはいた。台風が来れば、いやおうなしに住民たちは助けあわざるをえなかった。が、そのことと他人の生活にずかずか入り込むのとはまったく別の問題だ。上下、あるいは前後にかかわらず、シール事件以降、住民たちは二派に分かれた形になっている。

例えば、とセリナは思った。〈上〉の一番奥、六号棟に一人で住んでいる翻訳家、入江《いりえ》菖子《しょうこ》などはシールに真っ向から反対した。十号棟の、やはり独り暮らしの猛烈老婦人・十勝川《とかちがわ》レツや、四号棟のふたり組、岩崎《いわさき》晃《あきら》と中里《なかざと》澤哉《たくや》も、反五代派だ。でも、この三人は、ただ騒ぎを面白がっているにすぎないのかもしれない。

ちょうどそのとき、前の小道を目を充血させた入江菖子がふらふらと歩いてくるのが見えた。セリナは軽く手を振り、お返しに歯をむき出したような笑顔をもらった。夜間仕事に励み、朝になると眠り込む菖子が、この時間に外を歩いている理由はただひとつ。徹夜で仕事をあげ、ポストにほうり込んだ帰りなのだろう。

「仕事、終わったんですか」

「終わった、終わった。全部で千二百枚、翻訳日数のべ四か月の大作がね。わたしゃ当分、アルファベットと分厚い長編なんぞ、見たくもないわ」

「おめでとうございます。祝杯をあげたいでしょ」

「美容院に行ってからね」

菖子は白髪まじりのぼさぼさ頭を振り立てて笑い、しゃがれた声で言い足した。

「とにかくまずは睡眠だな。でも、五時か六時頃行くから、席とっておいてもらえない？」

セリナは承諾の印に手をあげた。元・全共闘の闘士だったという出所不明の噂があるが、ふだんの彼女を見るかぎり、とても信じられない。いつもきりりと背筋を伸ばし、ツイードのジャケットを着ているから、お茶とリネンと馬をこよなく愛する英国の田舎のマダム風に見える。もっとも先だっての対五代戦で、往年の姿（？）をちらとかいま見せた。

五代の味方になったのは、五号棟の松村《まつむら》朱《あけ》実《み》だけだったな、とセリナはちらと五号棟の屋根に目をやった。朱実は一言で言えば頭の働きが鈍く、とんちんかんな言動の多いトラブルメイカーだ。

「あら、だって」

朱実はうぶ毛の多い丸顔に、困惑の表情を浮かべて言いはなったものだ。

「変なちらしを入れられるのは、誰だって嫌なんじゃありません？」

「許可なく他人のものに手をふれるな。これは鉄則だよ。シールを貼りたきゃ、最初にそう言やあよかったんだ。もっとも、言われても断わったけどね」

「あら、どうして？　だって、あれっていいことなんでしょう」

菖子が説明の言葉に窮して、フリーズした顔を思い出し、セリナは思わず笑みを浮かべた。

小道の菖子が寒そうに身震いしてなにか言いかけた、そのときだった。

「ねえ、いまのなんですか」

セリナは耳をそばだてた。菖子はつまらなそうに周囲を見回し、

「なにって、くしゃみでしょ」

「くしゃみ？　悲鳴じゃなかったですか」

「くしゃみだよ」

「そうかなあ」

その言葉が終わらぬうちに、派手なくしゃみが響き渡った。その合間に、なにやら呪いの叫びが聞こえてくる。アロハシャツの男と若い女性が坂道を転がるように駆け出していくのが木立ちのあいまにちらと見え、ついで児玉不動産の社長夫人がくしゃみと悲鳴を交互に発しながら飛び出してきてベランダのセリナに気づき、激しく両手を振り回し始めた。

「なに？」

小道の菖子が振り返る。児玉礼子は慌てて坂をあがり、菖子に向かって大きな身ぶり手ぶりをしながらくしゃみを連発した。

「なんだ、ありゃ。寒さでいかれたんだろうか」

菖子は啞然として礼子を眺めていたが、ややあって呟《つぶや》いた。

「なにか、あったんじゃないですか」

「なにかって、なにが。連れてきた客が家に火でもつけて逃げたのか。だとしたら、不動産屋がやらせたんだと思うよ。あそこの不動産会社、このヴィラを疫病神《やくびょうがみ》って呼んでるそうだから」

「だとしたら、延焼の心配をしたほうがいいんじゃないかしら」

「彼女の頭の中身の心配をするほうが先決じゃないか」

言いあっているうちに、鬼頭家の時子、十勝川レツ、伊能渉が顔をのぞかせた。児玉礼子はなにか言おうとしてはくしゃみに遮《さえぎ》られ、ついには小道にしゃがみこんでしまった。一同は顔を見合わせ、遠巻きに話しあった。

「風邪をひいたのね」

「今年のインフルエンザは下手をすると脳炎になるらしいですよ」

「まあ、たいへん。早く病院につれていってあげなきゃ」

だが誰もが伝染を怖れ、礼子から五メートルほど距離をとり、立ち止まったままだ。

やがて意を決したように、鬼頭時子が礼子に近寄って肩に手をかけた。

「大丈夫ですか」

途端に時子は顔面にくしゃみのしぶきを浴び、悲鳴をあげて逃げ出した。

3

変死体発見を知らせる一一〇番通報が地元・葉崎警察署に入ったのは、十月七日日曜日、午前十時十三分のことだった。電話を受け取ったのは通信班の三笠六郎《みかさろくろう》巡査だったが、通報の内容を把握するのに丸々十五分間を要した。それは、こんな具合に始まったのだ。

「はい、こちら警察です。どうしましたか」

「あのう、警察ですよね」

「そうです。なにかありましたか」

「救急車を呼ぶっていうのも考えたんだけど、でも、みんなが警察のほうがいいって言うから――でも、あたしは救急車を呼ぶほうがいいんじゃないかって思うんだけどさ」

（背後で、なにやら女のわめく声）

「そちらはどなたですか。怪我人でも出たんですか」

「いえ、名前はわかんないの」

「はあ？」

「それに、怪我人じゃないって、言うし」

「あなたのお名前は」

「え、あたし？　あたしのことなんか聞いてどうするの」

「それでは、怪我をされた方のお名前はわかりますか」

「怪我じゃないって言うんだよ。脳炎だって言うひとならいるんだけど」

「脳炎？　日本脳炎ですか」

「さあ、あたし医者じゃないし。でもここは日本だし、国産の脳炎だと思うんだけど、最近海外旅行をしたかどうか聞いてあげようか」

「つまり病人なんですね。救急車の手配をしますが、あなたのお名前は」

「あたしの名前はどうでもいいじゃない。ジャンケンに負けて仕方なく電話番にされたんだから」

「これが悪戯《いたずら》電話ではないことを確認しておきたいんです」

「やだね。だからあたし、電話番なんか嫌だったのよ。空き家に転がってるってひとのほうを、見に行きたかったのに」

「空き家に転がってるひと？　それが怪我人ですか」

「脳炎の言うには、死人だって話なんだけど」

「はい？　誰が言ったんですって？」

「だから、脳炎よ。本当の名前は児玉さんっていうんだけど、風邪ひいてくしゃみがひどくて、脳炎だってみんなが」

「児玉さんですね。下のお名前は」

「なんだったかな……不動産会社のひとだから、たまに会うけど名前まではちょっとね。それほど親しいわけじゃないし」

「児玉不動産の社長ですか。彼が脳炎でしかも怪我をしてるんですね」

「ちがうの。奥さんのほう。それに、怪我は別のひと。ああ、ちがう、怪我じゃなくて死人だって言ってる」

「誰が言ってるんですか」

「だから、児玉さんが」

「その児玉さんが、死人を発見したっていうんですね」

「あたしが見たわけじゃないから。電話番にされちゃったんだもの。きっと怪我してるだけなんじゃないかしら」

「怪我を。それを児玉さんが見たんですね」

「玄関に寝てたんですって。で、息がないんですって。でも、あたしの思うに……」

「で、あなたはいったい、どこの誰ですか」

「あらやだ、言わなかったかしら。ヴィラの十勝川よ」

「びぃらのとかちがわ？　失礼ですが、どこが名字なんですか」

「もちろん、十勝川よ。おまわりさん、あんたヴィラなんて名前が日本にあるとでも思ってるの？　ヴィラっていったら、ほら——あら、忘れちゃったわ。ええと、ここの正式名称、なんていうんだったっけ」

三笠巡査は小学校四年生の通信簿に「粘り強さと忍耐強さはクラス一です」と書いてもらったことがあった。それは彼の人生において、いまのところ唯一の誉め言葉であり、心の支えでもあった。そして、このときほどその言葉を頼みにしたことはなかった。

電話が終わると、彼は署内全部署に通じるスピーカーに向かった。葉崎西町一丁目五番地〈ヴィラ・葉崎マグなんとか〉（十勝川レツは結局全部は思い出せなかった）の三号棟にて、変死体が発見された。至急現場に向かわれたし。

人口三万五千人の海辺の市・葉崎において、犯罪のシーズンはもっぱら夏にかぎられていた。近隣の市町村や東京などから家族連れや若者たちがどっと押し寄せるからである。したがって、葉崎の犯罪の検挙方法の大部分は、きわめてシンプルなものだった。1・パトロールで未成年者の喫煙や不純異性交遊、交通違反、喧嘩、違法場所での花火を探す　2・現行犯逮捕するである。

夏にはほかにも、酔っ払いに窓を割られた商店主がかんかんになって一一〇番してくるとか、賽銭箱《さいせんばこ》がこじあけられるとか、死に至る傷害事件や、レイプされた女の子が泣きながら警察署に飛び込んでくる、などというひどい事件もないわけではない。最近では四季を問わず、強奪事件や窃盗《せっとう》事件もひっきりなしだったが、大事件に発展する例は少なかった。もっとも三年前には、中国からの密航者を満載した船が台風で座礁《ざしょう》し、陸地まで泳ぎ抜こうとして途中で力尽きた密航者数名を、十メートル以上の荒波のなかから救助する、というたいへんにスペクタクルな活動も行なった。このときは七時のNHKニュースにとりあげられて、署員一同繰り返し自分たちの勇姿をビデオで確認、大いに士気を高めたものだった。

だが、平和なはずの秋に、こともあろうに日曜日に、住宅地での変死事件とは！

現場に向かう車のなかで、駒持時久《こまぢときひさ》警部補はおおいに不機嫌だった。海釣りの最中に呼び出されたのだ。彼は吉田茂《よしだしげる》と信楽焼《しがらきやき》の狸《たぬき》を足して二で割ったような顔をしかめて後部座席にそっくり返り、何度も同じことを繰り返していた。

「浮浪者が空き家に入り込んで寒さで死んだんだよ、賭けてもいい」

隣のシートの一ツ橋初美《ひとつばしはつみ》巡査部長は、そのたびに同じ返事をした。

「ぼくが受けてたちますよ。十月にしちゃ寒いけど、死ぬほどじゃないですよ」

やがて、警察無線が変死体の様子を伝えてきた。西海岸派出所の警ら係が二名、自転車で先に現場に到着し、検分の準備に入ったのだ。無線情報はかなり混乱していた。鑑識を呼べ、応援を呼べ、いや監察医が先だ。どう都合よく解釈しても、死体はただの自然死ではないようだった。駒持はますます不機嫌になった。

「今日は結婚記念日なんだよ。どうして毎年結婚記念日になると事件が起こるのか、と母ちゃんに聞かれるんだが——どうしてか、俺が聞きたいよ」

「呪われた結婚記念日なんですね」

忠実な部下は心から気の毒に思ってそう呟いたが、なぜか思い切り膝を殴られるはめになった。

葉崎西町へ出るには、葉崎山を大きく迂回しなくてはならない。海岸道路に出てからは、目的地まで左手に海を見ながらまっすぐだ。このところの寒さにもかかわらず、海には派手なウエットスーツを着込んだ人影が、ちらほら見受けられた。駒持警部補は鼻を鳴らして言った。

「一ツ橋よ。おまえさんはこのあたりの出身じゃなかったな」

「ええ、違いますよ」

「だが、あいつら、おまえさんと同じくらいの年齢だろ。教えてくれ。なんでこんな寒いのに、海になぞ入るんだ？」

一ツ橋は答えなかった。彼は東京の郊外、新国市《しんくにし》で生まれ育ち、大学に入って初めて神奈川の住人となった。卒業後警察に入ったが、箱根《はこね》、小田原《おだわら》の警察署に勤務し、去年の秋に、葉崎警察署に配属されたばかりだった。いつでも海で遊べる、と彼はこの配属替えを感謝したものだった。ところが実際には、葉崎警察署にとって夏ほど忙しい時期はない。楽しそうに海で遊ぶ人々を横目に交通整理や犯罪の後始末に忙殺される毎日。秋でもいいから、海に入りたくなる気持ちは痛いほどよくわかるのだ。

ヴィラ・マグノリアの坂道は、すでに車であふれかえっていた。パトカーは坂の下に誘導された。駒持警部補は重量感のある身体を坂道の下に置き、上を見あげてむっとしたように言った。

「思い出したぞ。ヴィラなんとか言うから気づかなかった。疫病神じゃねえか」

「なんですか、疫病神って」

「児玉不動産の社長が文句ばかり言っているんだ。売れてもすぐにひとが出ていってしまうから、そのつど内装をやり直して、手数料を貰ってもひきあわないんだと」

児玉社長と駒持警部補が釣り仲間だということを、一ツ橋は思い出した。第一発見者がその夫人だということも。だが、彼はつつましく黙った。運よくそのとき、顔見知りの巡査が彼らに気づき、駆けつけてきた。

「状況は。どうなってる」

「先ほど、監察医の三浦《みうら》先生がお見えになりました。中でいま検分中ですが、他殺の疑いが濃いようです」

「おまえさん、見たのかその死体」

「はあ」

巡査は緊張ぎみに答えた。駒持は大儀そうに坂道を登りながら、周囲を見回した。坂の途中に黄色いロープが張りわたされ、そこから好奇心をみなぎらせた顔がいくつものぞいていた。若い女性がひとり、六十歳はすぎていそうな婦人がふたり、中年男がひとり、そしてどこかで見たことがあるようながっちりした体格の男と、その妻らしい色黒の女性。坂の途中で、ふたりの同僚の刑事が、半ばヒステリックになっている中年女性をなだめながら話を聞いている。

駒持は問題の三号棟のまえで、大きく息を吸った。ほんの二十メートルたらずの坂を登っただけで息が切れたことを、周囲に悟られたくないのだ。一ツ橋は思わず笑みを押し殺して、彼が動き出すのを待った。玄関に入って、死体を見た瞬間、深呼吸したのは正解だったと思った。

駒持は無表情に死体を眺め、一ツ橋に言った。

「どうだ？」

「……完全に死んでますね」

「それで？」

「間違いなく、他殺ですね」

死体は両手両足を投げ出した形で、転がっていた。男であることはわかるが、あとのことはなにもわからない。顔が完全につぶされていたからだ。本来顔があるべき場所は、陳腐な形容をすれば、熟れすぎたザクロのようだった。よく見ると、手も黒く染まっている。一ツ橋は昼食前だったことをご先祖様に感謝した。

「一目見ただけで、間違いなく、なんて言葉を使うんだから、素人《しろうと》は羨《うらや》ましいね」

死体の向こう側にかがみこんでいた監察医の三浦が立ち上がり、そっけなく言った。

「他殺じゃないっておっしゃるんですか。この死体を見て？」

「ああ、確かに顔をつぶされてる。指もだ。前頭部に大きな傷があるから、恐らく死因はこれだろう。だが事故かもしれん」

「事故？　これが？」

「死因は事故で、あとから死体に悪戯しようと思いついたのかもしれんじゃないか」

「先生、あんたサスペンスドラマの見すぎだよ。もっと監察医らしくしてもらいたいもんだね」

駒持警部補の顔を、三浦医師はじろりと眺めあげた。

「ほう、どんなふうに」

「例えば、死後どのくらいたっているかとか、そういうことを診《み》てくれよ。あとの仕事は警察がする」

「死後二、三日はたっているだろうな。もっと詳しく知りたかったら、この場でホトケさんの肛門に体温計をつっこんでみるが？」

「葉崎医科大学で司法解剖をしてもらう。で？　他にわかったことは」

「頭蓋骨の傷からして、凶器は鈍器《どんき》だな。死体が動かされた形跡は今のところ見当たらない。たぶん、ここで死んで、ここで顔をつぶされたんだろう。だが、殺したにしろ、顔をつぶしたにしろ、作業のわりにゃ周囲の床には血痕が少なすぎる」

「そりゃいったい、どういうことだ？」

「それは鑑識班の仕事で、私の仕事ではない」

三浦医師はさっきの仕返しをしたつもりらしい。駒持はじろりと医師をにらみつけ、妙に甘ったるい鼻声をだした。

「なあ、三浦の友吉《ともきち》ちゃんよ。俺たちは生まれたときからのつきあいだよな。おたがいのことなら、なんでも知ってる。たとえば、きみが花屋のハナちゃんに……」

三浦医師は激しく咳払いをした。

「つまり、そのなんだ、私が言いたかったのは、まだはっきりしたことが言える段階ではないが、この男が死んでから顔や指がつぶされるまでに、かなりの時間があったのではないか、ということだ」

「かなりって、どのくらい」

「この三日ほどの寒さを考えると、一昼夜というところだろう。な？　私の言いたいことがわかっただろう。ことによると、殺した人間と顔や指をつぶした人間とは、別かもしれんということだ。ひょっとすると、殺した人間は存在しなかったかもしれない。すべって転んで頭をぶつけたのかも……」

「というとなにか。この男がどこかで頭を打ち、歩いてここまでやってきて、死んだあと自分で自分の顔や手をつぶしたか、さもなきゃ通りがかりの人間につぶされたとでも言いたいのか。ふざけるなよ、三浦先生。これは、殺しだよ」

それだけ言うと、駒持は黙りこくった。一ツ橋はふたりの会話から死体へと注意を戻した。顔からできるだけ目をそらし、それ以外の身体つきから、あれこれ考えてみる。まだ若い男だ。身長は一メートル六十五センチといったところか。小柄で痩せ型。色が黒い。着ているものは、安売りショップで見受けられそうなコットンのブルゾンにジーンズ、それにTシャツ。素足にこれまた安物のスニーカーを履いている。この寒いのに靴下なしとは、と一ツ橋は思い、メモをしておく。持ち物から身元を割り出すのは大変な作業になりそうだ、と考えて、気がついた。

「そういえば、歯はどうなんですか」

三浦医師は目をぱちくりした。駒持がぱちんと指を鳴らす。

「そうだよ、身元といったらまず歯じゃないか。歯はどうなんだ、三浦先生」

「ちゃんと調べてあるさ。抜歯が三本。虫歯が二本あるが、どちらも処理してない」

「抜歯って?」

三浦医師は、ぐちゃぐちゃになった顔面の口の部分に無造作に指を入れ、ほれ、とこじ開けて見せた。たちまち駒持警部補の顔から血の気が引き、一ツ橋の胃がでんぐりかえった。

「この右の上の犬歯。それから下の左側の第二小臼歯と、同じく下の右側の第一大臼歯が抜かれたままになっている。ほら、ちゃんとよくのぞきこんだらどうだ」

「……いやけっこう。医師としてのおまえさんを信用することにする。しかし、それじゃものがよく嚙めんだろうに。なぜほうっておいたのかな」

「これは私の勘だがね、歯の方面から調べても、この男の身元は知れないのじゃないだろうか。金がなく、ひょっとすると健康保険にも入っていないかもしれないからな」

三浦医師は指を死体の口からずるりと引き抜いた。かち、と歯が嚙みあう小さな音がして、ついに一ツ橋は現場から飛び出していった。

第2章　刑事が聞き込む

1

児玉不動産の社長夫人は、くしゃみとヒステリーの発作を交互に起こしていた。駒持警部補は一ツ橋巡査部長に顎をしゃくった。駒持警部補は仕事を与えることこそが、相手に対する愛情表現だと信じていた。彼は周囲の人間をひたすらこきつかった。部下であれ、上司であれ、妻であれ。

一ツ橋はやむをえず夫人をなだめにかかったが、効果は見られなかった。彼女がヒステリーをおさめようとすればするほど、くしゃみがひどくなっていくのだ。

「もうしばらくお待ちになってはいかがですか、刑事さん」

一ツ橋はこの横やりを内心、歓迎した。この家の主、牧野セリナが見かねて児玉礼子を自宅に招き入れ、ついでに事情聴取に訪れた一ツ橋たちにもリビングを提供してくれたのだ。彼女は濃くいれたほうじ茶を礼子の前に置き、刑事たちには香り高い玄米抹茶を供した。それから分厚い膝掛けを礼子の膝にかけ、ティシューの箱を彼女の側に引き寄せ、自分も椅子に腰を下ろした。

「なんでしたら、児玉さんが落ち着かれるまで、私が知っている範囲のことをお話ししましょうか。もっとも、あまりお役にはたてないでしょうけど」

一ツ橋は駒持警部補をちらりと見やった。彼は居心地よさそうにソファに身を預け、いかにもうまそうに茶をすすっている。

「では、お願いしましょうか。牧野セリナさん、でしたね」

「そうです。この家を買って二年半ほどになります」

「それ以前のお住いは」

「杉並《すぎなみ》にいました。三年前に夫が死んで、保険金が入ったんです。大した額じゃありませんけど、葉崎に住居を求めていたのと、ちょうど売りに出されていたこの家を買うにはなんとか間に合う額だったので、それで」

「なぜ、葉崎に」

「死んだ夫の母がこの先で小さなホテルを経営しているんです。そこを手伝ってほしいと言われまして。南海荘《なんかいそう》というんですが」

「ああ、南海荘ね」

南海荘は海岸道路沿いに建つそのこぢんまりとしたクラシックな石造りのホテルで、一ツ橋も憧れていた。ただ、

「一泊二万円もするんですよね」

「ですけど朝夕の食事付ですもの、そうお高くないと思います。それに、冬の間は一万七千円になりますし、一週間以上滞在されるお客様には一割五分引きにさせていただいてますから。ご常連も多いんですよ」

「〈黄金《おうごん》のスープ亭《てい》〉」

駒持警部補が不意に割って入り、セリナの営業口調を止めた。

「は？」

「南海荘のレストランの名前だ。以前はこのレストラン、〈おばあさんのお魚やさん〉といったんだ。ばあさんの魚やだぞ。蝿帳《はいちょう》かなにかで覆ってある、焼きざましのアジの開きを想像させられて、いかにも不味《まず》そうじゃないか。ところが一昨年だったか、店名が突然〈黄金のスープ亭〉に変わった。するとどうだ。観光客はもちろん、地元の人間までが食べに行くようになった。あんたのしわざだな。おかげでうちの母ちゃんまでが、ぜひ一度と言い出し、あんた、フルコースで二人前一万五千円もとられた」

「ご利用ありがとうございます。いかがでしたか」

「実にうまかった。それが問題だ。ぜひ一度が、ぜひもう一度になった。どうしてくれる」

「お見えになったのは確か、一年ほど前でしたね。半年前に腕のいい菓子職人が入りました。いまではデザートを目当てにいらっしゃるお客様も増えています。奥様もお喜びになると思いますわ」

「これだ」

駒持は苦虫を嚙み潰したような顔づきになった。

「俺の顔と来た時期まで覚えているんだからな。ばあさんがあんたを呼んだのは、正解だったとみえる」

「もともと都内のホテルに勤めておりましたから。もっと小さくて、お客様と接する機会の多い職場に変わりたいと思っていました」

「それじゃ、転職は大成功だったというわけだ」

「まあまあ、というところではないでしょうか」

一ツ橋は際限なく脱線しそうな会話に終止符を打つべく、咳払いをして事件を知ったいきさつについて尋ねた。牧野セリナは困ったように礼子をちらりと見て、あらましを説明した。

「――そんなわけで、最初はなにが起こったのかよくわからなかったんです。ようやく児玉さんから事情を聞き出したときには、もうかなりの時間がすぎていました。六号棟の入江菖子さんが十勝川さんに警察への連絡をお願いして、わたしと彼女と、伊能さんのご主人と鬼頭時子さんの四人で見に行きました。ただ、その頃にはなんだか大騒ぎになってしまっていたものですから、下の家のひとたちのなかで、在宅していたひとたちがみな外へ出てきていました。そのなかには一号棟の女の子たちもいて、その子たちが三号棟に入ろうとするのを止めるのに精一杯で、実を言うとわたしはその問題の死体というのを、見ていないんです」

「在宅していたひとというのは、誰だかわかりますか」

「四号棟の岩崎さんと中里さん。それに、五号棟の松村さんの奥さんです。一号棟の女の子たちはお留守番中で、騒ぎのさなかにお母さんが帰ってきて家に連れ戻されました。正直に言うと、手が空いたのでのぞいてみたかったんですけど、入江さんがこれは絶対に警察沙汰だから余計なことはするべきじゃない、と言って、家に鍵をかけてしまったんです——たぶん、児玉さんが使った鍵だと思うんですけど、鍵穴にささったままになっていました」

児玉礼子はティシューの陰でうなずいた。

「その鍵はどうなりましたか」

「入江さんが持って、そのまま皆でなんとなく三号棟の前にいました。そのうちおまわりさんが来たので、入江さんは鍵を渡して、寝に帰ってしまいました」

「寝に帰った？」

殺人事件が起きているのに？　一ツ橋の疑問を読み取ったらしい牧野セリナは首を振って、

「彼女は翻訳家なんですけど、徹夜で仕事をしていたんです。さっきようやく終わって、これから寝ようという矢先にこの騒ぎが起きたんです。できれば彼女に話を聞くのは後回しにしてあげてください」

「はあ、わかりました。いいでしょう。ところで、あなたは死体を見ていないと言いましたが、この付近で最近見慣れない人物を目撃したことはありませんか」

「そう改まって聞かれても。ホテルのお客様は、常連の方以外はたいてい見慣れない人物ですし。なにしろ観光地ですから、秋になっても夜カップルがそこの坂に車を乗り入れて、住環境を乱すような真似をすることもあります」

セリナはにやっと笑った。

「では、こういう人物に心当たりは。若い男性で小柄、色黒、痩せ型。上の右の犬歯が抜けているような男ですが」

「さあ。それが死体なんですか」

セリナは首を捻った。駒持が空《から》になった茶碗を物欲しそうに眺めながら、

「あんたほどの記憶力の持ち主なら、一度見た人間を忘れないいんじゃないかな」

「お客様なら忘れません。でも、それ以外となると、それほど自信はありません。最近って、いつ頃ですか」

「たとえば、三日くらい前ですね」

「三日前というと、台風が来た日ですよね」

一ツ橋は口のなかであっと言った。重大事件発生の騒ぎですっかり忘れていたが、確かに三

日前に台風二十一号が近づいて、葉崎警察署も対策におおわらわだったのだ。台風は風速二十メートル、一時間当たりの降水量三十五ミリと、十分に荒れ狂ったものの結局上陸はせず、明け方までには風雨もおさまった。しかしもし、殺人がその日行なわれたのだとすると、近隣の住民が事件に気づかないのが当然と言えよう。

「台風が来るというので、わたしは前の晩からホテルに泊まり込んでいました。どこの家でも雨戸も扉もがっちり閉めて、立てこもっていたんじゃないですか。仮に、道で誰かに出くわしたとしても、相手がどんなだか観察するゆとりはなかったでしょうね」

「三号棟はどうでしたか。台風の準備に誰か立ち会われたりしましたか」

「さあ、それは」

セリナは児玉礼子を見やった。礼子はようやくのことでくしゃみが止まったらしく、うなずいてあとを引き受けた。

「あの家は空き家ですからね。雨戸を閉め切ったままになってました。この季節は一月《ひとつき》に二度か三度空気を入れ替えますけど、台風だからといって特別なことはしていません。少なくとも、わたしの知る範囲では」

「空気の入れ替えはどなたが行なっているんですか」

「主人かわたし、事務員が来ることもあります」

「最後にあの家に入ったのは」

「清掃業者です。いつもは思い出した頃に誰かが寄って、開け放しておくんですが、空き家も長くなって汚れてきましたので、一週間前の土曜日に業者を入れました」

「誰か立ち会いましたか」

「主人が。もっとも、彼は途中で海釣りに行くと言って逃げ出してしまったみたいですけどね」

礼子の視線は、夫の海釣り仲間である駒持に注がれていた。警部補はむっつりとなり、嫌いな食べ物を鼻先につきつけられたブルドッグのようにそっぽをむいた。

「すると、今日は十月七日だから、ご主人はその一週間ほど前の九月二十九日の土曜日に三号棟に来られた。以来、その家に入ったひとは、少なくとも児玉不動産の関係者にはいない、ということですね」

「だと思いますわ。あとで主人に確かめてみてください」

一ツ橋はボールペンでこめかみを掻《か》いた。

「さっきの牧野さんのお話だと、鍵が鍵穴にささったままだったとか。すると、あなたは鍵を開けたんですね」

礼子は肯定《こうてい》とおぼしき音声を発した。

「つまり、家に鍵がかかっていた、ということですね」

「ええ――つくしゃん」

「あの家の鍵は、管理者である児玉不動産が管理していたわけですよね。鍵はいくつありましたか」

礼子は鼻を覆っていたが、ようよう答えた。

「うちの会社に三本あります。それだけです」

「だけ？　他にはないんですか」

「あの家は二年前から空き家なんです。前の入居者が引っ越されたとき、玄関の鍵は替えさせました。なにかと物騒な世の中ですからね。前の入居者の方かその知りあいが、良からぬ考えを起こさないともかぎらないでしょう。うちは安全第一をモットーにしているんです」

死体が転がっている家に、安全もなにもあったものではない。駒持が奇妙なうなり声をたて、笑い上戸の牧野セリナは肩を震わせて台所へ逃げ出していった。一ツ橋はありったけの努力でなんとか真顔を保ち、でも、と付け加えた。

「死体が発見されたとき、窓には雨戸が入り、しかもすべてに内側から鍵がかけられていました。勝手口にも鍵がかかっていた。鍵が児玉不動産にしかないとすると、いったい被害者は、それに犯人も、どうやって家のなかに入ったんでしょうね」

礼子はぽかんとして、ティシューを真っ赤になった鼻から離した。

「待ってください。それじゃ、うちの会社の関係者が犯人だとおっしゃるんですか」

「外部のひとに、鍵が持ち出せますか」

「それは、たぶん難しいと思いますけど」

礼子は渋々認めた。

「マスター・キーもスペアも金庫に入ってますし、金庫の組み合わせ番号はわたしと主人、それに長年勤めている社員のひとりしか知りません。でも、冗談じゃありませんよ。なんでわたしたちが、よりによって大事な売り物のなかで人を殺さなくちゃならないんです？　それに、あんなひと、見たこともないわ」

「死体には顔がないのに、どうして見たことがないってわかるんですか」

「なんとなくよ、なんとなく。印象っていうのは大切なんですからね。見たことがないように思う、というだけで十分よ」

セリナが運んできたお茶のお代わりを一気に飲み干すと、駒持警部補は一ツ橋を促して立ち上がった。

「いや、奥さん。興奮なさらないように。ご協力ありがとうございました。また後日、話をうかがいにあがるかもしれませんが、とりあえず、今のところはこれで結構です。早く帰って、薬を飲んで、よく休まれることですな。風邪のうえにあんなひどいものまで見たとあっては、ショックを受けられるのも当然です。うちの誰かに送らせましょう」

「結構です。自分で運転できますから」

礼子はきっぱり言って立ち上がり、ぐいと駒持をにらみつけた。

「やましいところなどなんにもないのに、これ以上見張られるなんてごめんだわ。あとは主人に聞いてください。主人の居場所なら、わたしより刑事さんのほうがお詳しいですわよね。それじゃ、ごめんください。牧野さん、お世話様でした」

児玉礼子は堂々と八号棟を立ち去っていく。まことに見事な退場だったが、取り残された三人の耳には徐々に遠ざかっていくくしゃみが聞こえていた。

2

鬼頭時子はソファに力なく腰かけていた。側に三十すぎとおぼしき女性が困惑と怒りの色をない交ぜに座っていて、ふたりの刑事に向かって、娘の典子です、と自己紹介した。一ツ橋は彼女に見覚えがあった。去年の暮れに、〈鬼頭堂〉という駅前の古書店で万引事件があって出ばったことがあった。そのとき店主として現われたのが彼女だったのだ。ずいぶん若くておとなしそうな店主だ、と思ったのだが、告発は手厳しかった。

もっとも、厳しくて当然、その万引はあまりに悪質だった。三人がかりで店に入り、ふたりが典子を押えつける間に、ひとりがダンボールに本を手当たり次第に詰めて持ち出そうとしたのだから強盗と言ってもいい。犯人は地元の中学生三人組。親が子どものしたことだから、とごまかそうとするのを典子は一歩も譲らず、結局いくばくかの損害賠償金で和解したんだっけ。

一ツ橋がそんなことを思い出しているのを、典子も悟ったらしい。

「その節はお世話になりまして」

顔形も目鼻もほっそりとした古風な顔に生真面目な表情を浮かべて、彼女は言った。

隣の八号棟の牧野セリナの家と同じ間取りのはずなのに、住む人間によって家というのはずいぶん印象が変わるものだ、と一ツ橋は思った。セリナのリビングルームには鉢植えや生花がいけられた花瓶があり、インドネシアの家具やトルコのものらしいラグが置かれ、雑誌や新聞が硝子《ガラス》のテーブルの下の籠に無造作に突っ込んであった。どれも高価なものではないが、ひとつひとつの家具や小物、そしてその配置は念入りに選ばれているように見えた。

鬼頭家のリビングはそれとはまったく違う。安っぽいソファセット、擦《す》り切《き》れたカーペット、旧型のテレビ、一年以上蓋を開けられていないと断言できるようなピアノ、その上にある埃《ほこり》にまみれたフランス人形、流木、こけし、大きな将棋の駒。いつのまにか集まってきたものを、とりあえずリビングいっぱいに置いてあるだけ、といった趣《おもむ》きだ。

「長引いてもご迷惑でしょうから、早速用件に入らせていただきます。お母さんは大丈夫でしょうか」

「見た目よりよっぽど元気ですから、お気遣いなく。死体があるとわかっているのに、のこのこ見に行って興奮するなんて、自業自得ですもの」

「まあ、親がひどい目にあったというのに、この娘は」

ぐったりしていた時子は、その途端ものすごい勢いで跳ね起きた。典子は、ね、と言わんばかりに刑事を見やり、母親に言った。

「いいから、ちゃんと刑事さんの質問に答えてくださいね。いま、コーヒーでもいれてきますから」

典子が台所に消えると、時子の口から娘への不満がとうとうと流れ出た。それをなんとか押し止めて事件に話を戻したのだが、得るところはなかった。死体を見に行ったいきさつもセリナのそれと同じだし、死体にも、最近三号棟に出入りしていた人間がいたかどうかについても、まったく心当たりがない、という。

「まあなんですか、娘もまだ嫁入り前ですし。良い縁談をいくつかいただいているんですのに、殺人事件に関わったなんてことが知れたら、どうなりますことか。もうわたし、心配で心配で」

「お嬢さんが犯人じゃないのなら、ご心配には及ばないでしょう」

「あなたはまだお若いわね。お幾つですの」

時子に見据えられて、一ツ橋は緊張した。

「先月、三十二になりました」

「あら、娘とあまり変わらないのね。それじゃまだ、世間ってものがおわかりにならなくて当然ね。いいこと、世間っていうのはね、面白い話を信じるものなんです。殺人事件が近所で起これば、いやおうなしにうちだって巻き込まれてしまいますよ。悪い評判はどんどん膨《ふく》れ上がってしまうものなんです。まったく、若い人たちは大人の意見を聞かなすぎます。自分だけが世間をわかっているつもりで――うちの娘なんか、結婚しなくても世間は自分を別の角度から評価してくれる、なんて夢みたいなこと言い出す始末で。ところであなた、独身？」

「はあ、ええ、まあ」

「お母さん」

典子が湯気のたったコーヒーカップを盆に載せて戻ってきた。盆は明らかに素人の手による鎌倉彫、カップも不揃いだった。セリナのお茶のおかげですでに膀胱が怪しい気配を醸し出していた一ツ橋は手を出せず、駒持ががぶ飲みするのを不思議そうに見やった。

「娘さんのほうはどうですか。最近、三号棟に出入りする人間を見かけませんでしたか。あるいは」

一ツ橋は死体の特徴を並べ立てた。典子はしばらく黙っていたが、

「上からは下の家は、屋根やこちら側の二階の窓くらいしか見えませんし。二号店のほうがいま忙しいものですから、北町の書店の二階に寝泊まりすることが多いんです」

時子が聞こえよがしに鼻を鳴らした。一ツ橋は慌てて、

「なるほど。すると、台風のあった三日前もお店に？」

「ええ。一度帰って、外回りを防備しましたけどね。以前一度、強風でなにか飛ばされてきて、

玄関灯が壊れたことがあるんです。おかげで漏電して停電しちゃったから、外回りの電灯には以来このヴィラ中、どこの家でもシートをかけておくんですよ。それだけやって店に戻りました。本は濡れたら売り物になりませんから、守ってやらなくちゃ。お母さんは濡れても乾かせば大丈夫でしょうけど」

「まったく、おまえって娘は」

それまで沈黙していた駒持警部補が突然ぬっと立ち上がり、時子のセリフを遮った。

「いや、どうも参考になりました。もしなにか思い出されたことがありましたら、この一ツ橋巡査部長のところへご一報くださいますと、助かります。お嬢さん、コーヒーうまかったよ。ごちそうさま」

ふたりの刑事が小道を坂のほうへ去っていくのを、時子はリビングの窓から見送った。そして娘がカップを片付けているのを振り返り、話しかけた。

「これからまた店に戻るの」

「ええ、もちろんよ。たかが近所に死体が転がっていた程度のことで店を閉めたりしたら、それこそ悪い評判が立つじゃない。お母さんも世間体を気にするんなら、わたしを呼び戻したりしないでほしいわ」

時子はそれには答えずに、

「まったく、警察なんて役に立つんだか立たないんだか。ろくになにも聞きやしなかったじゃないか」

「甘いわよ、お母さん。何度でも来るわよ、あのひとたち。それが仕事なんだから」

「だろうね。ああ、やだやだ。これで、あの五代さんちのじい様がはりきらなきゃいいけど。入院中で幸いね。どこの誰だか知らないけど、どうせ殺すんだったら見ず知らずの人間じゃなくて、あのじい様を片付けてくれれば良かったのに」

「へえ。お母さんは、ああいうひとこそ世間の代表だって思ってるんだとばかり、思ってたわ」

　時子はきっとなって娘を見たが、口調を変えた。

「ねえ、典子。おまえどうしてあのこと警察に言わなかったの」

「あのことって」

「ほら、以前つき合ってた、笹間《ささま》寿彦《としひこ》とかいう男」

「やめてよ、そんな昔のこと持ち出すの」

　典子はカップをぎゅっと握り締めた。時子は一瞬押し黙ったが、小声で続けた。

「だって、おまえ最近あの男にまた会ったんだろう。それに、あの男は犬歯が一本抜けてやしなかったかと……」

「よしてったら。誰のせいで彼と別れたと思ってるのよ。いい加減にして」

典子は震える手でカップを揃えていたが、やがて、そっと言い出した。

「少なくとも、彼はその殺されたひととは別人よ。だって、死体は上の右の犬歯がなかったんでしょう。笹間は左の犬歯が抜けてたんだもの」

「そうだったかねえ」

「そうよ。間違いない。それに、あれからもう何か月もたってるのよ。いくら無精者だって、抜けた歯くらいとっくに治療してるわよ。げんにこないだ会ったときだって、ちゃんと歯があったわよ。だから、二度と笹間のことなんか、思い出させないで頂戴《ちょうだい》」

時子は娘の手からお盆を取り、しみじみと言った。

「母さんが悪かった。つまらないことを言い出して、おまえの古傷にさわるような真似をしてさ。今日は、早く帰ってくる？」

「……うん。日曜日は五時には閉店するから」

「それじゃ、たまには典子の好きな、穴子入りの卵焼きでも作って待ってるから」

「わかった」

台所から、カップを洗う水音が聞こえてきた。典子はリビングでひとり、血の気の失せた唇を指でこすっていた。

赤味を取り戻すまで、きつく。

3

「ここが九号棟だろ。この家、男がふたりで住んでるんだったな」

駒持警部補は〈下〉の五軒の前の小道で立ち止まって、言い出した。坂道の下にロープが張られ、ヴィラの住人と警察関係者以外の立ち入りは禁止されているはずなのに、まるでボウフラのように報道関係者や野次馬がロープをかいくぐって忽然《こつぜん》と現場付近に現われ、警官たちとイタチごっこを続けていた。

二人の刑事の立っている家の玄関には、ヴィラの各戸揃いの、今時珍しくクラシックな趣きのある灯りも兼ねた丸い白い表札があって、小さく〈四〉とある下に中里、岩崎と並んで書いてあった。

「いや、ここ四号棟ですよ。男ふたりの住まいらしいですね」

「俺たちの担当は、ヴィラの半分ということだったな」

「そうです。八号棟の牧野セリナ、七号棟の鬼頭家、六号棟の入江菖子とこの四号棟ですよ。あと、上のお屋敷のハードボイルド作家もぼくらの担当です。残りは市川《いちかわ》さんと福島《ふくしま》さんが担当することになってます」

「上下ばらばらじゃねえか。ややこしい。どうやって割り振ったんだ」

「いや別に、なんとなくですよ。どうしてですか」

「どうせ事情聴取するなら、女性のほうがいい」

「わがままを言わないでください」

四号棟の住人、岩崎晃と中里澤哉のリビングは殺風景そのものだった。大きなちゃぶ台がでんと据えつけてあり、テレビとビデオ、それにビデオテープの詰まった棚がひとつあるだけで、あとはきれいさっぱりなにもない。かなり薄くなった座蒲団が出てきたが、お茶は出なかった。

「どうせ、よその家でさんざん飲まされてきたんでしょう」

岩崎は灰皿を勧めた。その灰皿たるや、イチゴの入っていたらしい透明のパックにアルミ箔を敷いたという代物だった。ふたりの刑事がこれを断わると、岩崎は意外そうに目を見開いた。

「へえ、刑事さんって、みんなヘビースモーカーなんだとばかり思ってた」

「母ちゃんがうるさくてね。さて、ところで」

「ぼくら、なんにも知りませんよ」

「そう慌てずに。まずは、このヴィラに引っ越してきたいきさつからうかがおうか」

岩崎がもっぱらスポークスマンを務め、中里がたまにこれを補う形で話は始まった。

岩崎は二十八歳、都内の高校で英語教師をしていたが、五年前に勤めをやめた。その頃、葉崎北町で塾を始めた友人の中里にばったり出会い、塾を手伝わないかと持ちかけられた。

「学校のシステムそのものが向かなかっただけで、教えることは嫌いじゃなかった。ぼくらは高校で児童文学研究会をやってた仲間なんですが、子どもの本を研究するためには、子どもの近くにいたほうがいいしね。それで、中里の勧めに乗ったってわけです。それまで都内の実家で生活してたんで、独り暮らしをするんだと金がかかると思って、ちょっとはためらったんですけどね。だったらうちに来ないかって、中里が言うもんだから」

中里澤哉は二十九歳、葉崎生まれで小学生まで葉崎で育った。親の仕事の都合で中学高校と都内の学校に通ったが、二年留年して横浜の大学を出ると、すぐに葉崎に戻ってきて塾を開いた。大学生のとき、塾の講師や家庭教師をやってみて、これぞ天職だと思ったという。

「こいつの母親が、前田なんですよ。この山の元の持ち主の、ま、分家ですけどね。だから葉崎で塾をやりたいと言い出したら、親戚一同がバックアップしてくれて、ついでにこの家を格安で譲ってもらえるように話をまとめてくれたんだそうで。だったよな？」

「うん」

中里は自分に関する岩崎の説明を、うなずくことで補った。

「このあたり、不便といえば不便だけど、それを補ってあまりある景色ですからね。台風のときさえちょっと気をつければ、あとは、魚は新鮮だし、海まで徒歩三十秒だし、空気はいいし。都内の高校に勤めてた頃は、三か月で円形脱毛症にかかっちまったけど、ここに来てぼくの辞書からストレスって言葉は消えました。おまえもだろ？」

「うん」

中里は少し頬を緩めてうなずいた。

「おかげで塾の経営も軌道に乗っているというわけです。なかには、藤沢の大手の塾に子どもを通わせる教育熱心な親がいないわけじゃないけど、それじゃ子どもの身体がもたないだろうと考える、もっと教育熱心な親もいるわけで。だよな？」

「うん」

深くうなずく中里。

「少数精鋭が看板だから儲かっているというほどではないけど、この家のローンを払い、食っていき、ついでに結婚資金をためる程度には賃金も出るわけで。つまり、ふたりでこの五年ほど、この家で楽しく無精に暮らしてきたわけです。残念ながらふたりとも、なかなか結婚相手に出会う暇がないんですけどね。な？」

「うん」

「てなわけで、ぼくらが一緒に暮らしているのは便宜上というか、必要上というか、つまりそういうことなんです。別に同性愛者じゃありません。誤解しているむきもありますけどね。ヴィラのなかでも二号棟の五代というじいさんなんか、頭からそうだと思い込んでるんです。まあ、ぼくらにも責任がないとは言いません。あのじいさん、なにかと他人の生活にくちばしを突っ込みたがるものだから、追い払ってやろうと思って、一度、かわいいお尻ですねって撫《な》でてやったんですよ。以来、なにも言ってこなくなりましたが、おかげで塾の生徒の親の間によからぬ噂をたてられて、閉口しました。どうせ死人が出るなら、あのじいさんにしてほしかったよ。なあ？」

「そういうことを言うと、あとで必ずあのじいさんが殺されて疑われるんだぞ」

中里は初めて文章らしきものを口にした。岩崎はげらげら笑い、

「必ずってなんだよ。推理小説じゃないんだからさ。それに、じいさんは入院中だろ」

「現実においても、そういうことはあまり言わないほうがよろしいですな」

駒持警部補はそっけなく言い、付け足した。

「誰が殺されても、予想以上に大きな影響を周囲に与えるものです。それはすでに始まってますよ。御覧なさい」

四号棟の前の小道で、ちょっとした小競《こぜ》り合いが始まっていた。カメラ片手の報道関係者が、警官に見つかって追い立てられているところだった。

「それに第一、死んでほしい人間ほど、かえっていやというほど長生きしてしまうもんでしてね。そういうことを言えば言うだけ相手の寿命が延びちまう。これを古人は『口は災いの元』と言った」

「言ったかなあ」

岩崎晃は頬を赤らめて呟いた。駒持はそ知らぬ体《てい》で口調を変え、

「さて、あなたがたの暮らしぶりについて、大体のところは理解できた。いよいよ本題に入り

ましょうか。隣の空き家について、なにかおかしいと思ったことはありますかな」

「特に気づかなかったけど。このヴィラは隣との間が、わりにゆったり開いているじゃないですか。裏に回る通路が各家の両側に付いているし。家もかなり良心的な造りで、壁なんか分厚いしね。閉め切った家のなかで多少どたばたしても、なにも聞こえませんよ。それに、ぶちまけた話をしますと、こっちの」

岩崎は五号棟の方角へ親指を向けて、

「松村さんちのほうに気を取られることが、多いんですよ。隣の奥さんってのがいろいろとやらかしてくれるひとで、真夜中に窓を開け放って大声で歌の練習を始めたり、犬をいじめて吠えさせたりするんです。いつも笑ってるような顔をした柴犬なんですけどね。あれで奥さんはかわいがっているつもりらしいんだけど、ぼくに言わせれば虐待だな。こないだも……」

「あんたはどうです」

駒持は岩崎の饒舌《じょうぜつ》を遮《さえぎ》って、中里に話しかけた。彼はまったくの無表情で警部補を見つめ返した。

「なにも」

駒持は諦めて話題を変えた。

「では最近、この近くで不審な人間を目撃したことはないですかね」

「不審といってもねえ。葉崎山を越えようとして、そこの坂道に迷い込んでくる車ならしょっちゅうだし、それに、ほら、上のお屋敷を買ったのが有名な作家じゃないですか。彼が引っ越してきてから、たまに人の出入りがありますよ。たぶん編集者じゃないかな」

「うん」

中里は再び、岩崎のセリフに相槌《あいづち》を打つ役に回った。一ツ橋は尋ねた。

「その編集者とおぼしき人たちのなかに、小柄で痩せ型、色の黒い、右上の犬歯が抜けている若い男、というのがいたかどうか、覚えてませんか」

「あの遺体のことですか。あれ、死体と遺体、どっちの言葉を使えばいいんだっけ」

「身元不明のうちは、死体」

中里が補足した。岩崎はうなずいて、しかし首を振った。

「さあねえ。面と向かったわけじゃないし、だいたい糸切り歯なんてものは、笑顔にでもならなきゃ見えませんからねえ。見知らぬ男どうしでにっこり挨拶なんか、しやしませんよ」

「なるほど。それじゃ、ご自身のお知り合いのなかにそういう男はいませんかね」

駒持は再びイニシアチブを握った。男相手の事情聴取は嫌だとぬかしたのは、どこのどいつだ。一ツ橋は上司を横目でにらみ、メモに没頭するふりをした。

「小柄で痩せてるやつなら山ほどいますよ。塾の生徒のなかにもね。中学三年生にもなれば、ちょっと見では子どもなのか大人なのか、区別のつかないのもいますからね。それに、葉崎の子どもはたいてい日に焼けてるし」

「まさか、三日くらい前から行方不明になっている子どもがいるんじゃ」

「冗談でしょう、刑事さん。いたらとっくに大騒ぎになってますよ。このあたりで行方不明者が出たら、まず海の事故を疑いますからね。おまけに台風が来てたんだし。な？」

「うん」

台風。メモを取りながら、一ツ橋はげんなりした。この事件の事実関係を曖昧にしている元凶は、間違いなく台風だ。

「あなたがたがこの家に越してきたのは、五年ほど前だとおっしゃいましたね」

「ええ。春休みの間に越してきたんだから、正確に言えば四年半前、ということになると思います。だよな？」

「うん」

「そのとき、お隣の三号棟には人が住んでいましたね」

「ええ。ふたりの子どものいる夫婦が住んでました。喧嘩が絶えなくてね。無理もないけど。奥さんは車の運転ができないし、小さい子どもを抱えて買い物に行くだけでも、自転車で往復一時間以上かかりますからね。旦那のほうは、確か町田《まちだ》の会社員だったかな。通勤時間を考えるだけでくたびれますよ。出ていってくれたときは、正直、嬉しかったな。母親のヒステリーにつれて子どもが泣き出すのが聞こえたりすると、無関係のぼくらでもいい気持はしなかったですもん。なあ？」

「名前は」


「ええと、名前は」

「うん」

「その夫婦のあと、すぐに若い夫婦が入居してきました。ええと、名前は」

「山口《やまぐち》さん」

中里が力強く補足した。岩崎は破顔して、

「こいつのダイビング仲間なんですよ。夫婦揃って海が好きで、真冬でも潜ってましたね。五代のじいさんがよく嫌味を浴びせてたなあ。じいさんは他人が楽しそうにしてるのが許せないんですよ。自分の若い頃は命懸けで教育に打ち込んだものだ、なんて思い込んでるから、塾の教師やダイビングのインストラクターなんて仕事だと認められないんだな。よく、四人でじいさんに悪戯しかけたりして遊んだものだけど、結局彼ら、二年ほど前に沖縄に移住しちゃいました。こないだのお盆休みに、中里が遊びに行ったんです。あっちで楽しそうにやってるらしいですよ。だろ？」

「うん」

中里は溜息まじりに答えた。

「で、そのあとは」

「ずっと空き家です」

駒持はしばらく考えて、ヴィラの住民について尋ねた。

「ただし、五代のじいさんとやらはのけてくれ。これ以上悪口を聞かされてもつまらんからな」

「はあ、すみません。でも他のひとたちのなにをお聞きになりたいんですか」

「率直に、誰がどんなふうか、きみたちが感じたままでいいんだが」

岩崎は初めて口籠《くちごも》り、ややあって、コメントを始めた。一号棟の三島一家。母親は葉崎市役所勤務。朝、母親が車で双子を学校に送り、夕方迎えに来て一緒に帰る。双子は週二日ほど、自分たちの塾に通っている。なかなか感じのいい母娘。

五号棟の松村夫婦。夫は北町のファミリーレストランの店長。出勤時間が違うせいか、滅多に見かけない。妻の朱実は、まあその、さっき言ったような情緒不安定なトラブルメイカーで……。

「具体的に、なにかトラブルを起こしたようなことがあったのかな」

「聞きかじったことを一直線に事実と思い込んだりするようなタイプなんです。出所のわからない妙な噂があった場合には、まず彼女が流しているとみて間違いないですね。ずいぶん前に七号棟の娘さんが妊娠してる、なんて最初に言い出したのも彼女だったし」

「それは本当のことだったのかな」

「とんでもない、違いますよ。鬼頭の母親がその噂に逆上したものだから、見かねて間に入った入江さんが松村の奥さんに問い質したんです。そしたら、娘さんがその、嘔吐しているところを見ただけで妊娠したにちがいない、って一足飛びに結論付けちゃってただけでした。なんのことはない、娘さんは二日酔だったんですよ」

「なるほど、迷惑なひとだ」

「悪気はないんですけどね。だから困るんです。四十を越してるのに、いつも夢見る乙女みたいな格好してて、入江さんが彼女に事情を聞きに行ったときも、『なぜわたしをいじめるの。なにも悪いことはしてないのに』とかなんとか言ったそうで。入江さんは頭がものすごくいいし、知識も豊富でたいていのひとが——あの五代のじいさんでさえ——かなわないんだけど、その入江女史にして、松村の奥さんにはお手上げみたいですよ。会話がなりたたないって」

「入江女史というのは六号棟の」

「翻訳家です。裏表がなくて、はっきりしてて、話していて面白いひとですよ。彼女と鬼頭の娘さんと牧野さんは共通の趣味もあるし、仲がいいみたいだな」

「共通の趣味って」

「読書ですよ。こんな人里離れた場所に住んでると、いやでも本を読むんです。ま、テレビのほうがいいってひともいるけどね」

話題は古本屋の鬼頭家に移った。岩崎たちがこの家に移り住んだときから、鬼頭家の母娘はすでに七号棟に住んでいた。母親は娘を結婚させるべく運動を展開し続けている。

「こいつなんか、一時、目星をさされてたいへんだったんですよ。一応経営者だし、前田の親戚だから、年下でもいいかと思ったらしくて。そこへ五代のじいさんが同性愛の……あ、じいさんは抜きでした。とにかく、おかげで娘さんとは気まずくてね。なにごともなければいい友だちになれたのに。なあ？」

中里の「うん」がないまま、牧野セリナの番になった。ふたりは〈黄金のスープ亭〉の常連だった。

「コースを食べなきゃ、けっこう安くすみますよ。この先の〈葉崎ファーム〉から肉や乳製品を仕入れてるから、シチューとかオムライスも美味《うま》いしね。牧野さんはちょっと辛辣《しんらつ》なとこもあるけど、ヘレン・バクセンデール似だし。最近、レストランに入った菓子職人とつきあい始めたんですよ。一昨日の夜、仲良く手をつないでるところを目撃したばかりです」

「きみはよくそういう決定的シーンを見るもんだな」

駒持警部補は不思議そうに岩崎を見た。彼はにやっとして、

「別にぼくだけ見たわけじゃなくて、近所の人間残らず目撃者ですよ。別に悪いことはないでしょ、刑事さん。ふたりとも独身だし、お似合いだし」

九号棟の伊能家になると、岩崎の舌は俄然滑りを増した。金持ち、ベンツ二台と自家用ヨット持ち、現在五歳の子どもを有名小学校にお入学させるため鎌倉に引っ越すと言い続けて三年、妻は上から下まで高級ブランドずくめ——もっとも本物かどうかは知りませんけどね——、このヴィラのひとたちは変人ばっかりと言い、その伝染を恐れるように近所づきあいはほとんどなし。

十号棟の十勝川レツについては、岩崎は「タフでワイルドなばあちゃん」と一言で片づけた。ヴィラの住人についてはそれで終わり。ことのついでに、角田港大夫妻について尋ねてみると、岩崎は肩をすくめた。

「有名人があそこを買ったと聞いたときは、そりゃわくわくしましたよ。七月頃だったかな、夫婦で家を見に来ているのをのぞいたりしてね。わあ、著者近影と同じだあ、なんて馬鹿みたいにはしゃいだりして。それにしても、作家先生も大変ですよね。最高気温二十八度だっていうのに、トレードマークのトレンチコートを手放せないんだから」

ふたりの刑事は交代でトイレを拝借したのち、四号棟をあとにした。メモを内ポケットに仕舞い込みながら、一ツ橋は駒持に尋ねた。

「警部補はいったい、彼らから何を聞き出すつもりだったんですか」

「情報だよ、もちろん。なあ、一ツ橋よ。この事件は通りすがりの犯行とは思えない。ヴィラの住人、元住人、不動産屋、上の屋敷の作家夫妻、その友人知人。その誰かが知っているはずだ。被害者が誰かを」

「つまり犯人がそのなかにいるってことですね」

「そうだ」

「あの岩崎って男の話のなかに、そのヒントがありましたか」

「まだわからんさ。だが、いまのところ、被害者の身元を割り出すには、彼らの話を聞くしか方法がないからな」

「そんなことはないでしょう。家出人捜索願いのほうから割れるってことだって、考えられますよ」

「そう思うか」

駒持は渋い顔をした。

「違うんですか」

「犯人は指を潰していた。顔を潰すのはわかる。だが指を潰すとなると」

「指紋を照合されたくなかった。そうか、つまり被害者には前科があって、警察に指紋が保管されている可能性が高い。犯人はそれで身元が割り出されるのを恐れた」

「ああ。ヴィラの住人に、前科のある友人か家族がいるんじゃないかと思ったんだが」

「そういうことは、隠すでしょう。ご近所の話題にはなりませんよ」

「そうかもな。でも、隠したいことほど素早く、世間に知れるものなんだよ」

「警部補は岩崎晃が事情通だと見当をつけたんですね」

「だが、岩崎という男、嫌いなやつをやっつける分、気に入っている人間については口が重かった。他に誰か、探さなけりゃな」

「鬼頭時子はどうでしょう」

「あれは自分と娘のことしか頭にないね」

「牧野セリナは」

「客商売で賢い。だめだ。市川たちの収穫をあてにしよう。次は誰だ」

「入江菖子と作家先生が残ってます」

「作家を先にしよう。寝不足で不機嫌な弁の立つ女史なんか、敵にまわせるか」

「もう敵かもしれませんけどね。ところで、ヘレン・バクセンデールって何者ですか」

「俺に聞くな」

　ふたりは坂道を再び登り始めた。


　岩崎晃は同居人を眺めやった。

「なに膨れてんだよ」

「別に」

「別にって顔か、それが。不満があるなら言ってくれ」

　中里澤哉は大きく息を吸って、

「なんであんなに警察にべらべらしゃべっちまうんだよ。このヴィラ内のつまんないいさかいとか家庭の事情とかまでさ。俺たちには関係ないんだから」

「おめでたいことを言うなよ。誰が見たってこの事件、このヴィラの誰かが関わってると思うぞ」

「俺たちは関わってない」

「それをどうやって証明するんだよ」

「証明の必要なんか」

「あるの」

岩崎は顔をしかめて、友人の整った顔から目をそらした。

「こんなこと考えたくはないけどさ。被害者の身元がわからなければ、いつまでたっても犯人は逮捕されない。嫌な噂が独り歩きを始めるぜ。俺たちは現場の隣に住んでる。しかもここの住人で数少ない若い男だ。第一容疑者って言われても不思議はないんだ」

「だからってさ」

「そりゃ、いくらでも抗弁はできるよ。俺たちは男だから、あんなところに死体をほうり出しておかないで、ちゃんと運んで海に捨てるなり山に埋めるなりするだけの腕力がありました、とかね。——そういえば、そうだ。犯人はどうしてそうしなかったんだろう」

「おい、よせよ。探偵の真似事でも始めるつもりか」

中里の声が珍しく尖っていることに気づいて、岩崎は我に返った。

「岩崎の言うことはわかるよ。俺だって、それほどのんきってわけじゃないんだ。だけど、変な噂を蒸し返すことはないと思う。ないと思うぞ」

岩崎晃は気色《けしき》ばむ友人をまじまじと眺めた。なにを興奮しているんだろう。ふだん日だまりの猫みたいに目を細めてばかりいるくせに、額に青筋までたてて。こいつがこんなにむきになった姿、初めて見たような気がする。岩崎晃は不意に、寒気を覚えた。理由もなく。

4

十畳のリビングルーム、キッチン、バストイレ、二階は六畳二間というこぢんまりしたヴィラの家々に慣れた目には、角田港大夫妻の邸宅はとてつもない広さに映った。

「この玄関ホールときたら、死体が三十人は並べそうだ」

二DKの官舎に家族四人で暮らす駒持警部補はそう囁《ささや》き、一ツ橋初美は泥だらけの靴をもじもじと動かした。やがて、胸板の厚い、レイバンのサングラスをかけた男が現れた。彼は口元に感じの良い笑みを浮かべ、やあ、ようこそ、と声をかけてきた。

「葉崎警察署の刑事さんですね。御苦労様です。どうぞ、おあがりください」

ホールの隣がリビングルームだった。軽く四十畳を超える広さだ。重厚な感じのする本棚が置かれ、中身は革の装丁の洋書、それにご当人の著書がぎっしり詰まっている。『失われた街』『探偵は北へ帰る』『殴るのは俺だ』というできすぎたタイトルを読みながら視線を横に移動していった一ツ橋の目に、角田港大近影らしき巨大な写真パネルが飛び込んできた。サングラスにトレンチコートで雨に打たれている、といった姿だ。あまり本を読まない一ツ橋がハードボイルドと聞いて漠然と思い浮かべるのは、都会のジャングル、一癖ありげなマスターのいる酒場、魔性の女、といったようなもので、一ツ橋が知るかぎりどれもこの葉崎には存在していない。角田はなぜ、こんな不便な場所に引っ越してきたのだろう。

しかし、そこを除けば年代ものらしいグラスの詰まった飾り棚、三人分のスツールがあるホーム・バー、巨大なソファ、蔵戸に硝子板をはめこんだテーブル。フランス窓の向こう側には色とりどりの花が咲き乱れる花壇があり、芝生が広がり、さらにその向こうには海が輝いている。金持ちの邸宅でございます、と鉦《かね》や太鼓《たいこ》で触れ歩いているようだ。

「考えてみると不思議ですよ。私は、こういうお屋敷のなかに潜む悪を暴く、しがない探偵の話ばかり書いてきたんです。それが売れて、こうして屋敷の主になった。なんだかアイロニーを感じませんか」

ふたりの刑事に感銘を受ける間をたっぷりと与えたあと、角田は言い出した。駒持は眉を上げた。

「潜んでるんですか、悪が」

セリフが違う、とでも言いたそうな顔で、角田は警部補を見返した。

「……いいえ。ここに住んでいるのは私と家内だけです。通いの家政婦が週に二日、植木屋も始終やってきますがね。それから、村上春樹《むらかみはるき》の小説に出てくるような芝生刈りのアルバイトの青年も。それだけで、執事もなし、道楽息子もなし、あばずれの愛娘もいません。私たち夫婦はここに越してきて、まだ三か月たらずです。それまでは味もそっけもない都会のマンションに住んでました。罪深い秘密を醸成するには、少々時間がたりないようですな」

駒持は不快そうにソファにもたれかかり、一ツ橋の脇腹をこづいた。今度はおまえの番だ、とでも言いたいのだろう。台本を読まずに舞台に上がった俳優の気分をたっぷりと味わいながら、一ツ橋は咳払いをした。

「事件のあらましはお聞きになりましたか」

「なんでも、下の空き家で変死体が発見されたとか。顔が潰されていたとも聞きました。殺人だったんですね」

「まだわかりません。変死体の場合の通常の捜査を行なっているだけです」

角田はなにもかもわかっている、と言わんばかりにうなずいた。一ツ橋はいささかむっとしながら言葉を継いだ。

「被害者の身元を示すものがあまり残っていないんです。それで、ご近所の皆さんにお尋ねしているのですが、三日ほど前に若い男性の客が来た、なんてことはありませんか」

「ありません。なにしろ都心から距離がありますからね。引越が一段落した当初はまだ夏だったし、編集者や友人たちやら、引っ越祝いに来てくれましたが――この一か月ほどは、誰も呼んでません。それに三日前といえば、四日でしょう。その日は」

「ええ、台風が来ましたね。初めてのことで、驚かれたんじゃないですか」

角田は眉をあげて面白そうに、

「あの程度の台風では驚けませんよ。これでも若い頃には世界各国、あちこち冒険してまわったんですから。バックパックと寝袋を担いでね。もっとも、おっしゃる意味はわかります。海沿いの嵐はなかなか豪勢でした。出入りの植木屋がすっとんできて、鉢植えを屋内に入れるやら、花壇にカバーをかけるやら、大騒ぎだったな。でも、以前、もっとすごい台風が来て、風で海水が運ばれてきて芝生が全滅したと聞きましたよ。話は戻りますが、知り合いが私を訪ねてきて行方不明になっているという話は、いまのところありません。お役にたてなくて残念ですが」

「お知り合いでなくても、近所で見かけたということはありませんか。若い男性なんですが。小柄で痩身《そうしん》、右上の犬歯のない男です」

一ツ橋は食い下がった。角田は一瞬押し黙り、顎をさすりながらそっぽを向いた。

「心当たり、ありませんね」

「……そうですか」

一ツ橋と駒持はちらと視線を交わしあったが、話題を変えた。

「ところで、下のヴィラのひとたちとお付き合いはなさってますか」

「付き合いと言えるほど付き合いのあるのは、入江女史くらいですね。引っ越してきたとき挨拶に回ったので、そのとき会ったひとなら顔くらいは知ってますが」

「入江さんとは、どういうお付き合いなんでしょう」

「いや、それほど親しいわけじゃありません。ただ、彼女は推理小説の翻訳もしてますから。ヒラリー・ウォーなんかも訳してますよ。ヒラリー・ウォーはご存知ですか」

「あいにく外国の本にはうとくてね。どういう本なんです？　大統領夫人のスキャンダル本ですかね」

角田港大は半開きにした口を慌てて閉めた。

「まいったな。渋い刑事さんが活躍する、警察小説の作者なんですがね。……ま、そんなわけで出版社のパーティーで顔をあわせたこともあるし、二、三度飲みに行ったこともあった。年齢も同じだから、話があったしね。でも、まさかここに住んでいるとは知らなかったから、挨拶に行ってびっくりしましたよ。今度うちで飲もう、なんて話は出ましたが、近所だといつでも会えるから、かえってそのままになってます。たまに〈黄金のスープ亭〉で出くわすことはありますが」

「あなたもあの店の常連なんですか」

「ええ、まあ。そういえば、あのホテルの女性もヴィラに住んでるんでしたね。他にもヴィラのひとたちとあの店で行きあうことはあります。このへん、他にロクな店がないから」

角田はなにがなし、不服そうだった。

「このお屋敷を手に入れられたいきさつをお教え願えませんでしょうか」

「そんなことが事件と関係があるとは思えませんが、ま、いいか。別に隠すことでもないから。家内が前田の娘さんと大学の同級生だったんです。五月頃の同窓会でこの家の話が出ましてね。無人のまま維持するのは大変だし、かといって昭和初期に建てられた洋館を取り壊すにもしのびない、どうしようかと思っている、と聞かされて、洋館マニアの家内はたちまち舞い上がってしまったんです。七月に下見に来たんですが、一目惚れってやつですね。あっという間に話がまとまって、都内のマンションの買い手が見つからないうちに引っ越ですよ」

「一目惚れはあなたのほうでしょ」

けだるそうな声がして、リビングの入口に女性が現れた。顔立ちのきついショートヘアの女性で、グラスをゆすりながら軽く顎を突き出した。会釈のつもりらしい。

「家内の弥生《やよい》です」

角田港大はやや落ち着きを失って、早口に言った。角田弥生はうすら笑いを浮かべて、

「このひと、昔、前田のお嬢さんが好きだったんですよ。元は葉崎の中華料理屋の息子なんです。出前に行くたび、この屋敷にたたずむ夏服のお嬢様にあこがれていたってわけ」

「よさないか」

「あら、どうして？　いい話だと思うけど。あなた、お客様にお飲み物もさしあげてないじゃ

ない」

「いえ、結構です。実は事情聴取に行くたび、お茶を出されておなかがいっぱいで」

一ツ橋は慌てて断わった。弥生は琥珀色《こはくいろ》の液体を流し込むと、

「そう。じゃ、失礼します。ごゆっくり」

悠然と退場した。三人の男たちはそのさまをぽかんと見送った。角田はサングラスを外して顔を拭いた。

「どうも、あれは身体が弱いものですから」

「そのようですな。お大事になさるよう、お伝えください。奥様はあまり外出は？」

駒持は素っ気なくうなずくと、質問を差し挟んだ。

「ええ。家内はアウトドア向きではなくて」

「そうですか。ついでにうかがいますが、このお屋敷へ通じる道はヴィラと共同使用になっているあの坂道だけですか」

「いえ、違います。この屋敷の手前に、ヴィラの裏側を回る小道があったのをお気づきですか。あの道は屋敷の外を迂回して、山の反対側に出られるようになっています。北町の町営駐車場の手前に抜けられるんですよ。でも山道ですからね。明かりはないし、細いし険しい。下りはともかく登りはしんどいですよ。海側の斜面が急勾配の分、北町へ降りていく側はわりにゆるやかなんですが、下りでも三十分はかかります。ですから、知りあいには、葉崎駅から車で海

岸道路回りで来ることを勧めてるんです」

　駒持は最後に念を押した。本当に被害者に心当たりはないのか。返事は「ない」だった。ふたりの刑事は邸宅を辞し、長い長い門までの道を歩き出した。

「あの作家、なんか隠してますね」

「ああ。この屋敷も夫婦も、まるで舞台の書割だ。俺たちまでがとんだまぬけな刑事役を演じさせられたわけだが――さてと。この先が角田氏の言う山道というわけだが」

　門の前には土を踏み固めたような、細長い小道が山のほうへ消えている。ヴィラの上の家々の屋根がすぐそこに並んで見えた。

「誰かが確かめてみないわけにゃ、いかないよな」

「なにをです」

「最近、その山道を通った人間がいないかどうかを、だよ」

「やですよ」

　一ツ橋は上司の真意を悟って後ずさった。

「もう三時過ぎてるんですよ。なのに、まだ昼飯も食べてないんですから」

「俺だって食べてない。いいじゃないか。町営駐車場の脇に出るんだったら、官舎のすぐ近くじゃないか」

「そのまま帰ってもいいんですか」

「そりゃ駄目だ。署長が会議を開きたがるに決まってるからな。部屋に帰って常備してあるカップラーメンでも食って、一服してから署に出てこい」

「カップラーメンなんかありませんよ」

「ない？　おまえ、独身じゃないのか」

「独身とカップラーメンと、なんの関係があるんです」

「地震や台風があって、食料が調達できなかったらどうするんだ。非常用に準備しとけ」

「そうだ、台風があったじゃないですか。人が通った痕跡なんか、消されてるに決まってます。それに、翻訳家の女史のほうはどうするんですか。警部補ひとりで行くんですか」

「それも駄目だ。女史の事情聴取がすんでから行くんだ」

「鬼。悪魔」

駒持警部補は小指で耳をほじくり、巨大な耳垢《みみあか》を探り出すと頬を緩めた。

「そのかわりと言っちゃなんだが、明日にでも〈黄金のスープ亭〉で飯を奢《おご》ろう。誰も彼もあそこで飯を食っているようだからな。もっとも、歓迎されるかどうかは知らんがね」

第3章　会議が踊らない

1

その夜、ヴィラの住人の約半数に押しかけられた〈黄金のスープ亭〉は大盛況だった。夕方まで坂下にあふれていた野次馬は、警察が引き上げると潮が引くようにいなくなった。住人の誰もが安堵《あんど》し、ちょっぴり失望したことには、横須賀《よこすか》沖で有名な歌手の乗ったセスナ機が墜落するという大事件が起こったために、報道陣もたちまち消え去った。興奮冷めやらぬ状態で取り残された住人たちは情報を交換するべく、あるいはたんに誰かとしゃべりたくて、レストランに足を運んだのだ。

〈黄金のスープ亭〉はこぢんまりした印象を受けるレストランだ。全体に茶色と青の色調でまとめられていて、磨き抜かれた床のタイルも窓枠もこげ茶色、カーテンとテーブルクロスは紺の細かなギンガムチェック、夜にはその上にアイボリーのテーブルクロスとナプキンが載る。

メニューと食器は白で金の縁どりがあり、いたるところに幸福の木だのテーブルヤシだのの鉢植えが置かれている。

入口を入って右側に五席ばかりのウエイティング・バー――もっともあまり使われることはなく、インテリアの一部みたいなものだったが――、窓際に四人用のテーブルが五つ、壁際に六人掛けのテーブルが三つ。一番奥が調理場になっていて、セリナの元の姑である、シェフ兼共同経営者の南小百合《みなみさゆり》が助手を顎でこき使いながら、たち働くのがうかがえる。

〈黄金のスープ亭〉はそれなりに洗練されたうまい洋食を出す店として、地元はもちろん観光客の胃袋を満足させ続けていた。それでも、夏の間はともかく、シーズン・オフにホテルとレストランを切り盛りしているのは、何人かのパートタイマーを除くと、セリナと小百合、それに小百合の助手兼菓子職人のロバート・サワダの三人だけだ。

その夜の南海荘の宿泊客は一組だけだった。鎌倉近代美術館の特別展を見るついでに葉崎へ足を伸ばしたという初見のその客たちは、ヴィラの住人たちがどやどやと現れたのに恐れをなしたらしく早々に部屋に引きあげてしまった。案内を終えると、セリナは急いでレストランへ取って返し、一同が一緒に座れるように、六人用のテーブルをさっとふたつつなぎ合わせた。少人数でホテルを経営していくうちに、セリナの手際は自分でも驚くほどよくなり、入江菖子に「こまねずみのようだ」と言わしめるまでに至っていた。

「警察がうちに来たかって？　もちろん来ましたとも。ひとが気持ちよく寝ているところを派手なブザーで叩き起こしてくれたわ」

その菖子はパンプキンスープの皿をパンできれいにふき取りながら、大声で言った。店名の由来である黄金色のパンプキンスープは、一年を通してこの店で供されている。菖子はこのスープがなによりの好物で、セリナは大ぶりの器になみなみと注いで出すことにしている。

「でもあのひとたち、警棒は持ってなかったようだけど」

岩崎が笑った。午後遅くに美容院に駆け込んだ菖子は、色も形もマグマ大使そっくりの髪型になっていて、岩崎に「殺人よりその髪型の方がよほど怖い」と言われたばかりだった。彼女は彼をじろりとにらみ、

「ひとを警官と見れば殴りかかるテロリスト扱いしないで頂戴な、お若いの。それにしても、五代のじいさんがいなくてよかった。帰ってきたら、きっと歯ぎしりして悔しがるだろうね。リーダーシップをふるうチャンスを、みすみす逃したんだから」

セリナが寄せ集めたテーブルには他に、中里澤哉、松村夫妻、伊能渉、三島芙由と双子の子どもたちが座っていた。芙由が左側の娘のこぼした水を拭いてやりながら尋ねた。

「五代さんの容態はどうなのかしら。どなたか聞いてらっしゃるんでしょう?」

二号棟の五代四郎は台風の翌日の夜更けに、心臓発作を起こして倒れた。隣家の三島芙由が救急車を呼び、住民一同、夜道に飛び出す騒ぎとなったのだ。入江菖子が祝杯用のワイン〈ピノー・グランド・フェンウィック〉八一年物をご機嫌で飲みながら答えた。

「いったんは医科大の付属病院に運ばれたんだけど、翌日、息子さんが事務長をやってる都内の病院に移したんですって。ちょうどじいさんの父親の三十三回忌があるとかで、フジさんは代理で五島《ごとう》列島に行くことになったそうだよ。二週間ほど留守にしますって」

「入院してるのに妻が代理で法事？」

「なにもこんなときにってフジさんも抵抗したらしいんだけど、じいさん言い出したら聞かないからね。でもまあ、息子夫婦も側《そば》についてるし、気難し屋の看病より法事のほうがましじゃない。フジさんもむしろ喜んでたみたい」

「だけど、あれだけ仲が悪いのに、なんで留守を入江さんに頼むんだろうね。なあ？」

「うん」

中里は最後までとっておいたパエリアのムール貝をいかにも惜しそうに口に入れ、幸せそうに嚙み締めながら相槌を打った。

「知らないよ、そんなこと。でもまあ、おかげでしばらくは静かに暮らせると思ってたのに、これだものね」

セリナは伊能に白身魚のから揚げをサーブした。伊能は白ワインを追加注文すると、料理にかかった。軽く粉をまぶして揚げた魚は外側はかりっと歯ごたえよく、中はふんわりと柔らかく、甘酸っぱいソースと実によくあう。松村朱実が悔しそうに呟いた。

「あたしも伊能さんのと同じのを頼めば良かったわ。料理って見てみないとわからないんですもの」

「なに頼んだんだ」

「鴨のオレンジソース」

「おまえ、鶏肉は嫌いじゃないか」

夫の呆れ顔に朱実は膨れて、

「だってそれしか知ってるお料理がないんですもの」

「別のとお取り替えしましょうか」

セリナは菖子の前にエビのフリカッセを置くと、朱実の側に回って小声で聞いた。その気遣いもなんのその、朱実は周囲はばからぬ声で、

「いいの？　ほんとに？　嬉しいわ」

「よせ、みっともない。俺のオムライスと替えてやるから」

「だって、オムライスにだって、鶏肉が入ってるじゃないの。やっぱり人間は魚を食べなくちゃ。育ち盛りの子どもには特に新鮮な魚を食べさせなくちゃいけないわ。魚政《うおまさ》が行商に来る時間に買えば、ちゃんとした魚が食べられるのにねえ」

朱実は芙由に聞こえよがしに言って、三島家の双子を眺めた。双子は知らん顔で、運ばれてきたばかりのオムライスにゆっくりとスプーンを差し込んだ。ふっくらと盛り上がった卵はまばゆいばかりに輝き、トマトの多いデミグラスソースがとろりとかかっている。スプーンはふ

うっと湯気でくもり、卵の下からちゃんと炊いた薄いオレンジ色のピラフの米と、きつね色に焼けた鶏肉と、鮮やかなグリーンピースが現れた。双子は大きく口を開けて一匙《ひとさじ》、にこっと笑い、再び真剣な表情に戻ってぱくつき始めた。

「まあ、憎たらしい」

「失礼なこと、言うんじゃない」

朱実が呟き、松村健《けん》が叱りつけた。セリナは芙由の前にハヤシライスを置くと、慌てて割って入った。

「朱実さん、金目鯛のから揚げはいかがですか。まだご用意できますから」

「いいわね。ついでに白いごはんと味噌汁ももらえない？」

「よせって言うんだ、ずうずうしい」

一同は目をそらし、岩崎が話題を変えた。

「伊能さん、奥さんと息子さんは？」

「今日は遅くなるって言ってました。いなくてよかったですよ、警官に尋問されるなんてことになったら大変ですからね」

伊能は他人ごとのように言った。岩崎は気まずさをとりつくろうために言葉を足した。

「確かに、あんまり愉快な経験じゃなかったけどな」

「よく言うよ。喜んでしゃべってたくせに」

中里が顔をしかめた。入江菖子は岩崎をまじまじと見た。

「へえ。あんた、なにを聞かれたの」

「別に、みんなと同じでしょ。隣でなにか物音がしなかったかとか、不審な人物を見かけなかったかとか、右上の犬歯のない若い男に心当たりがないかとか」

「それにヴィラの住人はどんなひとたちか、とかね」

友人の裏切りに岩崎は顔を引きつらせたが、他の人々も思わず食事の手を止めた。

「それで、あんたなんて答えたのさ」

「いえ別に。三島さんは市役所に勤めてますよとか、入江さんは鬼頭の娘さんや牧野さんとは仲がいいですよ、とかそんな感じですよ。大したことしゃべってませんって」

「あやしいもんだ」

「ほんとですってば。五代のじいさんの悪口を言ったのは認めますけど」

岩崎が顔を真っ赤にして力説するのを、菖子は面白そうに笑った。だが他の人々の反応は違っていた。セリナはそれを皮肉な思いで見守った。伊能渉はワインにむせ、三島芙由は気懸りそうに岩崎を眺めた。松村朱実が小首をかしげ、一同の顔を順繰りに眺めて口を開いた。

「岩崎さん、みんなの秘密を警察にばらしたの？」

「冗談じゃありませんよ。あなたがたの秘密なんか、ぼくが知るはずないでしょう。だいたい、警察に知られてまずいことでもあるんですか」

朱実は鼻を鳴らした。今日の彼女はきめの荒い不格好な顔にオレンジ色の頬紅をつけ、つやのない髪を薔薇《ばら》の造花のバレットでまとめている。木綿のワンピースにスポーティーな靴下を穿《は》き、ピンクの健康サンダルというでたちだ。どうして自分の欠点を強調するような格好をするのか、セリナは一度聞いてみたくて仕方がなかった。

「知られたくないことなんかないけど、岩崎さんから言われたくないと思うわ。わたしだったらね」

岩崎を凍りつかせると、朱実はまんまとせしめた味噌汁を音高くすすって、

「だってどれが誰の秘密かなんて、どうやったらわかるの。間違っちゃったら困るじゃない」

「なにが言いたいの、あんた」

口いっぱいのエビを飲み込みながら言う菖子に、朱実はけろりと答えた。

「だから、あれはきっと知られたくないことをしているんだなってことはわかっても、そのひとが知られたくないのか、それともその呼ばれたひと以外の人間が知られたくないと思ってるのか、それとも秘密じゃなくてただ知られたくないだけなのか、見ただけじゃわからないでしょう」

菖子をはじめ、一同は外国語でも聞かされたように目を回した。

「具体的に言ってもらえませんかね」

それまで黙っていた伊能が、初めて口をきいた。朱実はきっぱり首を振って、

「ううん、それは良くないと思うの。だって秘密だったりしたら困るじゃない。わたしは別にそのひとを困らせるつもりはないんですもの。誰かが裏の道をこそこそ行ったり来たりしていたからって、それを警察に言わなくちゃならない必要もないと思うし」

「待て待て」

しょげていた岩崎が活気づいた。

「裏の道って、角田邸の裏の山道のこと？」

「ええ、そうよ。あんな道通るなんて、変だと思うの。それに、なんだか周囲をうかがっていたような気もするし」

「誰が。いつ」

「それはここで言わなくてもいいことなんじゃないかしら。事件に関係があるかどうかもわからないのだし」

三島芙由が穏やかに口を挟んだ。岩崎は驚いたように目を見張り、

「おや、まさか市役所勤めの良き母親に秘密があるなんて言わないでしょうね」

「それ、わたしのこと？　なんだか全然わたしらしく聞こえないのね」

「三島さんを客観描写すると、そういうことになるんですよ」

「へえ、そうなの。……亜矢《あや》、麻矢《まや》も席を立つならごちそうさまをしてからになさい」

双子はくすくす笑っておたがいをつっつきあうと、なめたような皿を二枚残してレストラン

の隅にある熱帯魚の水槽へ一目散に駆けていった。岩崎は視線を芙由に戻し、しつこく繰り返した。

「三島さんにも秘密があるんですか」

「失礼だよ、岩崎くん。秘密がないなんて、脳味噌がないって言ってるようなもんじゃないか。誰にだって警察なんぞに探り出されたくないことのひとつやふたつ、あるもんさ」

「そりゃ入江さんはそうかもしれませんけどね。ぼくが聞きたいのは、その松村の奥さんが見た山道をこっそり往復する人間というのが、はたして謎の被害者だったのか、それとも三島さんだったのかってことですよ。――松村さん、どうなんですか。謎の被害者だったのなら警察に教えたのでしょう？　ぼくらに話してもかまわないと思うな」

「被害者のことなんか、わたしなんにも聞かれませんでしたわ」

朱実は面食らったように答えた。

「聞かれなかったんですって」

「ええ」

「じゃあ、いったいなにを聞かれたんですか」

「それがよくわからないの。わたしのところに来たのは市川さんと福島さんって刑事さんだったんだけど、むつかしいことばかり聞くんだもの。このヴィラで最近なにかトラブルはありませんでしたか、なんて聞かれても困るでしょう」

「それで、あんたなんて答えたんだ」

菖子がナイフを宙に浮かせて尋ねた。朱実はゆっくりとした口調で、

「ゴミ出しの件がありましたわよね。それから、うちの犬や花のこと。鬼頭の娘さんの妊娠のことや、警察のシールと駐車場の件もあったわ」

一同は顔を見合わせた。例のシール以外のトラブルはすべて、他ならぬ当の朱実が引き起こしたことだった。朱実が勝手に市の清掃局に収集日の変更を申し出て五代を怒らせ、犬を散歩に連れていかずに岩崎を怒らせ、三島の双子が大切に育てたヒマワリを切ってしまい、伊能家の駐車スペースに自転車を並べて伊能圭子ともめたのだ。朱実は悲しそうに、

「皆さんいい方たちだから、話せばわかってもらえましたって刑事さんには申し上げたのよ。でもあの刑事さんたち、すごく意地悪なの。全然信じてくださらないんだもの」

菖子がなんともいえないうめきをあげ、セリナはついに我慢できなくなって調理場へ逃げ込んだ。メロンを切っていた南小百合は驚いて、この元嫁を叱った。

「なんだろうね、お客さんの話を立ち聞くばかりか、笑うなんて。サーヴィス業に従事する者のすることかい」

小百合は〈名は体を表わす〉ということわざの、もっとも巨大な反対例だった。小さくもないし、百合の花にも見えない。バストもヒップも堂々たるもので、セリナの夫だった息子の春《はる》太《た》は、陰で母親のことをクジラと呼んでいた。彼女はもっと原始的な時代に生まれていたら、

女族長として部族を従え、名声をほしいままにしただろう。

セリナが発作を抑えようとふんばっているので、小百合はやや口調を和《やわ》らげた。

「まったくほんとに、笑い事じゃないだろうに。ご近所のひとたちもまあ、よくのんきにしていられるよ」

「そうでした。ごめんなさい、ママさん」

セリナはエプロンで涙を拭きながら答えた。夫がいた時分は、セリナは小百合を「お義母《かあ》さま」と呼んでいたものだった。だが、春太がいなくなって、嫁と姑の微妙なバランスがもっと現実的なもの――この小さな、当時いまにもつぶれそうだったホテルをどうやって維持していくか、という問題にとって代わられた頃から、世間的な儀礼などという垣根はきれいさっぱり消滅してしまった。実際問題、「ママさん」という呼び名ほど、小百合に似つかわしいものはなかった。常連の客もパートたちも出入りの業者も、小百合をママさんと呼んだ。シェフのロバートさえ、雇われて三日目にはそう呼ぶようになっていた。

そのロバートは店の様子を気にしてしきりに覗《のぞ》き窓《まど》からなかを見ていた。

「ロバ、そろそろデザートよ。ワゴンとコーヒーの準備してね」

「セリナ、いったい何度言ったらわかりますか。ぼくの名前はロバート。どうしても略して呼びたかったらボブと呼んでくださいって」

そもそも半年前、彼が前ぶれもなく南海荘に現れて、ぼくの名前はロバート・サワダです、と言った瞬間から、セリナにはおかしくてしかたなかった。いかにも菓子職人といった、柔らかそうなふっくらとしたおなか、捨てられた小犬のような瞳、そしてなにより、モンゴロイドの典型のような丸顔。眼鏡越しにじっとこちらを見るロバートに、無理だね、とそっけなく答えたのは、小百合のほうだった。

「どう見てもあんた、ロバートって柄でもボブって柄でもないからね。ロバがお似合いだよ」

「そんなことありませんってば」

「いや、ロバのほうがあんた向きだ」

セリナは小百合が『ドナドナ』を歌い出したのに、なんとなくショックを感じながらメロンをお盆に載せて、レストランへ取って返した。テーブルは妙な熱気に満ちていた。岩崎晃が、朱実にヴィラの住人のトラブルを暴いた罪悪感を感じさせようと、やっきになっていたのだ。

「わかんないひとだなあ。そんなことを警察が聞いたらどんなふうに思うか、全然想像できないんですか。だいたい、トラブルっていうけど、そもそも全部あなたが蒔《ま》いた種なんですからね」

「まあ、ひどい」

朱実は故なく傷つけられた乙女の媚《こ》びを、年齢より老けてみえる丸顔に浮かべた。

「それじゃまるでわたしが、皆さんにいじめられているように聞こえるじゃありませんか。わたし、そんなこと申し上げてませんわ」

伊能がフォークを床に落とした。セリナは盆を近くのテーブルに置くとフォークを拾い上げ、きれいさっぱり食べ尽くされた料理の皿を取り上げて口を挟んだ。

「食後のフルーツをお持ちしました。これは当店のサーヴィスですから召し上がってください。あとで、デザートのワゴンが参りますけど、お飲み物はどうなさいますか」

「お皿片づけちゃったら、コーヒーだけでもつきあいなさいよ。あんたはなにを聞かれたのか、ぜひ聞いてみたいから」

セリナはちょっと考えて、菖子の勧めに従うことにした。ロバがデザートワゴンを押してきた。生クリームをたっぷり添えた紅茶のシフォンケーキ、ダークチェリーと口当たりの軽いカスタードクリームのタルト、ブドウのソースとキーウィーのソースのどちらかを選べる新鮮な卵でつくったババロア。それにワイン、ぶどう、ラ・フランスのシャーベットのセット。

左党の入江菖子がシャーベットを選択し、あとはそれぞれの好みに応じてケーキを奪いあった。伊能渉はいつもの渋面を嘘のようにほころばせ、デザートすべてを注文した。双子が魔法のようにもとの椅子に立ち戻り、セリナは彼らの分だけホットミルクを用意した。それから小百合に断わって、マグカップを片手に末席についた。

「こういうデザート、うちの店でも出せたらいいんだけどね」

ファミリーレストランの店長である松村健が、空になった皿を未練がましく眺めながら溜息をついた。セリナが答えるまもなく、コーヒースプーンをべろべろなめていた朱実が言った。

「そんなの無理だわ。〈黄金のスープ亭〉とあなたの店じゃ、雲泥《うんでい》の違いだもの。ねえ、牧野さん。そうでしょ？」

「無理であってほしいですね。うちの商売があがったりになってしまうもの」

セリナは冗談めかして答えたのだが、朱実は我が意を得たりとばかりに身を乗り出した。

「やっぱり、違いがよくおわかりなのね。あの店じゃ、冷凍のハンバーグ、冷凍のポテト、冷凍のピザ、なんでもかんでも冷凍なんだもの。まずいったらないわ。たまに行くんですけどね、サーヴィスだってことは大違い。行儀の悪いウエイトレスがいてね、ひどいこと言うのよ……」

「でも、値段のわりにおいしいじゃない、あの店も」

三島芙由が割って入り、セリナにちらと目配せをした。松村健は居心地悪そうにカップを弄《もてあそ》んでいる。セリナはすかさず、ポットから熱いコーヒーのお代わりを注いだ。

「で？　あんたはなにをしゃべったの」

菖子は笑いを含んでセリナに言った。彼女は肩をすくめた。

「大したことは話してません。刑事が気にしてたのは、わたしではなくて、児玉不動産の奥さんのほうだったんですから」

「児玉不動産の奥さん？」

「要するに、こういうことよ」

セリナは営業用の敬語をかなぐり捨てた。

「児玉の奥さんは鍵を開けて、三号棟に入ったのよ。つまり、あの家はしっかり施錠してあったということでしょ。雨戸も閉まってたし、裏口にも鍵がかかってた。言ってみれば一種の密室ね。鍵がなければ、被害者も犯人も、あの空き家には入れなかった。で、問題の玄関の鍵は、三号棟の前の持ち主が出ていって、児玉不動産が内装を手直ししたときに作り直したんですって。マスターとスペアと、三本の鍵があるんだけど、それはどれも児玉不動産の金庫のなかにおさめられていたってわけ」

「て、ことは？　犯人は不動産屋の夫婦か」

岩崎が興奮して笑い出した。セリナはさあ、と言った。

「奥さんが犯人なら、お客をつれていったりはしないんじゃないの」

「じゃ、児玉不動産のおやじか。なんだ、もう解決したようなもんじゃないか」

菖子が不満げに顔をしかめた。

「でも、だったらなぜあの刑事、不審な人物を見かけなかったか、としか聞かなかったんだろう。二、三日前に児玉不動産の社長を見ませんでしたか、と聞いてくれれば」

「見たんですか」

「台風の日だろ。俺、見たぜ」

中里が不意に言った。岩崎は声をあげた。

「おまえ、そんなこと一言も」

「聞かれなかったし」

中里はそっぽを向いた。岩崎がさっきのお返しとばかりに詰め寄った。

「刑事になにか聞かれてたじゃないか」

「三号棟からの不審な物音に気づかなかったか、と聞かれたんで、なにも、と答えた」

中里澤哉はぶつ、ぶつ、と言葉を区切りながら言った。

「で、いったい児玉社長をどこから見たの」

「二階」

「社長はどこで、なにしてたの」

「坂道。急いで降りていった」

「それだけ?」

「だけ」

松村健が、意地汚く皿からクリームをこそげとっている妻の肩を叩き、腰をあげた。

「そりゃよかったじゃないですか。事件は解決したようなものでしょう。あまり警察につっつきまわされないうちに終わってよかった。——でも、その鍵って、ほんとに不動産屋の社長夫婦以外には、絶対に持ち出せないんでしょうか」

「さあ、どうでしょう。金庫の組みあわせ番号を知っているのは、社長夫妻と社員だけだって、児玉の奥さんは言ってましたけど」

言った瞬間、誰かがぴくりと身じろぎをしたのを、セリナは確かに感じた。それが誰かはわからなかったが、確かに。

「つまんない捜査会議になっちゃったね。それにしても、松村の奥さんはいったい山道で、誰の秘密をかぎあてたんだか」

入江菖子が伸びをして、この日の晩餐《ばんさん》はお開きになった。セリナは営業用の笑顔を取り戻し、一同を送り出して調理場へ戻った。すでに皿は皿洗い機にセットされ、鍋はしまいこまれていた。小百合は自室へ引っ込み、ロバがカップを片手にぼんやり座っていた。

「警察、うちにも来るかなあ」

「でしょうね。たぶん」

「やだな、日本の警察、外国人嫌うから」

「あんたを見て外人だと思うやつなんかいないわよ、ロバさん」

セリナはロバのおなかをつついた。彼は心配そうに彼女を見あげた。

「でもね、セリナ。警察、なんでも探り出してしまう名人だよ」

「あんたがカナダで連続婦女暴行殺人でも犯してないかぎり、あたしは気にしないわ」

セリナはあたし、という言葉を強調した。ロバが安心したようにきれいに揃った歯を見せて笑ったのへ、集めてきたソルト・アンド・ペッパーを補充しながらセリナは笑い返したが、思いはじきにさっきの一瞬へと戻った。

ぴくっとしたのは誰だっただろう。なにに驚いたのだろう。そして、朱実はなにを見たのだろう。

2

これと同時刻に行なわれていた葉崎警察署の本家・捜査会議は、さすがにこれほどのんきでもなければ、優雅でもなかった。世の公式会議の例に漏れず、無意味な儀式がえんえんと続いて、昼間の捜査に疲労こんぱいした捜査員たちの時間と体力を削りとっていた。署長の演説はすでに十五分を越えていた。

現在の葉崎警察署署長はいわゆるキャリア組の出身で、二十九歳のとき北海道のある市警察の署長に任命されたのを皮切りに、順当に地方都市の警察署署長を歴任した。若くして組織のトップになり、周囲におだてられ続けるうちに、彼の自尊心は無理矢理餌を詰め込まれ続けたガチョウの肝臓なみに肥大していた。これまで、一度たりとも重大事件を未解決のまま終わらせたことがない、というのがそのプライドの所以《ゆえん》だったが、駒持警部補に言わせれば、そもそも署長の歩いてきた土地はへんぴきわまりないため重大事件など起こったことがなく、

「未解決になど、なりようがねえわ。で、どうだった」

「どうってなにがですか」

一ツ橋初美はしかめ面で言った。空腹にふらつく足で入った山道は、想像以上に歩きにくいものだった。登りの山道は特にきつく、大切にしていたローファーはぼろぼろ、正体不明の虫に刺された。下りにいたっては、まだ大雨のおかげでじっとりと濡れた斜面に尻餅をついたのだ。そのおり、彼が山道を行くと聞いて入江菖子がこっそり渡してくれたおいしそうなハーブ入りマフィンをおっことしてしまい……。

「苦労の挙句、なにも見つからなかったっていうんじゃあるまいな」

「ええ、大したものはなんにも。道ともいえないような道でしたからね。ひとの通った様子は確かにありましたよ。壊れた虫かごとか、煙草の吸い殻とか、パンティなんてものも拾いました」

「なに、パンティ」

駒持は身を乗り出した。

「するとあの山道が逢引の場所に」

「どうしてそうなるかな。洗濯物が飛んだんでしょうよ。あんな藪蚊《やぶか》の多い場所で下着を脱ごうなんて物好き、いやしませんよ。一応鑑識にまわしときましたけどね」

署長の演説がこのとき終わり、一同は眠りや物思いから覚めて、実務に移った。

まずは検案の報告があった。被害者、姓名・年齢不詳の男性。死後約六十時間から六十六時間経過。検案が七日の午後二時のことだったから、死亡推定時刻は四日の午後八時から五日の午前二時の間ということになる。

死因、前頭部打撲による頭蓋骨陥没骨折。死後一日以上経過したのち、顔面と全指すべてがまんべんなく潰されている。そのため、指紋は採取不能。現在、科学捜査研究所に復顔を依頼中。ただし、死体を動かした形跡は見られない。

年齢は二十五歳から四十歳。血液型はO型、RHプラス。身長一メートル六十五センチと小柄。体重は五十四キロと痩身。全体に浅黒い。髪は短いが、素人によって切られたものらしく不揃い。染めた形跡はなし。特徴としては、右上の犬歯、下の左の第二小臼歯、下の右側の第一大臼歯、この三本が抜歯されているが、その後処置した形跡なし。また虫歯も二本見られるが治療された形跡はない。軽い栄養失調だが、おおむね健康体。全体に筋肉は平均よりも発達しているが、肉体労働を長期間続けた身体とは思えない。手術跡、あざ、その他怪我の痕跡なにもなし。

「きれいすぎる。こういうのも困りもんだな。殺人事件の被害者になろうっていうんだから、心臓を移植したあとくらい残しといてもらわにゃあ」

軽口を発した駒持を冷たい目で見やる署長。一ツ橋は慌てて質問の手をあげた。

「栄養失調というのは、珍しいんでしょうか」

説明していた三浦医師は笑った。

「いや、きみのような若い独身男性には軽い栄養失調はさほど珍しくはない。インスタント食品やコンビニ弁当ばかり食ってると、そういうことになるんだ」

「わかりました。つまり、歯医者も医者もあてにはできないってことですね」

「そうだな。期待できないと思うよ」

続いて、これまで提出された家出人捜索願いと被害者との照合について発表があった。現在のところ、神奈川、東京、埼玉、山梨の各都県に該当者なし。範囲を全国に広げて、照会を依頼中。

遺留品について。被害者が身に着けていたのは、コットンの紺のブルゾン。ジーンズ。〈I AM JAPANESE〉と黒字で書かれた白の長袖Tシャツ。赤いストライプのトランクス。〈コンバッツ〉というメイカー名の入った白いスニーカー。

「今日は多くのメイカーが日曜日で休みなので、品物からの身元割り出し作業は明日以降になります。他に遺留品はまったくありません。財布やハンカチ、時計といったものも残されていませんでした。また、現場をくまなく捜索しましたが、どうやらきれいに掃除したらしく、指紋はもちろん髪の毛一本残されていませんでした。ただし」

遺留品担当刑事は劇的な間を置いた。

「右のスニーカーの紐の下の、ベロっていうんですかね。その部分にやや不鮮明かつ一部ではありますが、指紋が残されていました。状況からみて、被害者の指紋と思われます。現在、前科者の指紋リストとの照合を県警に依頼しています」

かすかなどよめきが起こった。ついで、一ツ橋が立ち上がり、聞き込みの成果を披露した。

「……というような次第で、ちょうど犯行が行なわれたとおぼしき三日前、つまり十月四日木曜日ですが、ご存じのとおり午後から翌未明にかけて台風二十一号が襲来しておりました。従って、近所には不審な人物、あるいは行動、物音などを目にしたり耳にした人間はおりません。しかし、ここにひとつ重要な証言が得られました。現場の鍵の問題であります。〈ヴィラ・葉崎マグノリア〉三号棟は現在児玉不動産の管理下にありますが、死体発見当時、窓、雨戸、裏口ともに施錠されていました。また、第一発見者の児玉礼子によれば、玄関にもちゃんと鍵がかけられていたというのであります。これは、彼女が鍵を開ける現場に居合わせた客の夫婦も証言するところであり、間違いはないものと考えられます」

続いて一ツ橋は児玉不動産と玄関の鍵の問題点を指摘した。どよめきは先刻よりもやや大きく、一ツ橋は小鼻を膨らませて着席した。駒持が囁いた。

「おまえさん、いったいどこであんなしゃべり方を教わったんだ。松本清張《まつもとせいちょう》の小説に出てくる刑事みたいだったぞ」

「以上で報告は終わりかな」

署長が出番とばかりに再び立ち上がった。彼はどんなまぬけにでもわかるような事実を十五分かけてひとつひとつ指摘し、明日からの仕事を刑事たちに割り振った。捜査課員たちはそれそれ手に余るような大仕事を引き受けさせられ、それでもようやくこの会議が終わったことに感謝の溜息をつきながら、家路についた。一ツ橋は駒持警部補とともにヴィラや不動産屋の事情聴取、聞き込みの担当になったが、これはそもそも、

「はなから決まってたことじゃねえか。いけ好かない野郎だ、まったく」

ぶつぶつ言い出す駒持の背中に、署長の声がかかった。

「駒持くん。一ツ橋くんも、ちょっと来てくれたまえ」

ふたりは顔を見合わせた。

「なんでしょうか」

「角田港大先生のお宅へ聞き込みにうかがったのは、きみたちだったたな」

「はあ、それがなにか」

「失礼はなかっただろうね」

「は？」

署長はもったいぶって声を潜めた。

「先刻市長から電話があった。角田先生は市長の幼馴染みでもあられるし、なにより葉崎市の名士でいらっしゃる。必要以上のご不快をかけたのではないかと、市長が気にしているんだ」

「ちゃんと高額納税者にふさわしい対応をしましたよ」

駒持はにべもなく答え、署長は真っ赤になった。

「私は納税額によって態度を変えろと言ったわけではないぞ。ただ、ごく最近越してこられたばかりの角田先生がこの事件に関わっている疑いはきわめて薄いわけだし、児玉不動産へ捜査の重点がかかったのは間違いがないのだから、話をうかがいに行くときはせいぜい態度に気をつけてだな」

「署長、一ツ橋くんに話し方教室を紹介してもらったらどうですか。でもまあ、おっしゃる意味はわかりました。明日も早いので失礼します」

一ツ橋は署を出ながら文句を言った。

「なんなんですか、あれは。なぜ角田港大だけ特別扱いなんですか」

「いいじゃないか。署長の頭を抑えつけてくれる人物がいたほうが。そうだ、しまった。角田の担当を署長に押しつければ良かったな」

「そんなことしたって、しょせんよけいな仕事が増えるだけですよ」

駒持は狸顔をしかめて一ツ橋を見やった。

「おまえさん、流されることばっかり上手になってどうすんだい。ツケがてめえんとこに戻ってくることがわかっていても、気に入らない上役に意趣返しのひとつやふたつ、やってやろうとは思わないかねえ」

「そんな元気ありませんよ」

山道をひとり歩かされたことをほのめかしたつもりだったが、駒持は首を振って、

「若いのにだらしがない。おまえはどうせ、マイホームに子どもふたりてな、ちまちました夢しか持ってないんだろう」

「駒持さんには大きな夢があるんですか」

「おお、あるともさ。警視総監以下、県警本部長から署長まで、ずらりと前に並べて落語を一席聞かせてみてえや」

「そんな趣味があったんですか」

「十二、三の頃だったか、三代目三遊亭金馬《さんゆうていきんば》師匠に弟子入りしたいと思いつめた。師匠の声色はすごかったねえ。ラジオで聞いてるとさ、声優が四人ほど、交互にしゃべくってるようにしか聞こえないんだよ。憧れて憧れて、師匠の知り合いに噺《はなし》を聞いてもらうとこまでいったんだ」

「で、どうなったんです」

「試しに『やかん』をやったら、素人はだしと言われた」

「素人はだし？　そんな言葉ありましたっけ」

「素人さえ、靴を履く間も惜しんで逃げ出すほど下手くそってこった」

「そ、それをお偉方に聞かせるんですか」

「だから、あらかじめ椅子に縛りつけちまうんだよ。どうだい、え？　宮仕えたるもの、夢は大きく持たなくちゃ」

葉崎駅前でふたりは別れた。一ツ橋は腕時計をのぞいた。日曜夜十時半すぎ。店も閉まり、ロータリーはしんかんとしていた。

3

その晩、〈ヴィラ・葉崎マグノリア〉の住民の間では不眠症が流行《はや》っていた。

一号棟の三島芙由は双子を寝かしつけると階下へ降り、スコッチのオン・ザ・ロックスを作った。リビングルームにはおもちゃが散らかっていた。彼女は足もとのクマのぬいぐるみを拾い上げ、窓から海を見つめた。夜の海はぼんやりと光り、なんの役にも立たない巨大な水たまりのように見えた。

芙由はカーテンを閉め、薄いウールのカーディガンの胸元をかきあわせた。

リビングのサイドボードのうえに、写真が飾ってある。一家四人だった頃、この家に引っ越してきたときに撮った、浜辺での記念写真だった。双子はまだ一歳で、すでにふたりきりにしかわからぬ信号を送りあっているように見えた。夫の貞夫《さだお》は小柄な身体を芙由に近づけ、双子に生き写しの笑顔を見せている。そして、芙由はいま着ているのと同じカーディガンを羽織り、幸せそうに微笑んでいた。

芙由は溜息をついて、グラスを額に押し当てた。

七号棟の鬼頭典子も眠れずにいた。もっとも、彼女には慢性的な不眠の傾向があった。この数年、ずっとそうなのだ。

アルコール、カモミールのお茶、ラベンダー、精神安定剤、およそ思いつくものはすべて試してみた。わざわざ藤沢の神経科医院に通院してみたこともあった。結果はどれも駄目。毎晩眠りにつくまで三時間もかかる状態は、いっこうに改善されなかった。しかたなく、彼女は仕事に精をだすことにした。身体を使い、頭を使い、持てるエネルギーのすべてをふりしぼって。

おかげで、経営は順調だわ。不眠症は治らなかったけど。なにか悪いことがあれば、一つくらいは収穫もあるものだ。静かにベッドに横たわり、天井の羽目板を眺めながら典子は考えた。眠れずに苛々する時期は、もうとっくに通り越していた。彼女が眠れない理由はただひとつ、他には考えられなかったし、でもそれはいまさらくよくよしても取り返しのつかないことだ。どうあがいたって、自分のしでかしたことからは逃れようもない。夜の静けさのなかで、彼女は自分自身と向き合い続けるしかなかった。

隣の部屋から母のいびきが聞こえてくる。おまえが結婚するまでは心配で夜も眠れやしない、と母は毎日のようにこぼしていた。実際に眠れずにいるのが娘のほうだと知ったら、彼女はどんな顔をするだろう。娘の正体を知ったら、どんな眠りに陥るのだろうか。

お行儀よく両手両足を伸ばし、仰向けになり、規則正しく呼吸しながら、典子は待っていた。

眠りの精が訪れてくれるのを、ひたすら。

だが、いつまでたっても、眠りはどこか遠い場所にいた。


どこかで窓が開く音がした。中里澤哉は受験を控えた生徒のリストにメモを書き込む手を止めて、顔をあげた。窓に映っているのは自分の顔だった。パジャマの上から編み込みのセーターを着込み、鉛筆を握る自分の顔。

彼は首を振って、生徒に注意を引き戻そうとした。竹中《たけなか》、こいつは数学が得意だ。一種の天才的ひらめきを持っている。だがその分、地道な作業が苦手だな。高橋《たかはし》、彼女は辛抱強いけれども、勉強の成果が数字として現れないことに苛立ち始めている。少し励ましてやる必要があるな。千賀《ちが》、こいつはなんでまた塾なんかに来るんだ、勉強など無意味だと思っているくせに……。

気がつくと、彼はまた別のことを考えていた。あんなに岩崎に当たり散らすんじゃなかった。彼はなんにも知らないのだ。悪気があったわけではないし、彼のおかげで自分は余計なことをしゃべらなくてもすんだのだし。岩崎はいいやつだ。あいつがいなかったら、どう頑張ってもこうまでうまく塾を運用することはできなかった。いや、それだけではない、ひとりでは、まともに暮らしてこられたかどうかだってあやしいのに……。

思考が深みにはまる直前、彼は我に返った。もっと実際的なことを考えようと思った。明日にでも、〈鬼頭堂〉に足を運ぼう。探しているものが見つかるかもしれない。

中里澤哉は大きく深呼吸すると、再びリストに戻った。


伊能渉は妻の寝顔に溜息をつき、部屋を出た。リビングルームのソファに横になり、毛布をかぶる。一生の不作、という言葉を思い出して、なんとなく笑いがこぼれてきた。だがその笑みはすぐにかき消えた。

事件を聞いて、圭子は思ったとおりヒステリーを起こした。なんだってこんなところで――だから嫌だって言ったでしょ――早く売り払ってこんな家――恥ずかしくて友だちも呼べやしない――うんぬん。

圭子はスチュワーデスだった。お見合いパーティーで出会ったそのときは何物にも代え難い、高級な女に思えたものだ。だが最近は、顔を見るたびに不思議に思う。確かに妻は美人だし、三十五歳という実年齢よりずいぶん若く見える。しかし、夫の稼いでくる金をすべて自分の見栄のために注ぎ込んでしまい、しかも自分にはそうするだけの価値があると思い込んでいるのは、いったいどういうわけだろう。

それほどの価値が、彼女にあるか。

ないに決まっている。彼女が明日の朝を最後に起きてこなくても、世の中は一ミリだって変わらない。悲しむのは母親を失った息子くらいなものだ。

友人の目を気にして交通の便のいい広い一軒家を求める圭子、高価なファッションに身を包み遊び回っている圭子、息子を置いて遊びに出かけるために保母を雇えと言い出し、旅行に連れていけ、車を買い替えろ、そのくせ料理もまともに作れず、気遣いもせず、息子をひたすら甘やかし、要望が通らないとヒステリーを起こし続け——もっと頂戴、もっと、もっと、もっと。欲望の塊《かたまり》め。渉は毛布をきつく握り締めた。このままではいずれ、自分は彼女に骨までしゃぶられるのではないか。まるで背中に妖怪をしょわされているようだ。なにもかも吸い上げた挙句、宿主を殺してしまう妖怪。そんなことになってたまるか。その前に……。

渉はぎゅっと目をつぶった。いや、そんな恐ろしいことを考えてはいけないのだ。

これ以上。

夫が階下に去っていくのを確認して、圭子は狸寝入《たぬきねい》りをやめた。枕元のスタンドをつけ、すでに何度も読み返した手紙をまた開く。

手紙には真っ赤な文字が躍っていた。『この人殺し。逃げられると思ったら大間違いだぞ。すべてを触れ回ってやる』圭子は形の良い唇を歪《ゆが》めて、手紙を乱暴に丸めた。

ひどい、ほんとにひどい。あたしがなにをしたっていうのよ。なにもしなかったわ。それなのに逆恨みして。こんなへんぴな場所に隠れ住んで、やっと逃げきれたと思ったのに。来年は息子のお受験があるから、ほとぼりの冷めたところで日の当たる場所に戻るつもりだったのに。

忘れてなかったんだわ、なんてしつこい。

圭子は跳ね起きて、寝室を歩き回った。夫はまったくあてにはならない。金だけはそれなりに持っているが、最近どんどん財布の紐がきつくなっている。ちょっとばかりの気晴らしを大袈裟にとって、まるであたしを身代《しんだい》を食い潰すダニみたいに思ってる。

圭子は聡明ではなかった。それは自分でもよくわかっていた。だが馬鹿ではない。夫が何を考えているのかくらい、手に取るようにわかっていた。おそらくは誰か、別の女に心ひかれていることも。あの小心者のことだ、たぶんまだ浮気にまでいたってはいないだろうが、ほうっておくと事態は悪化するだろう。そのうえ殺人事件、それに脅迫状。

なんとかしなくっちゃ。なんとか。早いとこ夫を説得して、この縁起の悪い場所を去るのだ。夫の中古車販売会社からそう遠くない場所へ。それならさほどの出費にはならないだろうし、朝になったらヒステリーを起こしたことを謝って、昨日カードで買ってしまったバッグを返品に行くと言えば、彼も少しは圭子のことを見直すかもしれない。

ああ、だめよ。そんなことできない。

圭子は激しく身震いした。そんなことしたら、噂が広まってしまう。圭子の不幸を待っている友人はたくさんいるのだ。美人で男にもてて、なんの苦労もしていない圭子にうわべだけは愛想よく、だが内心その凋落《ちょうらく》をいまかいまかと待っているような友人たちが。

圭子の手のなかで、紙が汗にまみれていた。誰かが気づいたんだ。あたしの居場所、あたしの過去に。誰かに相談しなくちゃ。まずはこの忌まわしい手紙をやめさせるために。ああ、でも、いったい誰に相談すればいいの。相談できるようなひとなんか、いないじゃない。自分でなんとかするしかない。頼れる人間は誰もいないのだ。

考えるんだ。どうすればいいのか。自分の望みをすべてかなえるために、必要なのはいったいなにか。

圭子は突然、あることに気づいて愕然《がくぜん》となった。

あたしの望みって、いったいなに。

角田港大は妻の部屋の入口に立ち、声をかけた。

「まだ寝ないのか」

妻は振り向きもせずに答えた。

「ええ。あなた、さきにお休みになったら」

「なにも食べないのは身体に良くないよ。夜食でも作ろうか」

「あなたが作りたいっていうのなら、かまわないわよ」

角田港大はしおしおと部屋を出て、台所で軽い、酒にあうつまみを数種類こしらえた。

十勝川レツはスルメをくちゃくちゃ噛みながら、ラジオに耳を傾けていた。十年前、夫が死んでから彼女は一人で暮らしていた。殺人事件から彼女が受けるかもしれない不利益といえば、孫の面倒をみるために同居してくれとしきりと言ってくる娘の魔の手に陥る危険が増したということだけだ。だがまあ、それは強く拒めばすむことだ。なんなら、はっきり言ってやってもいい。娘にも孫にも、彼女は一片の愛情も持っていない。一年に一度顔をあわせるくらいで十分だ。娘は自分を都合のいいお手伝いさんに仕立てあげたいらしいが、冗談ではない。浮気性で甲斐性もなく、口うるさいだけの夫が片付いて、やっと手に入れた自由を、なぜ夫そっくりの娘のために手放さねばならないのだ、と。


「ねえ」

松村健は妻の鼻声に、内心恐れおののきながら眠そうに返事をした。

「おまえ、明日は月曜日なんだぞ。早く寝ないと身体に悪い」

「ねえ、あなた」

朱実は夫の言葉など歯牙《しが》にもかけなかった。

「どう思う？　あの殺人のこと。ほんとに児玉不動産の社長がやったのかしら」

「そんなこと、知るか。早く寝ろよ」

「違うと思うの」

朱実はダブルベッドのなかで身じろぎをした。

「違わないのかもしれないけど、だけど、考えてみたら、変なのよ」

「なにが」

「だって、社長じゃなくたって、鍵を取り出すことはできたんでしょう。あたし、あそこの不動産屋には行ったことがあるのよ。金庫なんてしょっちゅう開いてたじゃない。誰かがこっそり鍵を持ち出すことはできたんじゃないかしら。それで、思い出したんだけど、あの山道ね」

「おまえ、いったいあそこで誰を見たんだ」

夫は語気鋭く尋ねた。朱実は驚いたように、

「駄目よ。言わないほうがいいんでしょ。たとえば、あたしがあるひとと別のひとを、同時に見たとしても……。それに山道で……」

「見たのか」

「でも、三号棟で見つかったひとは、そこで死んだわけじゃないんでしょ。でもねえ、やっぱり変だとは思うのよ。だってあのひとたち仲が悪いはずなんだし」

「なあ、おい」

松村健は自分でもわけのわからない衝動にかられ、妻の腕をつかんだ。

「教えてくれ。誰と誰を見たんだ」

「痛い、やめてよ。あなた、あたしにお説教したばかりじゃない。あたしはよくものごとを誤解するから、調べてから言うべきだって。そうでしょ」

「そりゃそうだけど」

「だからあたし、ちゃんと調べてみようと思うの」

不格好な頭を満足そうに枕に押し当てて、朱実は言った。

「そうすれば、今度は間違わないと思うわ。あたし、観察眼は鋭いのよ。みんなは馬鹿にしてるけど」

「誰も馬鹿になんかしてないよ」

「とんでもないわ。今日だって、牧野さんがあたしのこと馬鹿にしてた」

「彼女はいつも親切じゃないか」

「違うわよ。あのひと、あたしのこと不細工な馬鹿だって陰で笑ってる」

「被害妄想もたいがいにしろよ」

溜息をついた夫に、朱実はねちねちと繰り返した。

「あたし、そういうことはちゃんとわかるの。牧野さんは自分のことをとんでもなく頭がいいってうぬぼれてんだわ。まるで世の中のすべてが自分にはわかってるみたいな顔してる。だけど、ほんとに頭がいいのがどっちなのか、ちゃんとわからせてあげるんだから。コーヒー注いでもらったくらいで性格がいいと思いこむなんて、あなたってほんとにおめでたいのね」

「おまえが山道で見たのは、彼女なのか」

朱実は答えずに伸びをした。

「さあ、ね。でも、あたしが調べあげたら、本当に賢いのが誰なのか、あのひとにだってわかるでしょうよ。入江さんはきっと、探偵の素質があるのは牧野さんだと思ってんだろうけど、そんなの絶対に違うわよ」

入江菖子は読みかけの『鞍馬天狗《くらまてんぐ》　地獄の門』をお尻の下に敷き、口をぽかんと開け、夢も見ずに熟睡していた。大きな仕事が終わったばかりのいま、殺人だろうが戦争だろうが、彼女の眠りを妨げることはできないのだ。

第4章　探偵が指名される

1

葉崎市の中心部にあたる、葉崎北町はＪＲ葉崎駅を中心に発展した町だった。駅前には線路におおむね沿うような形で四車線の道路が走っている。さらに、線路とその道路とに直角に交わりあう道があって、これは通称駅前通りと呼ばれていた。駅前通りは線路を地下でくぐり抜け、線路の北側へ出る。このあたりは病院町といわれているが、葉崎医科大学、大学病院、葉崎小学校などを擁《よう》し、医者やその卵たちが住むためのアパートやマンション、さらにその住民たちの口を満たすマーケットなどが並び、葉崎市のなかでもっとも開けた場所だ。

それに比べると、駅の南側はやや見劣りがする。駅ビルに入っていた大手スーパーが不況のあおりをくって撤退したあとは、小さな商店や飲み屋やゲームセンターが細々と営業を続け、その間に市の公共施設が割り込むように建っているのだ。

児玉不動産は南側、つまり葉崎北町の駅前ビルの一階に事務所を構えていた。毎年三月ともなれば、アパートを求める新入生の群れがこの事務所に列を作ることになるのだが、十月の月曜の朝のこと、事務所は閑散としていた。

ふたりの刑事は児玉剛造社長に社長室へと迎え入れられた。スキンヘッドで顔に傷のある社長は、しかし実に神経こまやかな人物だった。彼は駒持に泣き言を並べた。

「いったいあんた、女房になにを吹き込んだんだい。あれは帰ってくるなり寝込んでしまった。さっき、病院へやったんだが、くしゃみがひどいし熱はあるし、死体を見つけてショックを受けているし、なにを言っているのだかさっぱり要領を得んのだよ」

「事件については、知ってるんだろう」

「まあね。昨日の夜のニュースで見たよ。身元不明の他殺体だっていうじゃないか。まったく迷惑な話だよ。殺すんだったらよそでやればいいし、死体なんか海にでもほうり込んでほしいね。なんだって、あんなところに潜り込んだんだろう。駆けつけようかとも思ったんだが、昨日は帰宅したのが夕方でね。あんたがたの迷惑になってもいけないし、どのみち行ったってすることないからね。現場はひどいのかい。もう清掃業者を入れてもいいのかな」

「いや、待ってくれ。ところで——それが、問題の金庫かな」

社長はきょとんとして、駒持の視線を追った。社長室には机と応接セットの他に、ファイリングキャビネットが置かれている。みごとな魚拓《ぎょたく》が額に入っている他は、仕事と関係のなさそうなものはなにもない。じゅうたんも色褪《いろあ》せているし、社長室というにはあまりにも地味な部屋だ。

キャビネットのすぐ隣に、大きな金庫がしつらえられていた。

「うちの金庫といえばこれしかないが、いったいなにが問題なんだ」

「三号棟の鍵はすべて、ここにあるんだろ」

「ああ、そうだよ」

「あの家の売り主は、いったい誰なんだ」

「うちだよ。あの家に以前住んでいた夫婦が沖縄に行くことになってさ。拝み倒されてうちで買い取ったんだ。至急に金がいるということで」

「さぞや買い叩いたんだろうな」

社長は苦笑を漏らした。

「まあ、安い買い物だったかもしれないが、事情を考えてみてくれよ。安物買いの銭失いということになりかねない」

「つまり、あの家の玄関の鍵は、奥さんが言ったとおり、あんたの手元にすべてあるというのに間違いないんだな」

「そうだが。それがどうかしたのか」

駒持が嚙み砕いて現場と鍵の話をすると、児玉社長は飛び上がった。

「女房が驚くわけだ。まるで犯人扱いじゃないか」

「しかし、その金庫をこじ開けて鍵を盗み、合鍵を作って戻しておくというような芸当が簡単にできたとは思えんしなあ」

「そりゃ、難しいかもしれない。こいつは西の震災のあと、特別注文したんだ。絶対に持ち出せず、何千度もの温度に耐える、最高級の金庫なんだ。そんじょそこらのやつが開けられるような代物じゃないが」

児玉社長はどこかうつろに視線を宙にさまよわせていたが、我に返って小声になった。

「組み合わせ番号を知っているのは、私と女房と、花岡《はなおか》って事務員の三人だけだが、実を言えば、大金が入っていないかぎり、この金庫は開けっ放しになってることが多いんだ。ここから鍵を持ち出すことは、その気になれば誰にでもできる。社長室とは言うものの、表の事務所が込みあうときには応接室同様に使うしね」

「つまり、例えばヴィラの他の住人でも」

「ああ、まあね。取引がすんでから彼らがうちに来ることは、あまりないけど。でも」

「でも?」

「他の用事で来ることが、ないわけじゃない」

一ツ橋ははっとして顔をあげた。

「例えば、古本屋の二号店をオープンするための物件を探しに来る、なんて理由ですか」

児玉社長は顔をしかめた。

「優秀な部下を持ってるんだな、駒持さんは。だが鬼頭さんが物件を探しに来たのも、契約されたのも、一年前の話だからね。誰かの死体を転がそうと考えたからって、そんな昔から準備しないだろうよ」

「第一、いったい何人の人間が、金庫にヴィラの三号棟の鍵が保管されていることを知っていたんだ。鬼頭典子は知ってたのか」

「知らないだろうね。話した覚えはないから。あ」

社長は思いあたったような顔つきになった。

「鬼頭さんに話したことはないが、中里さんになら話したな」

「中里？　中里澤哉か」

「うん。三か月前、ここに通した。学習塾が繁盛して手狭になったから、他に物件を探しているってことで。今の場所は悪くないんだが、少し表通りから入ったところにあるだろう。子どもたちの帰宅はどうしても夜になるから、できれば目抜き通り、それも病院町希望と言われて探してるところなんだ。あのひと、妙に口が重くてね。間が持たなくて、世間話をあれこれしゃべったうちに、確かそんなことも言ったような」

駒持はうなり声をあげた。社長は続けて、

「それに、作家の角田先生も知ってる。邸宅の鍵を同じ場所に保管してたから。出すときそんなことをちらっとしゃべったね」

「他には」

「いつだったか、三島親子が鍵を借りに来たことがあったっけ。海水浴にでかけて波に鍵をさらわれちまったらしい。双子が水着で飛び込んできたときには、なにが起こったかと思ったよ。だけどそれだって二年も前の話だぞ」

「あとは」

「私の知ってるかぎりでは、いないと思うが」

一ツ橋はメモを取る手を休めた。中里澤哉は確かに無口だったが、塾で教師をやっているのだ。友人相手ならよくしゃべるのかもしれない。そしていったん岩崎晃の耳に入れば、たちまちヴィラの全員に知れ渡ったことだろう。しかし、知っているだけではなんにもならない。鍵を取り出す機会があって、また戻すチャンスがなければ。

「で、その鍵というのは一目で三号棟のものだとわかるのかな」

駒持が腕組みを解いて言い出した。社長はぽんと膝を叩くと、金庫を無造作に開けて大きな箱を取り出した。箱のなかは鍵だらけだった。だが、赤い札がひときわ目を引いた。〈ヴィラ・葉崎マグノリア　三号棟〉とはっきり書かれた札はキーホルダーにつながり、ホルダーには三本の鍵が通っている。

「鍵の件は、あとで事務員たちにも聞いてみることにしよう。ところで、あんた最後に三号棟に行ったのはいつのことだ」

　児玉社長は手を開いたり閉じたりしながら、聞き取れないような声で答えた。

「実は台風の日に、一度ヴィラに行ったんだ。三号棟には入らなかったが」

「それじゃ、なにしに行ったんだ」

　社長は口籠った挙句、誤解しないでほしいんだが、と切り出した。

「伊能家を訪ねた」

「どんな用事が伊能の奥さんにあったんだ」

「まだ奥さんのほうだとは言ってないぞ」

「言ったも同然じゃないか」

　駒持は蠅を追い払うような手つきをした。社長は歴戦のヤクザもひるませるほどの巨体をみるみるちぢこませた。

「このご時世だ、うちだって経営が楽じゃない。医科大学の入学者も減ってるし、逆に地価が下がってもっと便のいい場所へ引っ越す人たちだっている。そこへ、伊能の奥さんが便のいい物件を探しているって噂を聞いてさ。ちょうど病院町に築三年の住宅がある。もしかして、興味を引くんじゃないかと思って」

「それなら普通の営業活動だ。どこに誤解の生まれる余地があるんだよ。それに、夫のほうに話を持っていくのが自然じゃないか」

「いや、でもあそこの家は妻が強いって聞いたし」

もごもごと言いながら、禿頭をしきりにハンカチで拭く社長に、駒持は猫も騙《だま》せないような甘ったるい話し方で言った。

「あんたを犯人に仕立てたいわけじゃないんだよ。大事な釣り仲間にそんな真似できるかい。でも素直に協力してもらえないとなると、こっちだってつい、変な気になるじゃないか。な？知っていることは全部しゃべって楽になれよ」

「悪気じゃなかったんだ。好奇心っていうのかなあ。あわよくばって気もあったし」

児玉社長はつっかえつっかえ事情を説明した。

彼は数週間前に、品川《しながわ》にある大学の同窓生の家に呼ばれた。友人は大手航空会社に勤めていて、たまたま先日台湾《たいわん》で起きた飛行機事故が話題に上ったとき、ある興味深い裏話を漏らしたのだ。八年ばかり前、羽田《はねだ》空港でジェット機が着陸に失敗、滑走路をオーバーランして小型飛行機と衝突する事故が起きた。幸い、大惨事にはいたらなかったが、小型飛行機の操縦者と衝突の衝撃で四人の乗客が死亡した。

「事故の直接の原因はジェット機の機長の操縦ミスだったんだけど、そもそもなぜ機長が事故を起こしたか、というところに噂があってね。その機長、スチュワーデスと不倫の関係にあったんだと。かなりわがままな女で、問題のフライトの前の晩なんか機長はほとんど眠らせてもらえなかった、っていうんだよ。相当なスキャンダルだから会社が揉み消したんだが、こういう噂はすぐに広まるから。もうわかったと思うけど、そのスチュワーデスっていうのが伊能圭子なんだ。旧姓で言われたから最初はわからなかったんだが、写真を見せられてさ。間違いなく彼女だった」

一ツ橋と駒持はしばらく顔を見合わせていた。

「つまりあんた、伊能圭子を脅迫したんだな。その話を夫に知られたくなかったら病院町の住宅を買えと」

「めっそうもない」

社長は大きな手を激しく打ち振った。

「その気があって彼女に会いに行ったのは、認める。あの女、以前うちの女房に、そんな格好してるなんて貧乏なのかやりくり下手なのかどっちかしら、って言ったんだ。五人も殺しているくせに、他人を侮辱《ぶじょく》してふんぞりかえっているあんな女、少々いじめてやってもかまやしないと思った。けどなあ。実際本人を前にすると、気が咎《とが》めてさ。あの女を責めることのできるのは、殺された人間かその遺族だけだ。正義派ぶってみたところで、私がそれで利益を得るのは、やはりどうも……」

「それじゃあ、結局そのスチュワーデス時代の醜聞《しゅうぶん》を知っていることについては」

「口に出せなかった。お恥ずかしい話だ」

社長の汗がテーブルにぼとんとしたたり落ちた。駒持は鼻をこすって、ソファの腕を叩いた。

「それで、伊能家との話がすんだあとは」

「玄関先で用件だけ伝えて、そそくさと帰った。居たたまれなかったから」

「三号棟には？　台風で被害を受けるかもしれないと気にならなかったのかね」

「一刻も早くその場を立ち去りたかったんだよ」

不安をいっぱいにたたえた児玉社長に、無意味ななぐさめの言葉を一言二言残し、彼らは社長室を出た。四人の従業員がそれぞれの性格に応じて、さりげなく、あるいは好奇心をみなぎらせて、刑事たちに目をやった。彼らの話から、社長の言ったとおり、社長室の金庫は開閉ができる人間がいるときはいつでも開けっ放しであることがわかった。

「その金庫の番号をご存知の花岡さんって方は、いらっしゃいますか」

立ち上がったのは四十代初めとおぼしき、ふっくらした身体つきの女性だった。彼女からは別に話を聞くことになり、三人は他の従業員たちの羨ましげなまなざしに送られて、パーテーションで仕切られた応接セットに腰を下ろした。

彼女は花岡みずえと名乗った。既婚、四十二歳、児玉不動産に勤め始めて十八年になる。夫は葉崎医科大の副事務長をしている。

「最初はパートだったんですけど、経理ができるものですから、正社員に昇格してもらいましたの。社長も奥様もご信頼くださって、金庫の合わせ番号と鍵を預かってます」

「どうでしょう。仮に、あの金庫から〈ヴィラ・葉崎マグノリア〉の鍵を持ち出し、合鍵をこしらえて戻すというような真似が、外部の人間にできると思いますか」

「できますよ」

花岡は間髪《かんはつ》入《い》れずに答えた。

「使わないかぎりは鍵があるかどうかまでいちいち確認しませんし、消えてまた戻っていても、誰も不審には思わないと思います。マスターとスペアの三本もあるんですから」

「だけど、社長室まで外部の人間がもぐりこむのは難しくないですかねえ。何度も出入りしたようなひとがいるんですか」

花岡は攻撃的に叫んだ。

「知りません、そんなこと。でも、断わっておきますけど、わたしは鍵のすり替えなんてやってませんから」

「誰もあなたを責めてるわけじゃないんですよ。ところで、あなたは問題の三号棟に行かれたことはありますか」

「ええ、社長に言われて何度か風を通しに行きました。押しつけられたんじゃないんですよ。天気のいい日なんかに、気晴らしのドライブかたがた行かせてもらってたんです。刑事さん、これだけは言っておきますけど、社長も奥様も本当にいい方たちです。お二人を疑うなんて、まったく馬鹿げてるわ。そりゃ人間なんだから、腹を立てることも人を傷つけたくなることもあるかもしれないけど、実行はできませんよ。誰かを殺すようなひとたちじゃ、絶対に、ありませんからね」

　まくしたてられて、ふたりは児玉不動産を飛び出した。一ツ橋は大きな溜息をついて、駒持に尋ねた。

「やれやれ。どう思いますか。児玉社長は本当に伊能圭子への脅迫をあきらめたんでしょうか」

「さあね。個人的には、あのおやじなら本人の言葉通り逃げ帰っただろうと思う。小心者で根は善人だから。しかしおまえさんは信じないだろうな」

「伊能圭子と児玉社長の間に仮にトラブルが発生したとしても、被害者の男が入り込んでくる理由はない。圭子が児玉社長にゆすられて、ボーイフレンド――あの死体ですが――を脅迫よけに使ったとしても、だったら事件を聞いて警察に届け出てくるでしょう。社長を追い払う絶好のチャンスだ。社長の話を信じるかぎり、殺人事件に発展しそうな感じじゃないな」

　一ツ橋は考えながら答えたが、駒持は首を振った。

「考えてみろ。被害者は指を潰されていたんだぞ」

「指紋、前科あり――そうか、ひょっとして脅迫の前科かもしれませんね」

「伊能圭子に話を聞いたか」

「いえ、まだです。ゆうべは子連れででかけて遅かったようです。誰かに児玉社長の友人とやらの話の確認をさせましょう。圭子に話を聞くのは、そのあとにしますか」

「いや、直接ぶつかってしまおう。在宅かどうか確かめてくれ。それにしても、どうも気になるな。どさくさまぎれで問いつめるのを忘れたが、あの社長、他にもなにか隠してるんじゃないか……おや」

駒持は足を止めた。駅前通りを隔てて反対側にある〈鬼頭堂〉の一号店、いつもは十二時開店なのだが、九時すぎの今、すでにシャッターが半分開いている。店内に半身入れてのぞきこんでいる若い男が見えた。

中里澤哉だった。

2

「おはよう」

鬼頭典子はびくっとして、手にした本を取り落とした。中里澤哉は困ったように、

「ごめん。脅《おど》かしちゃったみたいだ。大丈夫だったかな」

「入江さんに謝って。彼女に頼まれて取り寄せた牧野義雄《よしお》の洋書だから」

「誰それ。高いの？」

「売値で八万円」

「げっ」

典子はくすくす笑い出した。

「別に壊れちゃいないから安心しなさい。入ってよ。お湯が沸いたらコーヒーでも入れるから」

「ありがたい。寝不足で太陽が眩《まぶ》しいんだ」

「おたがいさまだわね。インスタントだよ」

「砂糖とミルクをいっぱいずつ、お願いします」

中里は踏み台を引き寄せて腰を下ろし、典子は本だらけの事務机に肘《ひじ》をついた。電気ポットがお湯を沸かすごうっという音が、店内にかすかに響き渡った。

「ひどい事件が起きたものね。おかげでうちの母親が大騒ぎ。もっとも、なにもなくてもどこからか騒ぎのネタを見つけてくる人だけど。早々に逃げ出してきちゃった」

「だからこんなに早く店が開いてたんだ」

「あなただって、塾が始まるまでまだ何時間もあるでしょうに。もっともそれだけじゃないのよ。慣れてる店員がひとり、風邪こじらして休みなの。今日は忙しくなりそう」

お湯が沸いた。典子がコーヒーを入れ終わるまでの間、中里は〈鬼頭堂〉店内を一周した。

店は、全部で二十坪ほどの広さがあり、入口左脇にレジ兼見張り台、奥に買取のカウンター、その脇が彼らのいるレジと事務所を兼ねたようなカウンターになっている。それ以外の壁はすべて本棚になっていて、中央にも四列の本棚がずらりと並んでいた。

入って右手側の壁にはびっしりと医学書が詰め込まれた棚。その隣は外国文学、その裏側は日本文学ときて、若干の教育書や参考書のまざった新書コーナーがあり、ミステリやSFの文庫やノベルスが色とりどりに並んでいる。左の壁には、パラフィン紙のかかった文学や映画の評論があり、入口脇の壁には、大小とりまぜた児童書の類が並んでいた。中里は『ねこのオーランドー』を手に取って引き返した。

「買うの？」

「買う。だけど、八百円は安くないか。これ、絶版だろ」

「いいの。児童書で儲けようとは思わないから。他に入り用のものがあったら、探しとくけど？」

「ついでにいいんだけど、瀬田貞二《せたていじ》の『幼い子の文学』と石井桃子《いしいももこ》の『児童文学の旅』が出たらとっといてよ。岩崎が探してんだ」

「瀬田さんのは倉庫にあるわよ。『児童文学の旅』はこないだ石井桃子全集に入ったから、古本で待つより新刊を買ったほうが早いかも」

「だけど、コミックをどけたらこの店もずいぶん様変わりしたもんだね」

「二号店のオープンは去年の暮れの話よ。それだけ長い間、来なかったってことよね」

会話がとぎれ、店に沈黙が下りた。

うさぎ模様のマグカップを渡されると、中里は意を決して話し出した。

「昨日の夜、俺たち〈黄金のスープ亭〉に行ったんだよ。入江さんや松村さん夫婦や、伊能さんの旦那に三島親子も来てた。きみも来るんじゃないかと思ったんだけど」

「母が逆上して、それどころじゃなかったんだ」

「なんできみのお母さんが。喜んで死体を見に来てたのに」

「そうね、訂正する。ショックを受けたふりをして介抱してもらえば、もっと楽しめると思って喜んで逆上したってわけ」

「ひどいな」

「どっちが？　あたし、それとも母のほう？」

中里がコーヒーにむせたのを、典子は薄く笑って、

「馬鹿げた考えなんだけど、あたしと母がもし親娘じゃなくて夫婦だったら、けっこう仲のいい夫婦だろうって時々思うんだ。夫婦はいざとなったら離婚できるから。嫌になったら別れられる相手とだったら、割り切ってうまくつきあえるんじゃないかってね」

「本気でそう思う？」

典子は中里から目をそらした。

「まさか。冗談よ」

「割り切るって、すごく大事なことだと思うよ」

中里はぽつりと言い、慌てたように話題を変えた。

「昨日の晩は、また大変だったよ。松村の奥さんが変なこと言い出してさ」

「朱実さんがなにを言ったの」

「要領を得なかったんだけど、どうも裏の山道でこそこそしている誰かを見たらしいんだよ」

「また例の目立ちたがりが始まったのね」

典子は冷たく言い放った。中里は目を丸くした。

「目立ちたがり？」

「そうよ。あのひとがやたらにトラブルを起こす最大の理由はそれよ。誰も彼女をまともに扱おうとしないもんだから、なんとかして注目を集めたいんでしょ。センセーショナルな話題を持ち出して、自分は他の人よりいろんなことを知ってるんだって見せびらかしたいだけ」

「そうなのか」

「あたしやセリナや三島さんに反感をむき出しにする理由が、他にあるかしら。彼女たぶん、自分より若くて仕事を持ってる女にコンプレックスがあるんだわ。でもそんなもの認めたくないから、別の方法であたしたちを見下そうとしてるわけ。馬鹿ばかしいやり口だけどね。他人を気にしているひまがあったら、自分を磨けばいいのに」

「松村の奥さんがきみたちに反感を持ってるなんて、気づかなかったな」

「男ってのんきでいいわね。例えば彼女、セリナにはいつもすごい持ち上げかたをすんの。牧野さんはさすがだわ。牧野さんは違いがわかるのね。牧野さんはそりゃもういろんなことよくご存知だし。って言っておいて、それにくらべてわたしは駄目ね、うちの夫の店はあんたんとこに比べりゃ低級だし、と必ずはっきり付け加えるわけ。まるでセリナのほうが、朱実さんや松村さんのレストランを馬鹿にしてるように聞こえるじゃない？」

「そういや、確かにそんなこと言ってたな。でも、俺にはその言葉通りの意味にしか受け取れなかったけど。つまり、牧野さんはさすがで松村の奥さんは駄目だって、それほんとのことだから」

典子はふき出した。

「事情をよく知っている人間はみんなそう思うでしょうね。そこが彼女のあさはかなとこよ。でもずる賢い」

「ただの馬鹿なんじゃないの」

「違うよ。三島さんとこのヒマワリ切ったのは日曜日の早朝だったじゃない。双子が来週学校に持っていってみんなに見せるんだってはしゃいでたばかりでしょう。タイミングが良すぎるよ。で、道にはみ出ていたからかまわないと思って、とかなんとか言い訳並べて、まるで自分が迫害されているみたいにふるまった。——ところで、その山道を歩いてたのっていったい誰のこと」

「言わなかった。三島さんが止めたんだ」

「三島さんが止めたくらいで言うのをやめるなんて。いったいなに企《たくら》んでんだか」

典子が吹き出した毒気にあてられ、中里は黙った。やがて彼は口調を変えて言い出した。

「岩崎に言われたんだ。俺は恐竜みたいに鈍いって。痛みを覚えても、それを認識するまでに時間がかかるんだってさ。確かにその通りなんだよな。おまけに一度感じた痛みを忘れるのにも時間がかかるときてる。だけど、人並み以上に時間がかかっても、ちゃんと痛みを感じるし、ちゃんと忘れられるんだ。だから、うまく言えないんだけど、なんていうのか、俺つまり、馬鹿みたいなんだけど」

「やめとこうよ」

典子は中里の言葉を遮った。

「中里くんには感謝してる。それは本当よ。これってだけど、中里くんの問題じゃなくってあたしの問題だから」

「どういう意味だよ」

「意味って」

典子はうろたえて、うつむいた。

「意味って言われてもさ。とにかく、こんな時だし」

中里澤哉は踏み台から立ち上がった。

「やっぱり、あの死体がなにか関係してるんじゃないだろうね」

「やめてよ。母親とおんなじこと言うの」

「お母さんと同じって……」

「いま、妙なこと考えたでしょ」

典子は唇を紫色にして、

「死体のことなんか、あたしはなんにも知らない。殺人をあたしのあれと結びつけるのはやめてほしいよ。いくら笹間が」

典子ははっとして唇を噛んだ。中里は茫然と典子を見下ろした。ふたりの視線は宙で絡み合った。それぞれが、それぞれに、悲しい納得をした。中里はマグカップを事務机に置くと、急いで店から出ていった。取り残された典子は机の上の本の山を丁寧に積み直しながら、どこか遠くを見ているようだった。

3

気泡が流れ星の早さでセリナの視界をよぎった。続いて、きらきらとブルーの星が中心から現れて飛び散り、それを合図にしたかのように世界の中心に色と光があふれ出した。怒濤《どとう》のごとく黒い粒が流れ出し、その合間に星や月がゆっくりと、あるいは素早く、いくつもに増えながら消えていく。

「太陽光線で見るのがいちばんきれいなんだって」

セリナの肘のあたりで、入江菖子がのんびりと言った。セリナは最後の星がゆっくりと現れ、八つに別れ、消えるのを確認して万華鏡《まんげきょう》から目を離した。普通の万華鏡とは違い、これには先に細い筒がついている。中には黒い粒と、赤や緑、青の光る星や月、それに透明な液体が入っていて、中身のあるほうを逆さにして反対側の穴から覗くと、液体のなかをゆっくりと粒や星たちが落ちていく仕組みなのだ。おかげでくるくる回さなくてもマンダラのような美しい世界を味わうことができる。

「すごい。これ、どうしたの?」

「角田港大の奥さんにもらった。以前、万華鏡が好きだと言ったのを覚えていたみたい。アメリカ旅行の時に買ったんだって」

「万華鏡が嫌いなひとがいるかしら。菖子さんって、角田港大の奥さんとも知りあいだったんだ」

「と、いうほどでもないけどね。引っ越してきたばかりの日に、夫婦揃って挨拶に来たんだよ。うちがいちばん最後だったのと、まんざら知らない仲でもないから、ちょっとあがってもらったんだ。そのとき彼女が本棚に万華鏡があるのを見つけてね。さっき、出掛けに持ってきてくれたんだ」

菖子のリビングルームには本があふれていた。もっともリビングにかぎったことではない。玄関の下駄箱の上、二階の丸一部屋、トイレ、台所の一部までをも大量の本が覆い尽くしているのだ。セリナが座っているソファの横にも、数冊の本がどさっと並べられていた。セリナはばつが悪そうな顔で万華鏡を置き、バッグから角田港大の本を取り出した。

「これ、ありがとうございました。お返しします」

「ちゃんと読んだのかい」

「それがその」

口籠るセリナに、菖子は寝癖のついた金髪をふりたてて大笑いした。

「おおかたそんなことになるんじゃないかと思ってたんだよ。わたしはけっこう好きだけどね。このセンチメンタリズムがたまらない」

「まったく。この『失われた挽歌』って本のメロドラマちっくなことったら、もう」

セリナは正反対の感慨を込めて、相槌をうった。菖子はむふふ、と笑って、

「あんたに向かないのはなんとなくわかってた。女性の描き方が嫌なんだろ。そう思ってもっとも角田港大の悪い癖が出た作品を渡してやったんだ」

「わあ、ひどいんだ」

お昼前、ヴィラはなにごともなかったように静かだった。三島芙由はいつものように双子を学校に送り届けて市役所に出勤。たぶん同僚たちから質問攻めにあっていることだろう。鬼頭時子はワイドショーにチャンネルを合わせ、昨夕飛行機事故で不慮《ふりょ》の死を遂げた国民的歌手の話題に熱中していたし、十勝川レツは娘からの電話を叩き切ったところだった。仕事のあるも

のは職場へ向かい、そうでないものは不安を抱いて家にいる。だが外見上は、ヴィラの住人たちはいつもとまったく変わらない月曜日を過ごしていた。

「あんたは仕事に行かなくていいの？」

菖子は紅茶を濃くいれて、セリナに渡しながら聞いた。

「もう行ってきた。でもお客さんは早々にチェックアウトしちゃったから。今日は予約も入ってないし、ランチタイムに戻ってくればいいって言われてるの」

「ホテルの仕事も大変だね。忙しくなるのか暇なのか、予測がつかないんだから」

「それはどんな仕事でも同じじゃないですか」

「そらそうだ」

入江菖子はしばらく黙っていたが、やがて声をひそめた。

「ねえ、あんた、あの殺人ほんとに不動産屋がやったんだと思ってる？」

「菖子さんはどう思ってるの」

「昨夜はワイン一本空けちまってたし、あれ以上みんなの不安をあおっても仕方がないし、そのうえ朱実さんがなに言い出すかびくびくしてたから、とりあえずは不動産屋説に賛成したんだけど。一晩明けてよく考えてみると、腑《ふ》に落ちないいんだなあ」

「まあね」

セリナは渋々うなずいた。

「児玉社長はいいひとだけど、だからって人殺しをしないとはかぎらないですよね。人殺しってたいていが、なんだかとても感じのいいひとみたいなんだもん。けど、松村の旦那さんが言ってたみたいに──」

「なによ」

「昨日、そのこと考えて眠れなかったんだけど。松村の旦那さんが帰り際にわたしに聞いたでしょう？　鍵を持ち出せたのは、ほんとに不動産屋の夫婦だけなのかって。児玉礼子さんが言うには、鍵の入っていた金庫を開けることができるのは、不動産屋の夫婦と社員のひとりだけだって、わたしはそう答えた」

「ふむ」

「そう言った瞬間、誰かがぴくっと反応したの」

「誰かって、誰が」

「わかんない。全然たいしたことじゃないと思うの。でも気になっちゃって」

入江菖子は茶箱を改造して作ったお気に入りの足台に脚を載せ、腕を組んだ。

「そういうことってあるよね。二十代の頃の話だけど、友人たちと飲みに行って、その場にいない友人の話になってさ。彼女、結婚が決まったんだってって誰かが報告したもんだから、そりゃめでたいって、それを肴《さかな》にますます飲んで盛り上がったんだ。だけど、なにかが気になってしかたなくて、わたしゃあんまり酔えなかったね。なにが気になるんだか全然わからない。

みんな嬉しそうにはしゃいでるし、特に悪酔いするやつもいないし、結局理由がわからないまま楽しく解散したんだけど、しばらくたって、そのなかのひとりが自殺したんだ」

「自殺？」

「失恋自殺」

ああ、とセリナはうなずいた。菖子はリネンのテーブルクロスを置き直しながら、

「ずいぶん長いこと、わたしは自分を責めたよ。あのとき気づいてたら、どうにかしてやれたんじゃないかって」

「そんなの、菖子さんのせいじゃないですよ。わかってたって止められたかどうか。本気で死にたいと思ってるひとを、止められるひとなんかいやしません」

セリナの口調にはほろ苦さが込められていた。菖子はちらと彼女に目をやった。

「変な話題を持ちだしちゃったかな」

「いえ。いいんです」

セリナは肩をすくめた。

「うちのが死んでから、もう三年もたってるんだから」

「この話するの、初めてだよね。妙なこと聞いて悪いけど、旦那さん自殺だったの？」

「さあ。書き置きもあったし、死体もあがったしね。自殺ができるようなひとじゃなかったんだけど」

「きついこと言うようだけど、人殺しができない人間がいないように、自殺ができない人間もいないんじゃないかな」

「そりゃね。痛みを伴う病気にかかっているんだったら、春太が自殺しても驚かなかったな。あのひとほど、病気や怪我を怖がるひとはいないんじゃないかしら。つまり、風邪をひくのが怖くて身投げができないタイプなんですよ」

「旦那さん、春太っていったんだ」

「春に生まれたから春太。南春太ですよ、おめでたい名前でしょ。実際、のんきで楽観的なひとでした。だから他人の借金をかぶるはめになったんですけどね。いまいましい」

「まあまあ。今のあんたには恋人もできたんだし、もういいじゃない。やっと連れ込んだんだな、ほら三日前の夜。ロバさんを」

「やめてくださいよ」

「なんかほほえましくていいね、つき合い始めたばかりのカップルって」

「羨ましかったら、菖子さんも男見つけたらどうですか」

「こう見えても理想が高いんだ。武芸百般家事全般こなした上、国会図書館並みの書庫と、大英博物館級の骨董品の山と、府中《ふちゅう》競馬場くらいの広さのある馬場を用意してくれるような男じゃなきゃね」

「ついでに仁徳《にんとく》天皇陵サイズのお墓も作ってもらったらどうです？」

「うるさいな。いいんだよ、言うだけならタダなんだから。そうだ、姫路城ほどの酒蔵を忘れちゃいけない」

「しかし、それだけの広さを旦那が一人で管理するんですか。菖子さんの旦那になるのも大変だわ。——あれ。なんの話をしてたんでしたっけ」

ふたりはきょとんとして顔を見合わせ、菖子が手を打った。

「そうそう。昨夜の会議に出席してた人間のなかに、不動産屋の社員と聞いて驚いた人間がいたって話だった」

「いたような気がするってだけです」

「気のせいって案外馬鹿にできないって話をしてたんだ」

「そう」

セリナはしばらく物思いにふけっていたが、やがてぽつりと言った。

「いったいあの死体、何者だったんだろう」

「そこが問題だよ。身元さえ特定できれば、事件は解決したのも同然だろうね」

セリナは半ばぽかんとして菖子を見つめ、やがて、でも、と付け加えた。

「身元が特定できたとしても、それで事件が解決するかしら」

「するでしょうよ」

「でも、それじゃ家の鍵は？」

「そこでまたしても、話はあんたの感じたその〈ぴくっ〉てとこに戻るのであった」

菖子は面白くもなさそうな顔で、

「犯人があの空き家を現場に選んだのはなぜだろう。人目を引きたくなかったからだろうか。それとも死体を置き去りにするのにちょうどいいと思ったからだろうか。もしくはなにか、突発的なことだったんだろうか。不動産屋から鍵をこっそり持ち出したんだとすれば、計画的にあの家を選んだことになる。まあ確かに、台風が来てるさなかになら、ちょっとくらい騒いでも隣近所に知られる気遣いはないかもしれない。でも、仮にわたしが犯人だとすれば、犯行現場には海か裏山を選ぶね。人気《ひとけ》はないし、特に海なら事故ですむかもしれない。人の出入りの限定された空き家に死体があったから、いっぺんで殺人だってことになったわけだ」

「殺したあと、海か山に捨てることもできた」

セリナが呟いた。菖子は眉を寄せた。

「そう。犯人はどうしてそうしなかったんだろう」

セリナは小首をかしげ、ゆっくりと言い出した。

「誰かがもともと空き家を利用していて、殺人は偶発的、突発的に起きたのかもしれない。その人物はなんらかの理由で空き家の鍵を持っていた。そこへあの死体の男がやって来た」

「どうしてやって来るのさ」

「無断で空き家を利用してたんだとすると、その利用者にはなにか後ろ暗い理由があったはずじゃないですか。男はそれをかぎつけてやって来たんじゃないかしら。つまり、鍵は殺人目的で不動産屋から持ち出されたわけじゃなくて、別の目的で先に準備されてたんですよ」

菖子はセリナを横目で見て、ふふん、と言った。

「わたしの目に狂いはなかったね」

「なんのこと」

「セリナ、あんた探偵になんなさい」

「……へっ?」

しゃっくりめいた声をあげたセリナに、菖子はしれっとして付け加えた。

「女探偵はいいぞ。話が面白くなる」

「ちょ、ちょっとちょっと。面白くなるって、小説じゃないんだから。第一、もし今の推測があたっていれば、犯人は不動産屋の社員か、それともヴィラの誰かってことになりますよ」

「だろうねえ」

「冗談じゃありませんよ。近所同士、疑心暗鬼になるなんてごめんだわ。おまけに犯人はうちの常連の可能性が高いじゃないですか。お客をひとりなくすことになるだけで、いいことなんかひとつもない。——あ」

「どうした」

「そういえば、朱実さんが裏山で見たひとっていったい誰だったんだろ」

菖子はにやにや笑いを抑えられずにいた。

「なんだかんだ言って、結局気になってるくせに」

「そりゃ気になりますよ。でも、それとこれとは別問題でしょ。貧乏暇なしですからね。探偵の真似事してる時間はございません」

「そうでございますか。失礼をいたしました。——ま、それはそれとして、朱実さんが誰を見たかは気にしなくっていいんじゃないの。あのひとのことだから、きっとまた針を棒にしてるだけだよ」

「かもね」

溜息まじりに答えたセリナは、次の瞬間ぎょっとして顔をあげた。

「ねえ、いまのなんですか」

「今度はくしゃみじゃなさそうだったけど」

ふたりは不安げに顔を見合わせ、同時に立ち上がっていた。

4

それより以前、九号棟の伊能家に客があった。圭子は台所で必死に考えをまとめていた。なんでもない、これはただの聞き込みなんだ。ゆうべあたしがいなかったから、今日になって訪ねてきただけよ。だが、ふたりの刑事は硬い表情をしているように見えた。圭子の手が震え、お茶は茶托に注がれてしまった。彼女は深呼吸をしてやり直した。

一ツ橋は感心してリビングを見回していた。ソファは皮張りで柔らかく、テーブルは本漆《ほんうるし》、この世のものとも思えぬほど細かなレースのテーブルクロス、そのうえにはウェッジウッドのボンボン入れ、じゅうたんはシルク。細く開いた窓から潮風が入り込み、リバティプリントのカーテンを揺らしている。とても五歳の子どもがいる家には思えない。

「落ち着かない部屋だねえ」

反対に、駒持警部補は嫌な顔で周囲を見回していた。

「まるでモデルルームだ。生活の匂いが全然しない。おまけにアンバランスだ。上の邸宅ならともかく、この程度の家には不似合なものばっかり飾ってやがる。見ろ、あの絵」

目の前の壁にはこれみよがしに一枚のデッサンがかけてあった。少女の絵だということはわかるが、絵よりも額縁のほうがよほど立派に見える。

「ガーワンだ。本物だぞ」

「へえ」

誰だ、それは。一ツ橋がまぬけな相槌を打ったとき、伊能圭子がお茶をささげ持って入ってきた。前もって電話を入れてあったとはいえ、圭子の身支度には驚かされた。きちんと化粧をし、高価そうなワンピースに身を包み、腕時計から指輪、きれいに塗られた爪にいたるまで、非のうちどころがない。

「お忙しいのに、突然押しかけて申し訳ありません」

「刑事さんたちにはお仕事でしょう。今日は特に忙しいわけではありませんし」

「確か、こちらには小さいお子さんがいらっしゃるんじゃ」

「ええ、でもうちの子は聞き分けも良いし、おとなしいんですよ」

だろうな。一ツ橋は胸のなかで呟いて、早速質問を開始した。この辺りで不審な人物を見たことはないか。三号棟に出入りしている人間は。被害者に心当たりは。圭子の返事はどれも、いいえ、だった。

「わたしは専業主婦ですけど、子どもの習いごとやなにかで留守にすることが多いんです。あんまりご近所づきあいもありませんし」

「近所づきあいをなさらないのはどうしてですか」

「どうしてって言われましても。波長があう方がいらっしゃらないだけですわ。わたし、自分の生活にずかずか踏み込まれるのは好きじゃありませんし、下手にご近所と仲良くなったりすると、暮らしにくくなるじゃありませんか」

「たとえば、誰かあなたの生活に首を突っ込もうという人間でもいましたか」

「そんなこと」

圭子は上品に押し黙った。一ツ橋は誘いをかけてみることにした。

「二号棟の五代さんって方は、どうやらそういうタイプのようですね」

「ああ、あのおじいさん。でも、あの方はまだいいほうです。なにかおっしゃりたいことがあれば、回覧板みたいなものを回してよこすだけですから。そういえば、うちの子どもがおとなしすぎる、子どものうちはお稽古ごとなどよりもっと外を走り回らせたほうがいい、なんて言われたことがありました。余計なお世話だって申し上げたら、すごすご引っ込んでいきましたわ。台風の日の次の晩だったかしら、心臓発作を起こして救急車で運ばれていかれましたけど、気の使い過ぎじゃございませんかしらねえ」

圭子は高慢ちきに吐き捨てた。この機を逃さず、一ツ橋は突っ込んだ。

「まだいいほう、ということは、もっとひどいひとがいるわけですね」

「ええ。でも、こんなことを申し上げていいのかどうか」

「おっしゃってください。事件に関係がなければ、私どもは他言しません」

「あの、五号棟の松村さんの奥さん。ずいぶん身勝手な方なんですよ。うちの駐車スペースに自転車を置いてしまって。わたし、車を入れるとき気づかなくてその自転車、ひいてしまったんです。おかげでボディに傷がついたものですから、修理代を請求したんです。当然ですわよね」

「ほう。それで」

「まるでお話になりませんでした。わたしが故意に自転車を壊したんだから、わたしのほうが自転車の代金を支払うべきだ、なんて言って。おまけに断りもなく新しい自転車を買って、請求書を回してきたんです。払うのが当然だ、っていうようなけろっとした顔で。わたし、あんまり腹が立ったもんですから、つい怒鳴ってしまったんです。そしたら皆さんが家から飛び出してきて、恥ずかしくて居たたまれませんでした。彼女はまるでわたしが理不尽なことをしたように、怯《おび》えたふりをして泣いてみせるし――でも、さすがに事情を聞いたら、松村さんのほうが悪いって皆さんも言ってくださいました。結局、松村さんのご主人があとでお詫びにみえて、うちの主人と話をして、車の修理代を負担してくださることになって、その件は片付いたんです。あとで思ったんですけど、彼女、最初から新しい自転車が欲しくてあんな真似をしたんじゃないかしら。だとしたら、ずいぶん幼稚な話ですけど」

「まったくですね」

「ご主人がお気の毒ですわ」

圭子は澄まし返ってお茶を飲んだ。つられて一ツ橋もお茶を口に含んだが、おそろしく苦い代物だった。

「他にこのヴィラの方と、話をされたことはありませんか」

「お隣の牧野さんとは、ときたま。主人があのレストランの食事が好きで、よくでかけるんです。確かにお料理はおいしいですわ、あの店」

なにかいやいやながらといった調子で、圭子は認めた。一ツ橋はおや、と思った。

「お料理の話なんかなさるんですか、牧野さんとは」

「いえ、そういうことじゃないんです。挨拶をしていただいたり、予約をとっていただいたり、その程度なんです」

つまり牧野セリナは使用人レベルだと言いたいわけだ。一ツ橋はその瞬間、伊能圭子が大嫌いになった。彼女があとで友人に話すさまが目に浮かぶようだ。ええ、刑事が来ましたのよ。お茶を出しましたけどね。まあ、とんでもない、あなたからいただいたあのおいしいお茶など。あの方たちってそれほど舌が肥えているとは思えませんもの。

「角田港大さんご夫妻とは、いかがですか」

「ああ、あの方たちには親しくしていただいてます。引っ越してきた当時、挨拶にお見えになって。一度ぜひ、邸宅にとお誘いをいただいたんですけど、忙しくてなかなかうかがうチャンスがなくて」

「へえ」

嘘つけ。一ツ橋の声に疑念がにじみ出た。駒持がすかさず彼の脇腹をついた。

「では、児玉不動産の社長夫妻は」

「家を買ってしまったあとは、特におつきあいはありません。ああ、でも、そういえば台風の日だったかしら。社長さんがセールスにお見えになりました。なんでも病院町に素晴らしい家があるそうで。でも、あの方、あまり営業には向いてらっしゃらないようね。照れて、なんだかもじもじしてらっしゃいました」

圭子は艶然と微笑んだ。一ツ橋は彼女の勘違いを笑う気にもなれず、言葉を継いだ。

「そうですか。よくわかりました。ところで、話は変わりますが——というよりも、これはここだけの話なんですが」

「はあ、なんでしょうか」

「実はあの死体の身元はまだ不明ですが、どうやら犯罪に関わりがあったと思われるふしがあるんです」

「まあ」

膝の上にきちんと揃えられていた圭子の手が、不意に軽く震え始めた。

「怖いのね。こんな平和な場所で、犯罪者同士が殺しあうなんて」

「状況から、別の可能性を我々は考えています。つまり、被害者は、例えば誰かの弱みを握っていてそれをゆすりの材料に用い、かえって殺されてしまったのではないかと」

「弱みですって」

圭子の指はいまや激しく震えていた。彼女は必死に笑おうとした。

「なんだかドラマみたいな話ですのね。弱みってどんなものですか」

「他人に知られたくない秘密でしょう」

「浮気かしら」

「人殺しかもしれません。法律上の殺人ではなく、道義的な責任を問われるようなものですね」

一ツ橋は言いながら、飛躍しすぎたかと気になったが、圭子は気づきもしなかった。

「だったらなにも、秘密にすることもないんじゃないかしら。道義的な責任だったら、責任はないのと同じでしょう」

「世間はそうは思わないでしょう。仮に、仮にですよ。それが原因で家族全体に不利益をもたらすようなことがあれば、誰でも必死になるんじゃないでしょうか」

「不利益っていったいどんな？　それで主人の会社が経営不振になるとは思えないけど」

圭子は我を忘れ、自分のことだと認めてしまっていた。一ツ橋は最後の一押しをした。

「評判を気にする私立の学校に子どもを入学させられなくなる、というのはどうでしょうかね」

念入りな化粧の下で圭子の顔は、それこそシーツのように真っ白になった。

「つまりもう知ってるんですね。さすが警察だわ。いったいこんなに早く、どなたから聞かされたのよ」

「それは申し上げられません」

「いいわ。認める」

一ツ橋はてっきり事件がもう解決したのかと思い込んだ。が、圭子は続けて、

「そうよ。思い出しても頭にくるわ。あたしがどんな悪いことをしたっていうのよ。不倫でちょっとの時間しか会えなくて、だから一緒のときはできるだけふたりの時間を楽しもうとしただけじゃない。たまたま運悪く彼が操縦ミスをしたってだけで、周囲は鬼の首でもとったように大騒ぎして、結局はあたしが悪いんだってことにしたのよ。あたしが五人を死なせたわけじゃない。あたしだって被害者なのに」

「それで、ゆすられたんですか」

「あたしにだって敵くらいいたわ。そいつらが噂を流して、それが事故で死んだセスナのパイロットの弟の耳に入ったらしいの。その男、あれはほとんどストーカーね。しつこく脅迫状を送ってきたり、無言電話をかけてきたり、嫌がらせが毎日でノイローゼになりそうだった。そんなとき、伊能と知り合って結婚したわけ。かろうじて寿退社になったんで会社も安心したんじゃない。会社にとっても、あの事故は不名誉な話だし、そこにあたしの話が出回ったら、大変なことになるでしょう。だからあたしの居所については絶対に知られないように手を打ってくれた。こんなへんぴな場所でもあの弟から逃げることができて、ほっとしてたのに」

「また脅迫に現れた」

「現れたわけじゃないけど」

圭子は二階へあがり、しわしわになった紙と封筒を持って戻ってきた。一ツ橋は受け取ってそれを眺め、駒持に回した。

「これ、お預かりします。あとで預かり証を渡しますから」

「持っていってくれたらほっとするわ。それにしても、どうしてあのことがわかったの」

「警察にはいろんなルートがありますから。で、そのパイロットの弟が空き家で死んでいた男なんですね」

「まさか、そんなこと」

圭子の声が裏返った。

「殺したのはあたしじゃないわよ。だいたいあたし、その弟の名前も顔も知らないんだから。手紙と無言電話だけだったし」

「この手紙には差出人の名前がありませんね」

それまでまったくの無言だった駒持警部補が、不意に口を挟んだ。

「これまでの手紙に差出人はありましたか」

「いいえ」

「確か、電話も無言だったんでしたね。なのに、どうして脅迫者がパイロットの弟だってわかったんですか」

「だって、他にそんなことしそうなやついなかったもの。それに彼が」

「事故を起こした機長ですか」

「そう。彼がそうだって言ったもんだから」

「機長とはその後は」

「事故のあとすぐ別れたわよ。伊能と結婚も決まったし。——ねえ、ほんとにあたしじゃないのよ。あたし殺《や》ってない」

「受け取られた脅迫状はこれだけですか」

「ええ。結婚してからはこれだけよ。だからあたし、ショックで……」

「ご結婚は」

「七年以上になるわ」

一ツ橋と駒持は顔を見合わせた。七年もの間、やんでいたはずの脅迫が再び始まったのだとすると、脅迫者は以前の人物とは別人の可能性もある。不動産屋の児玉社長が聞き込んだように、偶然に最近この話を聞きつけて脅迫を始めたのかもしれない。

ふたりの刑事は腰をあげた。

「あとはこちらで調べましょう。なに、あなたの言うことが本当なら、すぐわかることです。もし本当ならね」


伊能圭子はしばらく放心したように座っていた。すべてを知られてしまって、重荷を下ろしたような心持ちもする。が、もっと大きな不安もあった。急に息苦しくなり、細く開いていた窓を全開にした。風が部屋のなかへ入り込んでくる。秋の、冷たい風が。圭子は飢えたように新鮮な空気をむさぼり――硬直した。
窓の下に、誰かがいる。
圭子はぎゅっと窓枠をつかみ、身を乗り出した。途端に大きな顔が視界いっぱいに広がって、
圭子は悲鳴をあげた。

第5章　容疑者が多すぎる

1

三島芙由は急いで車を飛び降りた。ショルダーバッグをつかむのももどかしくドアを閉め、早足で校舎に向かった。娘たちは校長室のソファに並んで座り、そっくり同じ涙のあとのついた顔を、息を切らしている母親に向けた。芙由はふたりにそっとうなずくと、校長に尋ねた。

「いったいどういうことなんですか。お電話では事情がよくわかりませんでしたので」

「まあ、おかけください」

「おかけください？　娘たちが大変だ、なんておっしゃるから仕事を抜け出してきたんです。事故でもあったんじゃないかと心配させておいて、おかけくださいはないでしょう」

「興奮なさらないで。まずはおかけください」

女校長は命令するのに慣れた口調で繰り返し、芙由は白いコートを脱いで娘たちの隣に浅く腰かけた。

「それで？　なにがあったんです」

「ちょっとした喧嘩がありました。子ども同士のことですから、あまり大ごとにしたくはなかったんですが、大事をとって相手のお子さん――武田《たけだ》トモルくんというんですが――を病院に運びました。ふたりがかりで階段から突き落としたんです。いましがた病院から連絡が入りまして、幸い脳波にも異常はないそうですし、軽い打撲ですみましたが」

芙由は鋭く息を吸い込んで、双子を見た。双子は同時にしゃべり始めた。

「だって、トモルってひどいんだもの」

「近所で起きた殺人が、ママの仕業だって言うんだもの」

「ママが殺したって」

「パパのこともママが殺したって」

芙由は立ち上がり、娘たちの真ん中に座り直して両腕でふたりを抱き締めた。娘たちは母親のグレーのアンゴラのセーターに頬を擦り寄せた。芙由は顔をきっとあげ、校長を見つめた。

「夫のことに関しては、くれぐれも他言しないようにお願いしておいたはずですが」

「もちろん、私どもではありません」

女校長は眼鏡を持ちあげた。

「しかし、こんな小さな町のことですからね。どうしたって話は伝わってしまいます。それを中途半端に聞きかじった子どもが、そういう残酷なことを言ったのだとすれば、まったく不本意なことです」

「不本意ですか」

芙由の声は震え始めていた。校長は一瞬たじろいだが、すぐに顎をあげて、

「ですが、だからといって暴力を振るっていいことにはなりません。あなたがた親子にとってはかえって不利なことになってしまいます」

「校長先生は第三者だから、そういう冷たいことをおっしゃれるんですわ。ええ、近所で殺人がありました。でもそんなの不可抗力でしょう。わたしたちにどうしろっておっしゃいますの。人殺しが起きないように、ご近所中を見張っていろとでも？　自分たちの身を守るだけで精一杯だっていうのに」

「いいですか。私は確かに冷たい第三者です。ですが、かえって物事はよく見えているつもりです。階段から誰かを突き落とすような子どもの母親なら、夫をも殺しかねない、そう思ってしまう人間だっているんですよ」

「校長先生もそのおひとりってわけですか」

「いいえ」

彼女はきっぱりと答えた。

「そうは思いません。子どもはまだ善悪の区別がよくできていない生き物です。かっとなった

ときに歯止めがきかない。特に、あなたの娘さんたち、一卵性の双生児はまだ、半ば自分たちを分離できていません。どちらかが実行しようとしても、どちらかが止められたはずだ、そう世間は見るでしょうが、私はそうは思いません。とはいうものの——おわかりでしょう？　ことはあなたがたにきわめて不利なんです」

三島芙由は大きく深呼吸した。ややあって、彼女は言った。

「……わかりました。まずは怪我をされたお子さんとそのご両親にお詫びをしなくては。子どもたちは二、三日のあいだ、学校を休ませます。それにしても、どうしてわたしが夫を殺したなんて噂が広まったりしたんだろう」

最後のほうはほとんど独り言になっていた。校長は聞こえないふりをして立ち上がった。

「病院に行かれますか。私もご一緒に参りましょう。怪我もひどくなかったことだし、事情を説明すればご両親も納得なさいますよ」

残念ながら、そのご両親はなかなか納得なさらなかった。芙由は米つきバッタのように頭を下げ続け、校長や担任の口添えもあって、三十分ほどたってようやく武田夫妻は気持をなごませてきた。

「うちのトモルも口が悪すぎるんですよ。言っていいことと悪いことがある。もっとも、だからといって暴力に訴えるのはどうもね」

父親は訳知り顔に芙由を流し見た。

「本当に、なんとお詫びしてよいものか」

「ひとつ間違えば、大怪我になっていたかもしれないんですからね」

母親が大仰に言った。芙由は仕方なく相槌を打った。

「娘たちにはよく言って聞かせますので」

「それにしても、あの松村さんの奥さんにも困ったものだわ。一番の元凶はあの奥さんよね。子どもが聞いている側であんな話をするんだから」

聞き分けのない子どもを持った同じ母親として、低姿勢を続ける芙由がだんだん気の毒になってきたらしい武田夫人はそんなことを言い出した。芙由は驚いて顔をあげた。

「松村さんの奥さんって、ヴィラの松村朱実さんのことですか」

「ええ、そうなのよ。あの方、先週うちで開いたキルトの講習会にいらしたの。五代フジさんが連れてきたんですけどね。まあおしゃべりで止まらなくて、三島さんはご主人と離婚したと言っているけど、本当は殺して床下に埋めてあるんだ、なんて言ったのよ。誰かが、だったら早く警察に知らせれば、って言ったら、松村さん黙ってしまいましたけど。次からはあの方は連れてこないでって五代さんにもお願いしましたのよ」

「一度警察にうちの床下、見てもらったほうがいいですね」

三島芙由はぼんやりと答えた。

岩崎晃は腕時計をのぞきながら、足取りも軽く家を飛び出した。一時四十分、塾につくのは二時少し過ぎ。捜し物をして、準備をして、三時半の授業にはちょうどいい時刻だ――そう思いながら速めかけた足を、彼は止めた。隣家、松村家の犬が笑ったような顔のまますぐったりと身体を地面に伏せている。庭と路地の境目にある白い柵から、五歳になる伊能家の息子、タケシが心配そうに犬を見つめていた。

「どうした？　元気ないじゃないか」

犬は力なく尾を振った。岩崎は背伸びをして中を覗き込み、舌打ちをした。

「なんだ。水の皿が空じゃないか。まさか、あのおばさん、昨日の事件以来水をやってないんじゃないだろうな」

タケシと犬の双方から信頼の目つきで見つめられ、岩崎はやむなく呼び鈴を押した。なんの応答もない。タケシが近寄ってきて晃に尋ねた。

「いないの？」

「そうみたいだな。困ったもんだ」

「ママに犬に水をあげたいって言ったんだけど」

タケシの目から涙があふれ出した。

「あのおばさんには近寄っちゃだめだって。ママ、なんかすごく怒ってて」

岩崎はタケシの頭を撫でた。

「ママにだって、虫の居所が悪いときだってあるさ。なにかあったのか」

「わかんない。ぼく二階にずっといろって言われてたんだけど、喉が渇いたから下におりたんだ。そしたら奥のおばちゃんがママと話してて、ママ、ぼくに出てけって言うんだ。子どもは聞いちゃいけないって。出てけって、ぼく、行くとこもないし。海はあぶないから行っちゃだめだし、山もだめだし。パパの会社は遠いし」

「心配すんな。ママは入江のおばちゃんとおとなの話があっただけだよ。ママはきっと、部屋から出なさいって言っただけで、家を出ろと言ったわけじゃないさ。おにいちゃんが一緒に行ってあげるから、家に帰ろう。っとそのまえに、ワン公をなんとかしなくちゃ」

岩崎は自宅の庭に戻り、裏庭の物置を開けた。物置には中里のダイビングの道具やら浮環《うきわ》にゴムボート、長靴や雨合羽などが所狭しと押し込められていた。そのなかから釣り道具の竹ざおとカップラーメンの空き容器を見つけると、玄関に取って返した。玄関の脇の水道で容器をよく洗い、竹ざおの先に突き刺す。それから水を入れ、こぼさないように気をつけながら犬の皿に水を注ぎ込んだ。たちまち犬は跳ね起きて、盛大に音を立てて水を飲み始めた。

「ほら、一丁上がりだ。もう一杯、やろう。今度はタケシがやってみな」

タケシは尊敬のまなざしで岩崎を見た。

「ぼく、できるかな」

「手伝ってやる。水を入れて、手を支えていてやるから。そう、うまいぞ……」

突然、リビングの窓ががらりと開き、顔をまだらにした松村朱実が現われた。驚いたタケシがさおから手を離し、水は伸び放題の芝生に注がれた。岩崎はタケシの小さな身体を後ろから抱き締めた格好で、朱実を見上げた。彼女はきんきん声でわめいた。

「うちの犬になにをするんですか」

岩崎はとっさに言葉が出なかった。朱実は重ねて、

「うちの犬にはかまわないでくださいと、あれだけ言ったでしょう。それに昼間からいったいあなたというひとは、そんな小さな子どもにまで！」

「ご、誤解だよ。さっき呼び鈴を鳴らしたのに、犬に水がなくて」

「タケシちゃん、いいから早くこっちにいらっしゃい。悪いものが伝染するから、ホモになんか近寄っちゃいけません」

「ちょっと。そりゃずいぶんじゃないか。俺はホモじゃないし、仮にホモだとしたってなんにも伝染なんかしないぜ、おい」

「まあ、悪知恵の働くひとは違うのね。そんな道具でうちのカトリーヌちゃんに悪さをしようなんて。三号棟の鍵も、ひょっとしてその釣りざおで――」

遠くからタケシを呼ぶ声が聞こえてきた。岩崎は口先まで出かかっていた悪態を無理矢理飲み下し、タケシに言った。

「ほら、ママが呼んでるぞ。家に帰りなさい」

タケシは怯えたような瞳で岩崎を一瞥《いちべつ》すると、小さな足で走り出した。その姿が角を曲がって見えなくなると、岩崎は振り向いて朱実に言った。

「あんたもいいかげんにしないと――」

言葉はとぎれた。リビングの窓が閉ざされ、カーテンが揺れるのが見えた。岩崎晃は口のなかで毒づいた。

「いいかげんにしないと、次の被害者はおめえってことになるぜ、クソババア」

犬が笑ったまま、同感したようにしっぽを振った。

松村健は電話を切って溜息をついた。葉崎店は同じチェーン店のなかでも売り上げが落ち込んでいて、帰社早々、本部から電話でお叱りを受けたのだ。不況のなかにあって、ファミリーレストラン業界は安くて簡便なため、他業種からの参入も多く、競争は激化している。おまけに今年の夏は冷夏ときた。例年なら夏にはここ葉崎には膨大な数の海水浴客が訪れるし、従って売り上げも増えるのだが。エルニーニョのくそったれが！

来夏の特別企画として、彼は〈葉崎ファーム〉との提携を考えていた。〈葉崎ファーム〉特製のバターを使った菓子や料理を。これはきっと受けるにちがいないのだ。しかし、第一回目の話し合い、二時間ばかり前に持った話し合いの結果は、少しも思わしいものではなかった。

あれやこれや考えると、気が狂いそうになってくる。彼が鍵束をいじりながら再度溜息をついたとき、今度は私用の携帯電話が鳴った。受話器の向こうから聞こえてきたヒステリックな声に、彼はうわの空で応対した。

「ああ……そうだな、わかってる……うん、うん、約束するよ。ああ、もちろん……大丈夫だよ。それじゃあ、いま忙しいから」

電話を切り終わらぬうちに、アルバイトの三上《みかみ》が顔をのぞかせた。

「店長、仕入れの野方《のがた》さんが時間があったら話したいって言ってます」

「わかった。いま行くよ」

「電話、奥さんからですか。人殺しがあったんでしょう。怖がってるんでしょうね」

三上は興味津々と言った調子で言い出した。松村はぼんやりと彼の顔を見た。好奇心にあふれんばかりの目つき。陸の孤島のような場所で人殺しがあったのだ。たぶんこいつも、俺が犯人ではないかと想像して、面白がっているに違いない。その想像があたっていたら、どうするつもりなんだろう。危険じゃないか。人殺しは癖になるというからな……。

彼はにわかにしゃきっと背筋を伸ばし、三上に言った。

「ああ。すまないんだが、野方くんとの話はあとまわしにして、いったん家に戻ってもかまわないかな。たびたび出て悪いんだが。女房のやつ、すっかりヒステリーを起こして、犯人を知ってるとかなんとかわめいてるんだ。どうせ思い違いだとは思うが」

「そりゃ」

すごい、と言いかけた言葉を三上は慌てて飲み込んだ。

「かまいませんよ。今日は人手もたりてますし、ランチタイムもとっくに終わったし」

ふたりは同時に時計を見上げた。時刻はまもなく三時になろうとしていた。

2

角田家の家政婦はものすごい勢いでまくしたてていた。一ツ橋はメモを取る手を休めることもできず、ナイヤガラさながらに流れ落ちてくる言葉に翻弄《ほんろう》されていた。

「……ええ、とんでもない、先生も奥様もいい方たちですよ。あたしゃ週二回通うんですけどね、それは気を使ってくださって。え？　広くて大変だろうって？　あたしは前田の大奥様が亡くなるまで、あの家のきりもりをまかされていたんですからね。それに先生たちはけっしてしみったれじゃありません。おわかり？　季節の節目には専用の業者をお入れなさいますから、あたしが掃除するのは普段使っているところだけですよ。それに、おふたりのだらしないとこなんか、まあ、見たことないね！　台所なんかいつ見てもぴかぴかですよ。先生は執筆の合間に家事をするのが趣味なんですとさ。奥様のほうは——まあ、ちょっとばかり酒が進みすぎることがないわけじゃないけど、だからってくだをまいたりなさるわけじゃありませんからね。死んだあたしの亭主にくらべれば飲んでるうちにも入りゃしませんよ。客間が汚れることはあったけど、そりゃお客のせいだしね。男ってのはどうしようもない甘ったれで、汚しても誰かが片付けてくれると思い込んでるんですよ。あたしゃいつも息子に言うんだけど……」

家政婦の長広舌《ちょうこうぜつ》を必死の思いでぶっちぎり、ようやく必要な情報を手に入れることができたのは、話を聞きに出かけてから丸一時間ののちのことだった。

「入手した情報」

一ツ橋はシートベルトを締めながらメモを読みあげた。

「その一。角田港大夫妻を、被害者に該当するような人物が訪ねてきたかどうか知らない。その二。被害者に該当するような人物に心当たりはない。その三。裏の山道を不審な人物が出入りしているのを目撃したことはない。——素晴らしい収穫でしたね」

「皮肉言ってないで運転しろ。ランチタイムが終わっちまうぞ」

駒持警部補は腕時計に目を落とした。時刻はすでに一時をまわっていた。

「なにを食べますか。焼き魚定食？　それともたまには納豆にしようかな」

「おいおい。〈黄金のスープ亭〉にそんなメニューはないぞ」

「警部補、昨日の約束、あれ本気だったんですか」

「嫌ならやめてもいいんだぜ」

家政婦の家は海岸道路を藤沢寄りに走って、小さな坂を山側に登ったところにあった。車は海岸道路に出て、まっすぐ葉崎へ戻った。途中、葉崎山の西隣の三影山《みかげやま》は〈葉崎ファーム〉という牧場になっていて、茶色の毛並みの牛が十数頭、のんびりと草をはんでいるのが見えた。経営者は前田家の遠縁にあたり、戦後すぐ、牧場経営を任された当初は貧乏くじを引いたと不平たらたらだったと聞く。しかし実際のところ、牧場は順調に売り上げを伸ばし、〈葉崎ファーム〉は高級ハムや牛乳、アイスクリームのブランドのひとつとして珍重されていた。

「〈黄金のスープ亭〉もあそこから材料を仕入れているんだぞ」

駒持は舌なめずりをしながら牛を眺めた。

「特別濃い牛乳を出すんだ、あの牛は」

「動物性脂肪分のとりすぎは身体によくありませんよ」

「おまえ、本気で奢るのをやめるぞ」

三影山を通り越すと、葉崎山、車窓から〈ヴィラ・葉崎マグノリア〉の駐車場が見えた。さらにそれを通り越すと、葉崎山のふもとの海側の先にヨットハーバーが見えてくる。ハーバーの反対側にホテル・南海荘はあった。〈WELCOME〉の文字が躍るやや汚れた水色の看板、ほどよく成長したシュロの木、石を積んで作った——ように見える——クラシックな趣き。映画の美術担当者が泣いて喜ぶような景観だ。

少し道側に、レストランは張り出している。屋根も窓も硝子をふんだんに使ったいかにも明るい店のなかは、月曜日の二時近くだというのに込み合っていた。牧野セリナとアルバイトらしいふたりの女の子が、店内をおおわらわで動き回っている。セリナはいましも窓側のカップルにコーヒーを供したところだったが、ふたりに気づいて一瞬動きを止めた。

「やあ。近くまで来たものだから。ランチタイムは終わったのかな」

「いいえ、大丈夫です。まだ料理はお出しできますから。こちらへどうぞ」

ふたりの刑事は、唯一空いていた調理場近くのテーブルに押し込まれた。セリナはエプロンのポケットから伝票を取り出すと、

「うちのランチは二種類しかないんです。今日のメニューはシーフード・スパゲティとローストビーフですけど、どちらになさいますか。スパゲティにはサラダがつきます。それに食後のコーヒーか紅茶、それとデザートにケーキかフルーツ」

「ちなみにそのランチセット、いくらなんですか」

一ツ橋は思わず尋ねて、たちまちテーブルの下の足を蹴り飛ばされた。セリナは笑って小声になり、

「おひとりさま千七百円になります。サーヴィス料、消費税込みで」

「値段なんかどうでもいいんだよ。それより、昼間っからローストビーフはやだな。シーフード・スパゲティってのは、なにが入ってるんですかね」

「そりゃ魚介類でしょうよ」

隣で洋梨を食べていた若い女性二人組が、顔を見合わせて笑いをかみ殺しているのに気づいた一ツ橋は慌てたが、駒持は口をへの字にして、

「海藻《かいそう》の切れっぱしやシャケ缶の骨しか入ってなくたって、シーフード・スパゲティと呼べんこともないからな」

「具はエビとイカ、ホタテに金目鯛、ニンニクを少々きかせたトマト味のスパゲティです。ローストビーフのほうも、そんなに重くありませんよ。薄く切ってありますから」

　ちょうど奥からウエイトレスがスパゲティの皿を捧げ持って出てきた。香ばしいニンニクと、トマトの甘ずっぱい香りが鼻先をくすぐった。駒持はごくっと唾を飲み込んで、スパゲティをオーダーした。一ツ橋はローストビーフにした。

　ほどなく皿が運ばれてきた。グレービーがたっぷりかかったローストビーフが六枚、黄金色に揚がったジャガイモと、ゆでたニンジンにグリーンピース、バターでいためたホウレンソウとカボチャの薄切り。付け合わせの野菜を含め、皿全体からぽっぽっと湯気が立ち上っている。一ツ橋はものも言わずに肉にかぶりついた。嚙むほどに肉汁があふれ、とろけた。

「これで千七百円で、商売になるのかね」

　洗いたてさながらに皿を片付けると、デザートが運ばれてきた。おもちゃのようにかわいらしい桃のタルトを指でつまみあげて一口放り込むと、駒持はベルトを緩めながらコーヒーを運んできたセリナに言った。すでに店内に他の客の姿はなかった。ウエイトレスたちが店の隅で賄いの食事を始めている。残りものを利用したピラフのようだったが、その匂いがまた素晴らしくて、一ツ橋は満腹なのを一瞬忘れた。

「おかげさまでお客様がとぎれませんから。ホテルのほうはこの時期、一日に一件の予約があればいいほうですけど、なかには冬に一か月滞在される方もいらっしゃいますし」

「へえ、どんなひとが」

「外国のお客様ですね。カナダやアメリカの。あちらのガイドブックに紹介してもらったんです。インターネットにもホームページを作ったし。――そんなことより刑事さん」

セリナは笑っていいのか悪いのか、という顔つきになった。

「午前中、聞き込みにヴィラにおいでになったでしょ。お帰りになってから、大変だったんですから。聞き込みは刑事さんのお仕事ですし、それをするなとは言いませんけど、もう少し気を使っていただきたいですね」

「そりゃいったい、どういう意味です」

「伊能さんの奥様に尋問しているところを、松村さんの奥さんが立ち聞きしてたんです」

セリナはやれやれというように肩を回した。

「自転車の話は聞きました？　あれで朱実さんは伊能さんに悪感情を持っているんですよ。おまけに、自分こそが今度の事件の犯人を捕まえるって張り切っているみたいで。刑事さんたちが帰られたあと、伊能さんがリビングの窓を開けたら下に朱実さんがうずくまってたんですよ。伊能さんは派手な悲鳴をあげるし――わたしは六号棟の入江さんのところでお茶をいただいていたんですけど、悲鳴が聞こえて慌てて外に飛び出してしまいました。また殺人が起きたのかと思って」

「それはまた、災難でしたね」

「冗談事じゃありませんよ。伊能さんは朱実さんを意地汚いのぞき魔よばわりするでしょう。朱実さんは朱実さんで、例によって、わたし、なんにも悪いことしてないわ、人殺しをほうっておけなかったんですもの、どうしてそんなふうにわたしのことをいじめるの、なんてくどくど言うし。挙句の果てに、伊能さんの、そのスチュワーデス時代の話を」

「しゃべっちゃったんですか」

一ツ橋はコーヒーにむせた。セリナは溜息をついた。

「そういうおいしい話を、朱実さんが大切に抱え込んでいられるものですか。わたしも入江さんも、しっかり聞いてしまいました。いまのところわたしたちだけですけど、ヴィラ全体に知れ渡るのにそれほど時間はかかりませんよ」

「ちょっと待ってください。あなたがたふたりだけ？」

「ええ」

「ヴィラにはあの時間、他に誰もいなかったんですか」

「鬼頭のお母さんと十勝川さんはいたと思いますけど。わたしたち、煙草を吸うんで窓を開けていたから悲鳴が聞こえましたけど、閉め切っていたらあの騒ぎが聞こえなくても不思議じゃありません。なにしろ海沿いの建物だから、密閉性がいいんです。それに、すぐにふたりを引《ひ》き剝《はが》して、入江さんが伊能さんをなだめ、わたしは朱実さんを家に連れ帰り、一応ことは収まりましたけどね。とにかく、事件に関係があるかどうかもわからないような秘密なんですよ。立ち聞きされないように注意していただかなくては。そうでなくても、わたしたちはもう十分すぎるほどのトラブルを抱えているんですから」

「以後厳重注意します」

　駒持は厳《おごそ》かに約束した。一ツ橋は内心、立ち聞きの面倒までみられるか、と思いながらも上司にならって頭を下げた。それから言った。

「松村さんの奥さんは、いったいなんでまた自分が犯人を見つけてやるだなんて、意気込んでいるんですか」

「さあ。ゆうべもなんか、妙なことを言ってましたよ」

「妙ってどんな」

「なんでも裏の山道で、誰かがこそこそしているのを見たとか見なかったとか」

「どっちなんです？」

「よくわかりません。朱実さんは思い込みが激しいし、意味不明のことを口走る傾向があるもんですから、誰も彼女の言うことを真面目には取りあげないんです。もしかしたら本当に不審な行動をとる誰かを見たのかもしれないし、彼女がそう思い込んでいるだけなのかも」

　セリナは肩をすくめて、ちらりと厨房《ちゅうぼう》へ目をやった。

「コーヒーのお代わりはいかがですか。サーヴィスします」

「いただきましょう。よかったら、あなたもご一緒にいかがですか。それと、領収書を切っといてもらえますか。二枚に分けてね」

「かしこまりました。――なんなら義母《はは》も呼びましょうか。聞き込みにいらっしゃったんでしょう」

セリナが厨房へ消えるのを待って、一ツ橋は嚙みついた。

「奢りって言ったくせに。捜査費から出すんじゃないですか。うわあ、納税者の目が」

「騒ぐんじゃない、こっぱ役人。ワイロや汚職ってわけじゃなし」

「そりゃそうですけど」

「警察の奢りが嫌なら、おまえ払え」

駒持は悠々とつま楊枝を使っている。一ツ橋は財布を開けて中身を確かめた。結局、こうなるような気はしていたのだ。

コーヒーのお代わりがきた。砂糖とミルクをどっさり入れたが、それでもやけに苦かった。

「さっきの松村朱実さんの件ですが」

駒持はいかにも美味そうにコーヒーを飲むと、

「事件が起きているんだから、ことによると松村さんは実際に誰かを目撃したのかもしれませんな」

「ええ、狼少年だって一度はほんとのことを言ったわけだし、そういうことがないとはかぎらないでしょうね。けど、彼女は裏の道で誰かを見たと言っただけなんです。そりゃ普段は誰もあんなところ通りません。でも立ち入り禁止になっているわけじゃないし、天気のいい、時間のある日はわたしも運動がてら歩くことがあります。あそこを出入りしたくらいじゃ不審な行動とは言えないんじゃないかしら」

「天気のいい日ならね」

駒持は顎をさすりながら呟いた。セリナははっとしたように彼を見て、

「台風の日のことをおっしゃってるんですか。——事件の起きた」

「まあ、それは松村さん本人に聞いてみればすむことですから」

駒持はコーヒーをすすると首をかしげた。

「どうも腑に落ちないことがひとつあるんですがね。昨日、児玉不動産の奥さんが死体を発見し、悲鳴ともくしゃみともつかない声をあげながら上の路地にあがってきた。そのときはみんなが外へ飛び出してきたんですよね」

「ええ。在宅していたひとたちは全員」

「伊能圭子の派手な悲鳴は聞こえなかったのに？　昨日はかなり寒かったじゃないですか。全員が窓を開けていたんですかね」

セリナは鋭いまなざしを駒持に送った。それから宙に目を据えた。

「わたしはたまたま読書に飽きて、二階のベランダに出てたんです。そこへ入江さんが通りかかって立ち話をしました。鬼頭時子さんは庭いじりをしてたし、三島さんちの双子が裏の窓から顔を出してたっけ。それから、入江さんと入れ違いに伊能さんの奥さんと息子さんがでかけていくのが見えたから、ご主人は彼らを見送ったかも」

「十勝川さんや下のひとたちについては」

「わかりません。でも、たいしたことじゃないでしょう。寒かったけどいいお天気だったし、せっかくの日曜日だったんだし。それに、今思い出したんですけど、台風の次の日の深夜に、二号棟の五代さんが心臓発作を起こして救急車を呼んだんです。あのときも皆、家から飛び出してきましたからね。まるっきり聞こえないわけじゃないんです」

駒持が口を開きかけたとき、厨房のドアが開いて立派な体格の女性が姿を現した。彼女はのっし、のっしとやってくると、うさんくさそうにふたりの刑事を見下ろした。

「義母の南小百合です。ママさん、こちらは葉崎警察署の駒持警部補と一ツ橋巡査部長」

セリナは笑いを嚙み殺しながら、目を丸くして小百合を見上げる刑事たちに紹介した。一ツ橋は慌てて立ち上がって椅子をすすめたが、小百合は思いきり鼻を鳴らしてこれを拒否した。

「けっこう。あたしの体重で商売ものの椅子を壊すわけにはいかないんでね。セリナから話は聞いたんだろう。うちの客に被害者に該当する人間がいないとセリナが言った以上、あたしの答えも同じさ。そんなやつは見たこともないね」

「それはお嫁さんと口裏を合わせたってことですか」

一ツ橋は生真面目に尋ね、たちまち猛烈な返答を喰らった。

「一般市民には気をつけてものを言うんだね、おまわりさん。第一にセリナはもう嫁じゃない。かわいそうな馬鹿息子が死んでしまってからというもの、セリナとあたしは純粋にビジネス、それに友人という間柄だ。この娘が気を使ってあたしを義母と呼んだからって、嫁よばわりすることはないね。その二」

小百合はフランクフルトソーセージのような指を二本、一ツ橋につきつけた。

「あたしの本業はシェフだ。もちろん、こんな小さなホテルのことだし、あたしはオーナーだから客の顔を見ることもある。フロントにだって入れるもんなら入るさ。けど、ホテルの経営や接客はほとんどセリナに任せてるんだ。この娘が知らないことを、なぜあたしが知ってなきゃならないんだね。教えてほしいもんだよ、まったく」

「つまり、被害者に心当たりはまったくないんですね」

「ないと言ったら、ない」

「わかりました」

一ツ橋は渋々うなずいた。そこへ、駒持が口を挟んだ。

「しかし、あなたはこのホテルに寝泊りしておられるわけでしょう。一方、牧野さんはヴィラ住まいだ。このあたりで、見知らぬ人間がやってきそうな場所といえばこのホテルだけなんですから、もしかしたらあなたも誰かを見ておられるかもしれない」

「まあね」

小百合は大儀そうに駒持の肩に体重をかけ、後ろのテーブルに腰をかけた。駒持の顔は瞬《また》く間《ま》に真っ赤になった。

「うちはレストランが十一時閉店で、それを過ぎると表玄関にも鍵をかけちまうんだ。遅くなりそうなお客には、あらかじめ表玄関の鍵を渡してあるけど、うちのお客は車で来るのがほとんどだからね。十一時過ぎるってことはめったにないよ。ただ……」

「ただ？」

「そういえば、台風の晩遅くに、どうしても泊めてくれってやつが来たっけね」

セリナは面食らったように小百合の顔を見あげていたが、やがてうなずいて、

「レストランの閉店間際のことでしょう。台風で、早い時間に開店休業状態になってましたけどね。これから東京に戻るのは大変だから泊めてほしいっていう、男の方がいらっしゃいました。部屋は空いていましたし、残り物で簡単な食事をお出ししたらとても喜んで、三千円もチップをくださったんです。でもそのお客様は若かったけど、色の白い方でしたよ」

「その男は何時頃にチェックアウトしたんですか」

「早朝でした。五時には出たいからって、前の晩のうちに会計をすませたんです。うちの朝食は八時からなんですが、前の晩に申し出ていただいた場合のみ七時にお部屋までコンチネンタ

ルをお持ちします。だけど、その日はそういうご希望がなかったので、わたしたちは七時まで眠っていましたし、起きて部屋を見に行ったらもうお発《た》ちでした。――あのう、たぶんそのひと、角田先生のお客さんだと思うんですけど」

「なぜそう思うんです？」

「連絡先が東京の出版社になっていましたから」

「……へえ」

一ツ橋と駒持は顔を見合わせた。角田港大は昨日、この一か月ほど客人はなかったと言っていた。

「あとで宿泊カードを拝見できますか」

「ええ、かまいません。なんならいまお持ちしましょう」

セリナが出ていくのと入れ違いに、厨房のドアから丸い顔の男が首を突き出した。彼はすまなそうに小百合に言った。

「ママさん、〈葉崎ファーム〉のひとが配達に来たんですけど」

「なにかトラブルかい、ロバ？」

「そうなんです」

小百合は再び駒持の肩に体重を預け、よっこらせ、と起き直った。駒持の額にうっすらと汗が浮いた。

「すまないね、おまわりさん。そういうことだから失礼するよ。だけど、あんたたち忘れてやしないかい。そりゃ今の季節、見知らぬ人間が集まるのはうちのホテルだけかもしれないさ。だけど夏の間には、この先の浜辺に海の家が山ほどオープンするんだよ。そっちをあたってみたら、どうなんだい」

小百合はゆっくりと厨房に消えていった。肩を押さえた駒持と一ツ橋は、黙って顔を見合わせた。

3

「嫌な風向きですよ。謎が増えてしまいました」

受話器を置くと、一ツ橋はゲップをこらえて上司に言った。

「新英社って出版社は確かに文京区《ぶんきょう》にありましたけどね。カードにあった名前、進藤《しんどう》カイなんて編集者はいないって言うんですよ。その出版社の角田港大の担当編集者は小説雑誌と単行本と文庫と合わせて三人いるそうですが、三人とも十月四日にも五日にも、角田先生を訪ねたことはないそうです」

「その三人の特徴は」

回転椅子が壊れそうな勢いで後ろにもたれ、左肩と胃を同時にさすっていた駒持警部補は目をつむって聞いた。

「四十五歳の女性と四十八歳の男性。これは外していいでしょう。もうひとりは小説雑誌の担当者の三十一歳の男性ですが、雑誌が十五日に出版されるため、二日とも印刷所に泊まり込んでいたそうです」

「まあ、最初のふたりは犯人かもしれないが被害者ではないし、少なくとも南海荘に宿泊した男でないことも確かだな」

「支払いは現金だったそうだし、手掛かりなしですか」

「そうともかぎらんさ。角田先生に聞いてみるって手がある。なんとかしてあの先生を女房のいないところへ呼び出せんもんかな」

「市長に頼んでみたらどうですか。友達なんでしょう」

「馬鹿言うな」

ふたりは中間報告をしろという署長からの呼び出しを受けて、〈黄金のスープ亭〉からまっすぐ署へ戻ってきたのだった。仕事をしてほしいのかしてほしくないのかどっちなんだ、と駒持が怒ったのは言うまでもない。

中間報告は昨夜の会議と似たり寄ったりだった。遺留指紋の該当者はいまだ見つからず。家出人捜索願いに特徴の一致するという話はなし。

「身に着けていた衣類は、すべて首都圏を中心にしたスーパーや安売りショップに卸されているものでした」

遺留品担当刑事はぐったりしたように言った。

「主に中国の工場に発注して作られたもので、単位はトランクスで三千ダース、Tシャツは二万枚、ジーンズも一本千九百八十円という代物で、正直な話、誰がいつ買ったかを店の線からつきとめるのはかなり困難でしょうね。衣類だけでも公開して情報を求めるしかないでしょう」

彼はスニーカーに望みを託してでかけていった。駒持は報告書をめくっていたが、不意に言った。

「なあ、一ツ橋よ。この被害者、いったいなぜ靴下を穿いてないんだろうな」

「はあ？」

一ツ橋は慌てて報告書をめくり直した。

「そういえば、そうでした。犯人が持ち去ったんじゃないですか」

「なんのために。靴は履いてたのに？」

「例えば、周囲を拭いたのかも」

「それでまたご丁寧に靴を履かせ直したのか？　一緒に持ち去ればよかったじゃないか」

「この被害者、えらく貧乏だったようですからね。靴下が買えなくて、最初から穿いていなかったのかも」

「靴下も買えないような貧乏人が、どうやって葉崎まで来たんだ」

「彼は脅迫者だったかもしれないんですよ。やってくれれば、金を受け取れるはずだったのでは？　それより、もし犯人が靴を履かせ直したんだとしたら、残されていた指紋は被害者のものじゃなくて犯人のものかもしれませんね」

「俺はもっと別の可能性を考えてるんだ」

駒持は放心したように呟いた。

「おまえなら、どんなときに靴下を脱ぐ？」

「帰宅してすぐとか寝る前とか、風呂に入る前とか」

「そうじゃない。どんなときに靴下だけを脱ぐ？」

「そりゃ、濡れたり汚れたりしたときです」

「そうだ。なあ、俺たちは殺人があの家で起こったと見た。三浦先生が『死体が動かされた形跡はない』と言ったからだ。ここで死斑《しはん》の講釈をしたって始まらないが、専門家がああいう以上、そうなんだろうよ。だがもし、生きているうちに運ばれたんだとしたらどうだ？　絞め落とされて気を失った被害者を――それなら跡は残らないからな――三号棟に運び込み、頭を叩き割った。あとになって身元が知られては困ると思い、顔や指を潰しに戻った。被害者は犯人と海岸で会い、事件はそこから始まったのだとしたらどうだろう。脅迫者だって自分の身の安全を考えるだろう。台風のさなか、空き家で会いたいとは思うまい」

「台風のさなか、海岸で会いたいとも思いませんよ」

柔道二段の一ツ橋は答えた。

「それに、絞め落とすなんて真似は誰にでもできるわけじゃないし、小柄とはいえひとり運ぶのは相当な力がいりますよ。もし駒持さんの考えがあたっているなら、犯人は男ですね」

「さもなきゃ、複数の女か複数の男女だな」

「女だとして、あのヴィラのなかでは誰と誰が共謀しますかね」

「鬼頭親娘。牧野セリナと入江女史。三島芙由と――いや、しかしどれもありえそうでありえないな。あの誰かが男を絞め落としている姿を想像できるか」

「やれるとしたら、鬼頭典子かな。牧野も見かけは細いけど、あれだけの重さの皿を平気で運ぶんですからね。けど、武術と力は別物だから」

「あとはあのホテルのばあさんだな。もっともあの体重じゃ、絞め落とすだけではすまなかっただろうよ」

駒持はしかめ面をして再び肩に手をやった。その夜、風呂に入って見てみたら、紫色のあざになっていたという。一ツ橋は笑って、

「そうでしょうとも。――話は戻りますけど、なにも絞め落とさなくても、殴って気絶したところを運んだだけなんじゃないですか。どっちにしても、駒持さんの推理のネックは台風ですね。誰が好き好んで台風の日に海岸に出ますか。仮に出たとして、どうしてそいつをわざわざ

運びますか」

「それはそうなんだがな。——ところで伊能圭子のほうはどうなった」

「児玉社長の言ったことは本当でした。品川の友人というのに聞いてみたところ、間違いなく社長に伊能圭子の話をしたそうです。ただ、彼女がその件で脅されていたことまでは知らなかったらしくて、驚いていましたよ。不倫相手の機長の名前も聞き出しましたが、会社を首になったあとのことまでは知らないそうです。どうしますか」

「見つけ出してくれ。セスナのパイロットの弟という人物の居場所もだ」

「そっちはすぐにわかりますよ」

一ツ橋は資料室に飛んでいき、事故の記事を捜し出した。記事に掲載されていたセスナのパイロットの住所から電話番号を割り出し、電話をかけて、一ツ橋は狐につままれたような顔つきになった。

「死んだパイロットの妻だったというひとが出たんですが」

彼は駒持に言った。

「またしても幽霊ですよ。彼に弟なんかいないそうです」

「やっぱりな」

駒持は目を細めて鼻毛を抜いた。

「やっぱりって、どういうことですか」

「無言電話に差出人のない脅迫状。兄を殺された弟がそんなまわりくどい手を使うか。直接会って、忿懣《ふんまん》をぶちまけるだろうよ。そのほうが相手にもダメージを与えられるし、周囲だってむしろ弟のほうに同情するよ」

「それじゃ、伊能圭子の話は嘘だったと？」

「いや。彼女にいちばん腹を立てたのは誰だと思う？　事故のあと振られてしまった機長か、さもなきゃその妻だろう。伊能圭子に、脅迫しているのはパイロットの弟だと言ったのは機長なんだからな」

「すぐに機長の居所を調べます」

「そうしてくれ。ついでに、その機長の親戚か誰かがヴィラにいないかどうかもな。七年目にして唐突に新しい脅迫状が送られてきたっていうのが、どうも気になる。あの脅迫状はどうした？」

「鑑識にまわしておきました。それから、念のためスニーカーが海水で濡れた痕跡がなかったかどうか、調べてもらいましょう。もっとも無意味でしょうが。台風だったんですからね。陸をまっとうに歩いていたって、海水だらけになりますよ」

「その台風って言葉、当分聞きたくねえな」

そのとき署長が興奮した面持ちで部屋に入ってきた。残っているのが彼らだけだと知ると一瞬、鼻白んだが、すぐにコピーを振りながら大声で言った。

「駒持くん。良い知らせだ。たったいま、被害者と特徴が一致する行方不明者が見つかったんだ」

「へえ、そりゃめでたい。で、捜索願いはどこに出ていたんですか」

「長崎県だ」

「長崎？　ずいぶん遠いな」

駒持は署長の手からコピーを引ったくった。所定の書式には、むっつり顔の若い男の写真のコピーも付いていた。

「名前は尾高雅道《おだかまさみち》、昭和四十七年八月三日生まれ——すると、今年何歳になる？」

「二十七歳ですか」

「合致するな。ええと、身長百六十三センチ、体重五十二キロ、血液型O型。特徴、右上の犬歯欠損——おっ、こりゃ期待が持てますな。失踪当時の状況。平成六年一月三日頃、親戚宅で泥酔して暴れたあとそこを飛びだし、以来自宅にも会社にも戻らず。母親と会社が相談して一週間待ったが連絡がないため、同年同月十一日、捜索願いを提出、と」

「どうだ。これに間違いないのじゃないか」

「なあ、ヴィラに誰か長崎の関係者がいたな」

自分の手柄のようにふんぞり返る署長を無視して、駒持は一ツ橋に尋ねた。

「確か、二号棟の五代夫妻が五島列島の出身でしたね。いま妻の方が里帰りしてますよ」

「住所は長崎市大股《おおまた》三四〇八か。署長、至急この男の歯科医療記録を取り寄せてください。それと、念のため、五代夫妻と関係がなかったかどうかも調べてもらってください。署長の顔で頼めば、半日で返事が来ますよね？」

むっとしながらも興奮さめやらぬ署長が出ていくと、一ツ橋は言った。

「二十一歳でふらっと家出して、それきり連絡がないということは住民票も移していないということですよね。まっとうな場所に住むこともできないし、堅い仕事につくこともできなかったわけだ」

「しかしその気になれば、履歴書に嘘を並べてアルバイトすることはできるだろう。いちいち履歴書の記載が本当かどうかなんて、アルバイト程度じゃ調べたりしないからな」

「駒持さんはこいつが被害者だとは思わないんですか」

「思うわけないだろう」

駒持は呆れたように、捜索人願いの〈傷などの特徴〉という項目を指差した。一ツ橋が覗き込むと、そこにはこんな記載があった。

〈十四歳のとき盲腸を手術〉

「あの死体には手術跡なんぞ、なかった」

「ちょ……ちょっと、それじゃ駒持さん知っていて署長に……」

「仕事ができて結構なことじゃないか」

駒持はしれっとして言い放ち、一ツ橋は頭を抱えた。

「ぼくは知りませんからね。ええ、知りませんから」

「さ、行くぞ」

駒持は颯爽《さっそう》と立ち上がった。

「仕事は山ほどあるのだぞ、巡査部長。海の家組合に寄ってから、我らが市長のお友達に話を聞こう。そして松村朱実だ。思い込みなのかどうか、一応話を聞いておかんとな」

一ツ橋はよろよろと上司の後に従った。

4

時計の針が四時に近づきかけた頃、時折小雨がぱらついて、風が強く冷たくなってきていた。〈黄金のスープ亭〉は閑散としていた。レストランには三つの出入口がある。表から直接入れる出入口、厨房への扉、そしてホテルのフロントにまっすぐ通じるホテルからの出入口だ。駒持と一ツ橋がレストランから入っていくと、フロントに座っていた牧野セリナがびっくりしたように顔をあげた。

「やあ。度々すいませんね。コーヒーを飲ませてもらえるかしら」

セリナは板を上げてフロントから出てきた。一ツ橋は南小百合の言葉の意味がわかったような気がした。こんな小さなフロントボックスに、小百合は入れまい。

「もちろん歓迎します。こんな天気だから、今日はもう、夜まで誰も来ないと思っていたんです。よろしかったら、うちの菓子職人の作ったおいしいケーキがありますよ」

「そりゃ嬉しいんだが、実はひとと約束があってね。できれば、コーヒーを運び終えたらあまり席には近づかないでもらいたいんだが」

「内密のお話なんですね。よかったら、奥のリビングをお使いください。今日はホテルには客はいないし、ゆっくり秘密話ができますよ」

「ありがたい。それじゃあ、そうさしてもらおうかな。角田先生が見えたら、案内してもらえますかね」

「わかりました。ご注文はコーヒーをふたつでよろしいんですか。スコーンのついたアフタヌーン・ティーもありますけど」

やむなくふたりはそれを注文して、奥の一階の部屋に入っていった。これといって特徴のないリビングだったが、塵《ちり》一つなく掃除されている。大きさの異なるソファがいくつもあって、新聞や雑誌、それにペーパーバックや旅行書の詰まった本棚が隅に立っていた。

やがて、先刻見た丸顔の男が現れて、クリームとジャムを添えたスコーンを二つずつ、それにポット入りのお茶を運んできた。男はやや緊張しているように見えた。

「このスコーンはあなたが作ったんですか」

一ツ橋は大判焼ほどもある巨大なスコーンに内心たまげながら言った。

「そうです。ジャムとクロテッドクリームを塗ってどうぞ」

「クロ――？　なんだい、そりゃ」

「スコーンに載せて食べる、半分かたまったクリームのことです。ジャージー種のような濃いミルクを分離して作ります。本場のイギリスのクリームはもっとちゃんとクリーム色をしていて、濃くて、甘くて、なめらかで、だけどここは日本だから」

悲しそうにうつむく男に、一ツ橋は問いかけた。

「あなたが菓子職人なんですか」

「はい。日系カナダ人のロバート・サワダと言います。あのう、外国人登録証が見たければ持ってきますが」

「そんなものはいらないよ」

駒持はこんもりとクリームを載せたスコーンを頬張りながら、もごもごと答えた。

「いつからここで働いているんだね」

「はい、半年前からになります。ぼく、ガイドブックを見てこのホテルに来ました。とても気に入って、ぜひ働かせてほしいとママさんに頼みました。幸い、ママさんの隣の部屋空いていて、そこを使わせてもらっています」

「菓子作りはカナダで？」

「はい。パンも焼きますし、皿も洗います」

ドアが開いて、三人はいっせいに首を回した。角田港大が不機嫌そうに入ってきて刑事たちの食べているものを一瞥し、たじろいだように下がった。ロバートが声をかけた。

「いらっしゃいませ」

「テキーラをくれ」

「はあ?」

「テキーラのオン・ザ・ロックだ」

角田は眉間にしわを寄せて刑事たちのテーブルにやってきた。ロバートはちらと時計を見ると肩をすくめ、リビングの隅に設けられているバーで注文品を作り、どことなくほっとしたように下がっていった。部屋に三人しかいなくなると、角田はバーバリーのコートをたくしあげ、座り直した。

「こんなところへ呼び出して、気狂いティー・パーティーでも始めようっていうんですか。悪いが俺はアリスじゃない」

駒持と一ツ橋は顔を見合わせた。言葉の意味はまったく理解できなかったが、どうやら相手が怒っているらしいというだけはわかった。

「お忙しいところ申し訳ありません。ただ、先生は特別丁重に扱うようにという市長の命令でしてね。あまりたびたびお邪魔したのでは奥様にも申し訳がないですし、かといって警察署においでいただくというのも」

「いったいなぜ私が署に呼ばれなくてはならんのですか。知っていることはすべてお話ししたんですがね」

「まあまあ。実は台風の日、この南海荘に謎の泊まり客がありまして。もしかしたら先生がご存知なのではないか、だったら教えていただけないかと思いまして」

角田港大はコートのポケットからパイプを取り出した。眉間にしわを刻んだまま、彼は言った。

「私はなにも警察に協力するのが嫌だと言っているわけではありません。平安をもとめてこの地に来たのだから、早く事件を解決してもらうにこしたことはない。で、その謎の泊まり客をどうして私が知っていると思われたんですか」

「その人物は、新英社という出版社の住所と電話番号を連絡先に残しました。ところがその会社には、その人物に該当する社員などいないというんですな。先生は作家でいらっしゃる。ですから、もしかしたら先生のお知りあいの方ではないかと」

「この一か月、訪問客はなかったと申し上げたんですがね。それに、入江女史だって翻訳家だ。彼女の知り合いということもありうるでしょう」

「もちろん、入江さんにも聞いてみるつもりですが」

「それで、その男の名前は？」

「さすが作家だ。よくその泊まり客が男だってわかりましたね」

駒持は皮肉って、続けた。

「進藤カイ、と書いてあります。お心当たりは？」

「ありません」

間髪入れずに彼は答えた。いささか早すぎるくらいだった。駒持はセリナを呼んだ。

「牧野さん、進藤カイという人物について、覚えていることを教えてもらえませんかね」

「男性にしては小柄なひとでした。色が白くて、目は細く、髪は茶色に染めてありました。二十代後半か三十代の初めくらい、グレーのウインドブレーカーにTシャツ、ジーンズ、スニーカー。わりとラフな格好でした。荷物は小さなセカンドバッグだけでした」

「彼が宿帳に記入したとき、側にいましたか」

「ええ、客室の鍵を取って、書き終わるのを待ってましたから」

「会社の住所をですね、彼はどういうふうに書きました？」

「どういうふうにって」

セリナは戸惑ったようだったが、すぐにうなずいて、

「お尋ねの意味がわかりました。彼はすらすら書きました。なにも見ずに」

「どうもありがとう」

遠くの電話のベルに呼ばれるようにセリナが去ると、駒持警部補は指先を揃えて角田に言っ

た。

「おわかりでしょう、先生。進藤カイと名乗った人物は、新英社の住所や電話を暗記するほどよく知っていたんです。失礼とは思いましたが、新英社での先生の担当編集者のお三方について、話をうかがいました。彼らはこの進藤カイではありえないんです。ですからもし先生に思い当たるふしがあれば――」

「ない。第一、その男が殺人事件に関与しているという証拠はなにもないじゃないか」

「台風の晩とその翌日、先生はご自宅にいらしたんですよね」

「ああ、そうだ。出入りのものたちに聞いてもらえればわかる」

「奥様は？」

角田は押し黙った。どこかで電話の音が聞こえた。

「家内は出かけていた」

「ほう。どちらへ」

「歌舞伎を観に行くと言って、三日ほど都内にだ。妹の家に泊まった」

角田港大は額をこすりあげた。焦っているらしいのに、そんなしぐささえさまになっている、と一ツ橋は思った。

「すると、台風の前後あなたはひとりであの家におられたわけですな」

「ああ、そうだ」

「訪ねてくるひともなく？」

角田港大は右手を堅く握り締めた。それでテーブルを叩き、抗議を示そうとしたらしいが、その手は宙に浮いたままになった。牧野セリナがレストランに駆け込んできたのだ。

「お話し中すみません、刑事さん。たったいま菖子さん——入江さんから電話があって」

「どうしました」

一ツ橋はセリナの顔つきにただならないものを感じて腰を浮かせた。

「朱実さんが……松村さんの奥さんが、自宅で殺されているそうです」

第6章　女も死んでいる

1

松村朱実の死体は玄関に仰向けに倒れていた。ちょうど、昨日の死体と同じ格好で手を上に伸ばし、足を広げている。前頭部がそっくり陥没し、そこから血があふれて顔といわず床といわず、あたりは真っ赤に染まっていた。

駒持は一目見るなり顔をしかめ、小声で言った。

「こりゃひどい」

一ツ橋は唾を飲み込んで、警察学校で習った変死体の取り扱いと調査事項を必死に思い出した。入江菖子はどうやら警察に連絡するより前に牧野セリナに電話を入れたらしく、セリナから話を聞いて慌てて無線を入れたところ、署は同時に通報を受けたばかりで大騒ぎになっていた。そこで、現場にいちばん近いところにいた一ツ橋と駒持が真っ先に駆けつけるはめになったのだ。

死亡者は松村朱実、女性、主婦、〈ヴィラ・葉崎マグノリア〉五号棟の住人。着衣に乱れはなく——ええと、あとは死亡の推定年月日に時間と場所、死因、周囲の地形及び事物の状況、凶器の有無——一ツ橋は混乱した頭で周囲を見回した。

あまりぞっとしない玄関だった。造りそのものは他のヴィラとまったく変わらない。狭い、薄汚い色のコンクリートでできた三和土《たたき》があって、左側に背の低いシューズボックスがあり、小さな窓があって、その上にも物入がついている。シューズボックスの上は飾り棚に使えるので、例えばセリナの家には趣味のいい焼き物の壺が置いてあり、伊能圭子の場合はいかにも高価な西洋アンティークとおぼしきステンドグラスのランプとポプリが置いてあり、鬼頭家では皿に盛られた松ぼっくりが置いてあった。

松村朱実がそこに置いていたのは、ドライフラワー、造花、石鹸をリボンで編んだようなもの、人形が二体、招き猫、大きなざる、等々。飾られているというよりは押し込められているという感じだ。ボックスからあふれた靴が三和土に所狭しと並んでいて、靴には乾いた血が点々と飛び散っていた。

「おまえ、どう思う。死後どのくらいか」

「それほど経験を積んでいるわけじゃありませんから当てずっぽうですが、最低でも一時間半はたっていそうですね」

「同意見だ。ということは、今、四時半だから犯行時間は三時くらいまでということになるな。ま、これ以上見ていても仕方ない。監察医が来るまで、外に出よう。ところで、いったい誰が第一発見者なんだ」

「入江菖子に聞くしかありませんね」

外へ出ると同時に、緊張した面持ちの警官たちがロープや被覆用のビニールを小脇に抱えてやってくるのが見えた。現場保存を彼らに任せ、ふたりは五号棟を遠巻きにしている数人の住民に尋ねかけた。

「誰が最初に発見したのか、ご存知の方はいらっしゃいますか」

「旦那さんよ、松村さんの」

十勝川レツが進み出た。彼女は興奮し切った様子で、

「旦那さんが悲鳴をあげて外に飛び出してきたんで、三島さんとこの双子が母親に知らせたのよ。三島さんは子どもを家に押し込むと、旦那さんを入江さんとこに連れていったわけ。で、入江さんが近所中の呼び鈴を鳴らして……」

「なんで三島さんは入江さんのところに真っ先に行ったんですか」

「魚屋よ」

「魚屋？」

一ツ橋はぽかんとなった。レツはじれったそうに唾を飛ばし、

「週に二回、魚屋がその下の駐車場のところに、ちょうど二時頃、行商に来んの。あたしは今日は買わなかったけどね。前に買ったばかりのイワシがまだ冷凍庫にあるし、サバの味噌煮が残ってるでしょう。あたしの味噌煮は死んだ姑から習ったもんで、あの姑があたしに残してくれた唯一の遺産といってもいいね。嫁に来た頃は、ずいぶんといびられたもんだったけど……」

「失礼、奥さん。入江さんの件ですが」

「だからさ。ふたりはその魚屋で会ったのよ。それで、三島さんには少なくとも入江さんが家にいることがわかってたんじゃないの。入江さんは今の季節、三日に一度はサンマの塩焼を食べてるからね。葉崎のサンマは脂がのり過ぎていて、あたしみたいな年寄りには少々強すぎるんだけど、入江さんはまだ年寄りって年齢でもない。あのひとは洋食党にみえるけど、本当のところ……」

「呼び鈴が鳴らされるまで、誰も松村さんのご主人の悲鳴は聞かなかったんですか」

雁首《がんくび》を並べていた伊能圭子、鬼頭時子、十勝川レツは揃って首を振った。雨は徐々に強さを増し、風がますます強くなっている。駒持が全員を見回して言った。

「さて、呼び鈴が鳴らされて、どうしましたか」

「入江さんは片端から呼び出して、また殺人らしいってわめいたんですよ」

十勝川レツが続けた。

「あたしたち、そりゃびっくりしましたよ。ごらんのとおり残っていたのは女ばかりだったし。入江さんだって怖かったんじゃないかね。とにかく確かめに行こうってことになってひとかたまりになって、松村さんちをのぞいたんだ。一目見てほんとだってわかったもんで、あたしと時子さんが玄関の前であんたたちが来るのを待ち、入江さんは松村の旦那さんの様子を見るのと、あんたたちに連絡するんで家に戻り、三島さんは子どもたちのところへ戻ったわけですよ。あの双子は死体くらいでびびるようなタマじゃありませんけどね、親としちゃ死体より子どもが心配なのは当たり前のことで……」

「あなたはどうしてたんですか」

一ツ橋は伊能圭子に尋ねた。彼女は激しく首を振って、

「あ、あたしにだって子どもがいます。それに、犯人はこのなかにいるんでしょう。こんなひとたちと一緒にいるなんて、そんな恐ろしいこと」

「ちょっと。聞き捨てならないね、あんた」

十勝川レツが嚙みついた。

「こんなかで、松村の奥さんをいちばん殺したがってたのはあんたじゃないか。他人を犯人よばわりして、逃げようったってそうはいかないよ。おまわりさん、この女捕まえとくれ。入江さんや牧野さんに聞けばわかるさ。午前中、この女と殺された松村の奥さん、とんでもない大喧嘩をやらかしてたのさ」

「ご存知だったんですか」

一ツ橋は思わず口を滑らせたが、レツは気づかず、ますます声のボリュームをあげた。

「ああ、ご存知だとも。近所だと思って聞こえないふりをしてやってたのさ。ふん、残念だったね。うちの窓もちゃあんと開いてたし、あたしゃまだ耳が遠くなったわけじゃないんだよ」

伊能圭子がわっと泣き出した。レツはそれには目もくれず、鬼頭時子に圭子の過去について夢中になってしゃべくり始めた。駒持が声を荒らげた。

「いいですか、皆さん。まだ遺体は運び出されてもいないんですよ。喧嘩はやめて、それぞれのお宅で待機していてください。いずれ、我々が話を聞きにうかがいますから。よろしいですね」

頑固な羊の群れをようやく囲いに追い込んだ牧羊犬のように息を切らせながら、ふたりの刑事は六号棟に向かった。ところが、玄関先にたどりつくかつかぬかのうちに、家の中から「ギャーッ」というものすごい叫び声が聞こえてきた。ふたりは顔を見合わせる間もなく、扉を開けて飛び込んでいった。

「どうしたんです――うわっ」

松村健がなにごとか口走りながら、玄関先へ飛び出してきた。腕をぶんぶん振り回しつつ、三和土に飛び降り、刑事たちに向かって歯を剝《む》き出した。一ツ橋はあとずさり、駒持の爪先を思いきり踏みにじってしまった。駒持はぎえっと一声喚《わめ》いて一ツ橋の腰を突き飛ばし、一ツ橋はたたらを踏んだうえ、松村の振り回す腕に嫌というほど横面を殴られた。この、と身構え直した瞬間、松村健の動きが止まった。彼はなにか不思議そうな表情になったかと思うと——目がくるっと裏返しになり、玄関先に両手両足を伸ばして仰向けにひっくり返った。埃《ほこり》が舞い立った。

沈黙。

一ツ橋はこぶしを握ったまま、駒持は踏まれた片足を持ちあげたまま、その場に凍りついた。入江菖子は『Crime & Mystery』という分厚いクリムソン・レッドの洋書を振りかざした格好で、立ちすくんでいた。

「ま、まさか」

ややあって、一ツ橋は両手で自らの頬を挟みつつ、菖子を見あげて唇をなめた。

「ま、まさか入江さん、あなた……あなただったんですか!」

あまりにも意外な犯人に、一ツ橋は絶叫した。

「冗談じゃありませんよ」

菖子はふんと鼻を鳴らした。

「このひと、逆上のあまり、うちのリビングでリア王みたいに錯乱しちゃったんです。奥さん殺されたばかりなんだし、穏便に落ち着かせようとしたんですけどね。まあ、見て下さいよ」

入江菖子は刑事たちに向かって顎をしゃくった。ふたりは靴を脱ぎ、気絶した松村健の身体をまたぎこして、リビングをのぞきこんだ。惨憺《さんたん》たる有様だった。昨日、聞き込みに訪れたときにも、本の倉庫みたいな部屋だ、いったいどこに座るんだい、と思ったものだが、今日はそれに輪をかけたようで、本という本が床に雪崩落《なだれお》ち、足の踏み場もない。

「暴れ回るだけならともかく、本を落とすんだからね。最初はペーパーバックスや文庫だったけど、そのうち大事なハードカヴァーまで投げ出す始末。可哀想に、これなんかほら、スパイ映画のガイドブックが――げっ、角が潰れてる。ああっ、逢坂剛《おうさかごう》の帯が破れてる。わーっ、『秘文字』が」

「お気の毒なことでした」

駒持は神妙に言ったが、彼はその実、本なんか読めればいいじゃないかという考えの持ち主だった。菖子は落ち着くどころかかえって物騒な目つきになり、

「あいつ、もいっぺん殴っちゃる」

「まあまあ。それじゃ、さっきの悲鳴は」

「わたしですよ。悲鳴くらいあげたくなるでしょう。ついに切れて、これ持って」菖子は先ほどの赤い洋書を示した。「追いかけ回したんです。そしたら逃げ出しやがって。――だけど、あれ、どうしましょうか」

ようやくいつもの冷静さを取り戻してきたらしい菖子は、伸びたきりの松村健を眺めた。

「このままお預かりいただくというわけには、いきませんでしょうかねえ」

菖子はすさまじい形相《ぎょうそう》になったが、肩をすくめて、

「二階の部屋に閉じ込めておきましょう。あそこで暴れたら、本に押しつぶされるだけだから。金輪際、うちのリビングには置いておけません。入ってきたりしてみろ、死体がもう一個増えることになるからね」

一ツ橋と駒持はなりゆき上、松村の身体を二階へ運び上げることとなった。急な階段をひいひい言いながら登っていくと、よく二階が落ちないものだと感心させられるほどたくさんの、本を入れたダンボール箱が詰まった一室があった。そのわずかなスペースに松村を放り込み、一階へ戻ったが、菖子はうつろな目つきでなにか呟きながら本を拾い上げている。とても話にならず、ふたりはあとで戻ってくるとだけ言いおいて、そそくさと六号棟から立ち去った。

伊能圭子もまた、半狂乱だった。

「あたし、人を殺したいなんて思ったこと、一度だってないのよ。それなのにひどい言いがかりをつけられて。主人に言って、告訴してもらいます。断然、そうするわ。あたしが犯人だなんて——そりゃ、少々喧嘩をしたのは事実ですけど」

「聞くところによると、少々なんてもんじゃなかったようですな、奥さん」

駒持は退屈そうに半畳を入れた。圭子の頰が細かくけいれんした。

「興奮してたんですから、しかたがないじゃありませんか。松村さんがあのあと殺されると知ってたら、あたしだって喧嘩なんかしなかったわよ」

「そりゃあ、道理ですな」

駒持は眉の下からちらりと一ツ橋に目くばせを送り、一ツ橋はふき出したくなるのを堪《こら》えた。

圭子は我に返ったように髪を撫でつけると、

「それに、わたくしばっかり疑うのは、おかしくありません？　タケシが言っていたんですけど、松村さん、今日の午後、犬のことで岩崎さんともずいぶんやりあったそうですのよ。岩崎さんっていうのも変わった方ね、他人の犬のことでむきになるなんて。よほど、変わっているのよね」

その意味、おわかりね、と言わんばかりの圭子の口調に、一ツ橋は心底うんざりした。

「他人の飼い犬のことでむきになるようなやつは、ひとくらい殺しかねないとおっしゃりたいんですか」

「誰もそんなこと、言ってやしませんわ」

圭子は顔を強張《こわば》らせたが、すでにすっかり立ち直っていた。

「わたくし、どんなに自分が虐《しいた》げられたって、人様を非難するつもりなどございません。解釈は警察が好きになさればよろしいのよ。でもそれに巻き込まれるのはごめんですわ。責任をとるのはわたくしではなくて、あなたがたのほうよ」

「まあ、あれは性悪《しょうわる》な女だったからね。殺した方もだけど、殺された方もさ。もう逮捕したのかい、あの女」

十勝川レツは目をらんらんと輝かせていた。駒持警部補はしごく当然といった調子で一ツ橋をこづいた。

「あの女、とは」

「やだね、この子は」

レツは三十過ぎの警察官をなんのてらいもなく「この子」呼ばわりして、

「伊能の奥さんだよ。外面如菩薩内心如夜叉《げめんにょぼさつないしんにょやしゃ》って言葉くらい、知ってんだろ、いくら散文的な仕事をしてるからってさ。あの奥さんこそこの言葉にふさわしいやね。毎晩、旦那をののしってたんだから。誰がどう見たって、奥さんが悪いのさ。伊能モーターズが左前なのは、あたしみたいな無学なばばあにもわかってる、なのに自分は贅沢をする権利があると思い込んでんのさ。権利があるだなんて、あきれてものも言えないよ。人殺しの癖に」

レツは嬉しそうに笑みを浮かべた。

「言っちゃなんだけど、今度のことは誰にとってもめでたいかぎりだね。嫌な女が一人殺されて、嫌な女が一人死刑になる。結構なこった」

毒気にあてられた一ツ橋が二の句を継げずにいると、レツは舌なめずりをしてつけ加えた。

「旦那さんもいいやっかいばらいができて、喜んでいるだろうよ。だけどまあ、相手にも家庭があることだし、めでたしといくかどうかはわからないがね。それに、子どもは可哀想だよ、あんた。子どもに罪はないんだからさ。親を選んで生まれてきたわけでもないし」

「いったい、なんの話をしてるんだね」

駒持がやむにやまれず口を挟んだ。

「あらやだ、知らなかったの。警察も案外だらしないんだねえ、しっかり調べなさいよ。伊能さんの旦那さん、不倫してんですよ」

「不倫？　誰と」

「なんて名前だったかしらね。ずいぶん大胆なことですよ、いくら不仲でも目と鼻の先でだもの。あたしゃでも、黙ってましたよ。不道徳なことだとは思うけど、場合によりけりでしょう、不倫だって」

「だから、いったい誰と。まさか、松村の奥さん……」

「冗談じゃない、いくらなんでもあんな女」

十勝川レツは死人も目を覚ましかねない口調で吐き捨てた。

「不動産屋の女事務員だよ。四十過ぎぐらいの、ぽっちゃりした。よく三号棟の空気を入れ替えに来てたんだよ」

「ちょっと待って下さい。すると、伊能渉と花岡みずえは三号棟で……？」

「若い人たちは大胆だよ、することが」

レツは愉快そうにうなずいた。

「年をとると、楽しみが少なくなってねえ。言っておきますけど、のぞきなんて真似をしたこたあないよ。けどねえ、うちのベランダからは下の家の二階だけは見えちまうんだ。二階の裏の窓を開けている女事務員の姿がちらっと見えて、それから五分としないうちに伊能の旦那さんの姿も見えて、一時間も出てこなかったら、そういうことが二度も三度もあったら、誰だって一と一を足すんじゃないかしらねえ。世の中にはそういう頭の回らない人たちもいるけど、あたしは違いますよ。こないだも娘に言ってやったんですよ、娘ってのは死んだ亭主に似て……」

「あんた、どうしてその話を今まで黙ってたんだ」

「聞かれなかったからね」

レツは上目遣いになり、ふてぶてしく言った。

「昨日来た刑事さんたちが聞いたのは、不審な人間を見なかったか、色黒の小柄な男に心当たりがないか、それだけでしたよ。だから知らないって答えた。なんか文句あるのかい、おまわりさん」

2

監察医の見解は――解剖してみなければはっきりしたことは言えないの一点張りではあったが――、一ツ橋や駒持の推測とほぼ同じものだった。松村朱実は前頭部を先の尖った、石様のもので強打され、頭蓋骨陥没骨折で死亡した。死亡推定時刻は一時から三時の間。

警官たちが凶器探しに散らばっていったあと、聞き込みを再開した。一ツ橋は一号棟へ向かいながら、警部補に言った。

「二度目の殺人のおかげで、皆の口が滑らかになってきましたね」

「まあな。三番目の殺人が起きる前に、もっとどんどんしゃべってくれるといいんだが」

駒持はむっつりと答えた。一ツ橋は呼び鈴を押し、横目で上司を見た。

「連続殺人だと思いますか、これは」

「違うって言うのかい」

「違うとも思えませんが、そうだとも言い切れない気がします。確かに殺人の手口は昨日今日と良く似ていますが」

そのとき扉が開いて、三十代半ばの女性が姿を現した。薄いベージュのアンサンブルにブルーの花柄のスカーフを巻き、髪を巻きあげている。装いのせいか、顔が妙に白茶け、生気なく見える。一ツ橋は自己紹介しかけた口をぽかんと開けた。

「ええ――お嬢さん、我々は葉崎警察署から参りました」

駒持は一ツ橋に不審げなまなざしを投げた。一ツ橋と同じように唖然としていた女性は我に返ってうなずいた。

「ええ、松村さんの件でみえたのね。三島芙由です。嬉しいけど、お嬢さんって年齢ではありません」

「少々お話をお聞かせいただきたいのですが。確か、お子さんがいらっしゃるとか」

「子ども部屋におりますから、ご心配いただかなくても結構です。どうぞお入りください」

ふたりはリビングに通された。またしても同じ間取り、しかしこれまでで一番平凡な客間だった。テレビと棚と、通信販売で買ったようなソファセット。小学生の教科書や画用紙などで、部屋はそこはかとなくちらかっていた。

「今週は掃除をする暇もなくて。もっとも、いつもこんな調子ですけど」

「仕事があってお子さんがいるわりには、きれいですよ」

駒持は大きな尻を下ろしながら言った。一ツ橋は依然として口を開かない。芙由は彼をちらりと見ると、自分も座って指を組み合わせた。

「それで。なにをお話しすればいいんでしょう」

「松村さんの遺体が発見されたとき、あなたこの家にいましたね」

「ええ、子どもたちが呼びに来ましたの。おじさんが悲鳴をあげてるって」

「その正確な時刻をおぼえてますか」

「さあ。二階でうとうとしていたところだったので」

「お加減でもお悪いんですか」

まったく唐突に一ツ橋が口を挟み、駒持はぽかんとなった。

「いいえ。少し疲れていただけです。どうして?」

「市役所にお勤めと聞いていたんですが」

言葉少なに答える一ツ橋に、芙由はちらっと微笑んで見せた。

「帰宅が早すぎるってことですね。実は子どもたちの学校でトラブルがありまして」

「ほう、どんなトラブルです?」

「そんなことまで話さなくてはいけませんの」

芙由は声を尖らせたが、肩をすくめ、

「まあ、いいわ。隠し立てしなくちゃならないことなんか、ないんだから。——娘たちが同級生の男の子に怪我をさせたんです。それで、学校に呼び出されて。幸い、大したことなかったんですけど、それをいいことに市役所の方は午前中で早退しました」

「早退を」

他意なく繰り返した一ツ橋は、芙由の鋭い視線を浴びて身をすくませた。

「ええ。昨日の事件のおかげで、今日は朝から質問の集中砲火を浴びせられたんです。誰だってうんざりするし、頭痛だってするわ」

「当然です、お嬢さん——いえ、奥さん」

駒持は如才なく呟いた。

「それで、何時ごろ帰宅されましたか」

「学校から電話があったのが十二時過ぎ。それから病院へ行って、市役所に連絡を入れて——たぶん、二時かそこらだと思いますわ。そうそう、帰って来たとき、ちょうど下の駐車場に魚屋さんが車を入れているところでした。魚政という魚屋です。いつも二時頃来るんじゃなかったかしら。聞いていただければわかると思いますわ」

「お子さんたちもご一緒に？」

「ええ」

「お子さんたちはずっと外にいらしたんでしょうか」

「ええ、たぶん」

「それでは申し訳ありませんが、あとでお子さん方にも話を聞かせていただきましょう。よろしいですね」

芙由は再び苛立ってきたらしく、髪をもみくしゃにした。

「子どもたちを巻き込むのはやめにしていただけませんか。今日のトラブルだって、元はといえば昨日の死体が原因だったんですから。このヴィラの住民全員が疑われているのはしかたがないとしても、子どもには関係のないことでしょう?」

「学校で苛《いじ》められたんですか」

「ええ。おまえの母親が犯人なんじゃないかって」

「そいつはひどい」

芙由は唇を歪めた。

「そんなことを言われたから、娘たちも怒ったんです。これまでに、暴力をふるうような真似などいっさいしたことありませんもの」

「ご心配はもっともですが、お子さんたちがなにか、あるいは誰かを見ていないともかぎらない。話を聞かないわけにはいかんのですよ。もちろん、お母さんも同席されてかまいませんから、お許し願えませんかね」

「わかりました。わたしはなにも物わかりの悪い、溺愛型の母親ってわけじゃありません。それに、いつまでも犯人がわからないことのほうが、よけいに怖いし。今までは娘たちには黙って海に行ってはいけない、と言い聞かせるだけですみましたけど、このままじゃ、外に出るのもダメだと言わなくちゃならなくなっちゃうわ」

「話を戻しましょう」

一ツ橋は駒持の仏頂面を横目に続けた。

「お子さんたちが松村さんの旦那さんの悲鳴を聞いて、あなたに知らせに来た。で、あなたはどうしましたか」

「最初はなにを言っているのか、全然わかりませんでした。でも、昨日の今日ですから、すぐにベッドから飛び起きて外に出てみました。五号棟の前に松村さんのご主人が尻もちをついて、ぶるぶる震えてました」

「そのとき、あなたも死体を見たんですね」

「朱実さんのですか。いいえ、そのときには見てません。玄関の扉は閉まっていました。松村さんの言うことは要領を得なかったんですけど、奥さんがどうにかなったことだけはわかりましたし、彼が玄関を指さしているので、なにが起きたか見当がついたんです」

「確認しようとは思わなかったんですか」

「ご冗談を」

芙由は素っ気なく答えた。

「子どもたちが五号棟の玄関に近づこうとするのを止めるので精一杯でした。娘をひとりずつ捕まえて、家に戻し、鍵をかけてから松村さんのところに戻りました。彼はほとんど貧血を起こしかけてたわ。そこで、彼を入江さんの家に連れていきました。彼女が在宅していることはわかってたし、こういうとき頼りになるから」

「魚屋で入江さんと会ったんですね」

「ええ。よくご存じですね」

一ツ橋は十勝川レツの推量の確かさに内心舌を巻いた。

「魚屋で、松村さんの奥さんには会いませんでしたか」

「あら。ええ、今日は会いませんでした」

これ以降の芙由の証言は、他の住人たちのそれを裏付けるものだった。入江菖子が居合わせた住人三人を呼びだし、全員で五号棟へ向かったこと。朱実の死体を確認し、自分はすぐに子供たちのところに戻ったこと。松村朱実にはあまりいい感情を持っていなかったこと。

「でも、誓って言いますけど、彼女とは夕べ〈黄金のスープ亭〉で会ったのが最後です。殺してませんから」

「そうでしょうとも。お子さんの前で殺人はしませんよね。そろそろ、お子さんたちの話も聞きたいんですが」

芙由が出ていくと、駒持警部補は一ツ橋の胸ぐらをつかんだ。

「おまえはいったい、なにを考えてるんだ。あのお嬢さんに一目惚れでもしたのか」

「やめてください、痛いなあ。お嬢さんはやめましょうよ。立派な母親なんだから」

「なにを言うか。俺に言わせればいくつになろうが子供を何人持とうが、あれはお嬢さんなんだよ。なにが、お子さんの前で殺人はしませんよね、だ。このボケ」

「別に彼女に肩入れしたわけじゃありませんよ」

一ツ橋はぼそぼそと抗議した。

「ちゃんと聞くだけのことは、聞いているじゃないですか。それに、彼女とは……」

「初美ちゃんとわたしは高校の同級生です」

双子を連れて戻って来た三島芙由がきっぱりと言った。

「東京都新国市立新国高等学校。調べていただければわかります」

駒持は豆鉄砲を食らった狸のような顔で、ふたりを見比べた。

「だったら、最初からそう言えばいいじゃないか。ええ、初美ちゃんよ」

「殺人事件の捜査に来て、思い出話でもしろというんですか。そうはいかないでしょう。仕事は仕事、人間関係は別問題です」

「そのわりにゃ——ま、いいや。あとで覚えてろよ」

駒持は猛烈なまなざしを一ツ橋に投げかけると、犬コロでも呼ぶように双子を手まねいた。

双子は同じ形の切れ長の目を輝かせて、ものおじもせずに駒持に近寄って来た。

「さて。話を聞かせてもらえるかな」

「もちろんよ」

片方が——母親が亜矢と紹介した——大きくうなずいた。

「心配しなくていいわ。あたしたち、取調べには慣れてるの。ねえ麻矢」

「探偵小説のファンだってことよ。頭の心配してくれなくていいわよ」

麻矢と呼ばれた方が冷静な口調で説明した。

「学校の図書館にあるのは全部、読んじゃったわ。鬼頭のおねえさんがたまにマンガも貸してくれるし。あのひと、時々ものすごく教育的なのを寄越すんだけど、機嫌のいいときは探偵ものを貸してくれるの」

「教育的ってつまり、退屈ってことよ」と麻矢。

「おねえさんはそのへんわかってるみたいなんだけど、でも時々おとなって義務意識にめざめるでしょ。子どもにはいい本を与えなきゃならない、みたいな」

「いわゆる偉人伝よ。おえっ」と麻矢。

「でも機嫌のいいときは違うの。中里先生とうまくいってるときなんか、特にね」

駒持は開きかけていた唇を引き締め、割り込んだ。

「鬼頭のおねえさんは中里さんとつきあっているのか」

「そうよ」と亜矢。

「違うわよ」と麻矢。「中里先生は鬼頭のおねえさんが好きなの。でも鬼頭のおねえさんのほうはどうだかわかんない。たまにデートすることはあるみたいね」

「好きだから、デートしたんじゃないのか」

駒持は芙由に助けを求める視線を投げかけたが、母親は笑いをこらえているばかりだった。

亜矢と麻矢は瓜二つの呆れ顔を見合わせ、

「刑事さんって幼稚ね。好きでなくてもデートくらいするでしょ。暇で、相手のことそう嫌いでもなかったら」

「それに中里先生は鬼頭のおねえさんのことが、本当に好きよ。そのことで松村のおばさんと大喧嘩してたことがあるんだから」

「それ、いつのこと」

一ツ橋は慌てて口を挟んだ。双子は鼻にしわを寄せて、

「少し前よ」と亜矢。

「だいぶ、前だったわ。たぶんね」と麻矢。「あたしたちって、時間のことあんまり考えないひとたちだから。先生に聞いてみればいいわ。きっと本人なら覚えてるわよ」

「あんなに怒鳴るなんて、先生、一年に一度もないと思うもん」

「普段は起きてんだか寝てんだかわかんないのにね」

「いったいなにを怒鳴ってたのかな」

「松村のおばさん、鬼頭のおねえさんのひどい悪口を、わざわざ中里先生に聞かせたんだわ。あのおばさん、死んじゃったんでしょう」

「殺されたんでしょう」

いつのまにか駒持はさあらぬ様子で窓辺に立ち、雨粒の観察に余念がないようだった。やむを得ず一ツ橋は答えた。

「そうなんだ。だからきみたちに協力をお願いしているんだよ」

「あたしたち、市民の義務ははたすわよ。ねえ、麻矢」

「もちろんよ。でもあたしたちが言ったことで、中里先生や鬼頭のおねえさんに迷惑がかかったりしないわよね。それだけは約束してください」

一ツ橋が目を白黒させ、答に困っていると亜矢がにこやかに言った。

「そんな心配無意味よ、麻矢。妻が殺されたら犯人は夫だし、夫が殺されたら犯人は妻だもの。中里先生やおねえさんは無関係よ。あのねあのね、おばさんは鬼頭のおねえさんには別に好きな男の人がいるんだって、そう告げ口したのよ。赤ちゃんがどうしたとかも言ってた」

「きみたちは、それをどこで聞いたんだい」

「下の海岸に貝殻を拾いに行ったときよ。あそこの岩場の脇に腐りかけて穴の開いた、とっても素敵なボートが逆さに置いてあるの。その下に潜り込んで遊んでたら」

「あんたたちは」

眉をつり上げかけた芙由を一ツ橋は目で止めた。亜矢は母親の顔色をうかがい、舌を出して続けた。

「松村のおばさんと中里先生が来たの。あたしたちには最後まで気づかなかったみたい。ものすごかったわよ、ねえ、麻矢」

「先生の怒鳴り声より、おばさんの言い方のがすごかったのよ」と麻矢。「あたしだったら、自分の好きな人のことあんな風に言われたら、殺したくなっちゃう。八王子《はちおうじ》のおばさんよりイケてたわ」

「八王子のおばさんってパパの妹で、悪口の天才なの。隣のひとが、いいお天気ですね、って言っただけで、あんなセリフ鈍感で想像力のない人間しか言わない、ってすらすら悪口になるの。一度聞かせてあげたいわ」

「あれで怒らなかったら、男じゃないわよ。先生、いつもはどんよりしてんのに、あのときは別人みたいだった」

「鬼頭のおねえさんも男の趣味、悪いよね。先生の方が、あんなちゃらちゃらしたやつより、よっぽど格好いいのに」

「ええと、それはつまり」

一ツ橋はやっとのことで隙を見つけて尋ねた。

「きみたちは知ってるんだ。鬼頭のおねえさんのつきあってる相手のこと」

「つきあってる相手じゃないわよ」と亜矢。

「つきあってた相手よ」と麻矢。「だって、おねえさんその男のこと、店から追い出しちゃったもの。でもそのあとで、お金渡してたけど」

「嫌なやつだったわ」

「最低よね。トモルよりひどい」

「似たようなもんよ。トモルってのはね」

放っておくと脱線しそうな双子に、一ツ橋はブレーキをかけるので精一杯だった。

「その男をどこで見たんだい」

「だから、店よ。〈鬼頭堂〉。刑事さん、あたしたちの話、ちゃんと聞いてるの？」

「これもずいぶん前の話よね。夏より前だったと思う」

「春先よ。だってあたしたち、寒くてお店に行ったんだもの」と麻矢。「あたしたち、ママの仕事が終わるまで、学校か塾で待つことになってるの。市役所は五時に終わるから、そしたら一緒に車で帰るのよ。ところが、その日は塾がなくて、学校では行事があって」

「体育館で政治集会があったのよ。おえっ」と亜矢。

「それで、四時過ぎに追い出されちゃったの。運悪く図書館も休みだったから、あたしたち、古本屋に行ったわけ。おねえさんならしばらく遊んでても怒らないし、時にはお茶を出してくれることもあるし」

「でも、ものすごく気まずい雰囲気だったんで、がっかりしちゃった。あの男、おねえさんをまるで脅迫してるみたいだった」

「そんなことないよ」と麻矢。「脅迫は言い過ぎよ。亜矢は想像力がたくましすぎんのよ。あいつ、小遣いねだってただけよ。いい年こいた大人がみっともないの」

「いい年こいた大人が小遣いねだるのを、脅迫って言うんでしょ」と亜矢。

「そんなことないわ。八王子のおじさん、いつもおばあちゃまに車の駐車代払わせてるけど、あれは脅迫とは言わないよ」

「脅迫よ。おじさんてば、おばあちゃまにこう言うのよ。お義母さんが急病にでもなったら、車はきっと便利ですよって。駐車代を払わなかったら、おばあちゃまが病気になっても病院には連れてってやらないよって、言ってるのと同じじゃない」

「かもね。でも、あの男はおねえさんにそこまで言ってたかしら」と麻矢。

「だって、あたしたち遠慮したじゃない」と亜矢。「おねえさん可哀想だって、麻矢が言ったのよ。だから最後のほうにあの男が言った『歯医者に行く金くらい、いいじゃないか。深いつき合いだったんだし』ってセリフしか聞けなかったのよ」

「そしたらおねえさん怒って、男を追い出しちゃったのよね。そしたら男が、そんな態度をとらなくなるまで、度々寄らせてもらうよって言って。あ、亜矢の言う通りね。これ、脅迫でしょ」

一ツ橋はあたふたとうなずき、つけ加えた。

「もっとも、鬼頭さんが認めなければ成り立たないだろうけどね」

「だけど、おねえさん、追っかけてって財布を出したの。あたしたち、そこらにあった本つかんで読んでるふりしたから、お金を渡したとこは見てないけど」と亜矢。

「あれがまずかったのよね。慌てたからいい加減な本、取っちゃったのよ。おねえさんが妙な顔してそういうの好きなのって聞いてきて、あたし、なんの本読んでたのか見もしないで、はい、なんて答えちゃったわけ」と麻矢。亜矢がくすくす笑いながら、

「麻矢ったら、田中角栄《たなかかくえい》の伝記なんか持ってたのよ」

「そういうあんたは『フランダースの犬』だったじゃない。最低よ」

「『フランダースの犬』のどこがいけないんだい」

一ツ橋はつい、会話に参加してしまった。麻矢は侮蔑《ぶべつ》もあらわに一ツ橋を見据え、

「やあだ。まさかあれ読んで泣いたんじゃないでしょうね。あれはね、子供は無垢《むく》のまんま死ねばいいって話なのよ。馬鹿にしてるったらないじゃない」

駒持が低いうなり声を発した。

「こいつは単純な思考回路の持ち主なんでね、お嬢さん。ところで、問題の男の人相を覚えてるかな」

「まあね」と麻矢。「毛皮の帽子をかぶってて、それが全然似合ってなかった」

「髪染めてたし、ボロいジーンズはいてた。で、そんな若くもないのにいっぱい腕輪してて、携帯持ってて」と亜矢。

「人相だよ、お嬢さんがた。服装じゃない」

双子はそろって尊敬のまなざしで駒持警部補を見つめた。ぶっきらぼうな物言いのくせになぜだ、と一ツ橋は釈然としない思いを抱いた。

「そうね、ごめんなさい。顔が小さくて、色が黒かったな」

「歯を剝き出して笑ってた。一本歯がないのにね」

「みっともなかったな」

おとなたちは顔を見合わせた。駒持の声までが、緊張に少し強張っていた。

「その欠けていた歯は、どこだったかわかるかな」

「前の上の歯よ」と麻矢。

「糸切り歯よ」と亜矢が金切り声でつけ加えた。「こっちよ。ねえ、麻矢」

恐るべき双子は揃ってにかっと笑い、乳歯と永久歯の入り乱れた不揃いの歯を出して、右上の、八重歯ぎみの犬歯を指さして見せた。

3

刑事たちは驚くべき情報を胸に、六号棟へと引き返した。ブザーを鳴らすと、陰々滅々たる返事が聞こえてきた。松村健がしょんぼりと、あがりがまちに腰を下ろしていた。

「おや。気がつきましたか」

「どうも、先程はご迷惑をおかけしましたそうで。入江さんにもすまないことをしました。なんと言ってお詫びしたらよいものやら。妻の——あれを見てから、さっきダンボールの山の中で目を覚ますまでのこと、なんにも覚えてないんです。入江さんはたいそうご立腹で、ここで刑事さんがたが来るのを待つように、と言われて」

「まあ、無理もありませんな。ともかくまずは、お悔やみを申し上げます」

刑事たちはしかたなく、三和土につっ立ったまま話を始めた。

「犯人を早く捕まえてください。そのためならなんでもしますから」

松村は鼻をすすりあげた。駒持は言葉を継いだ。

「ではまず、どうして今日この時刻に帰宅されたのか、ご説明いただけますか」

「ええと、家内から電話があったんです。あれは昨日の事件以来、興奮状態でして。電話の向こうで犯人がわかっただの怖いだのとわめくもので、本人の気のせいだとは思ったんですが、昨日の今日ですから心配になりまして。ちょうど店がすく時間帯だったので、店のものに頼んで様子を見に戻ったんです。そしたら――」

松村は自分の着ているトレーナーをぎゅっとかき合わせ、堅く目をつぶった。

「電話があったのは何時頃でしたか」

「三時少し前だったと思います」

「三時少し前。それは確かですか」

「ええ。電話を終わりかけたとき部下が入ってきて、家に戻ると申しました。そのとき時計を見ましたから」

「なるほど。で、あなたが家に着いたのは？」

「腕時計を店に置いてきてしまったので、正確な時間はわかりません。電話があってから少々片付けることがあって、店を出たのは十分後くらいでしょうか。車でここまで三十分くらいですから、たぶん三時四十分か五十分くらいではないかと」

「道は込んでいましたか」

「いえ、すいていたと思います。ただ、雨が降ってきたので、スピードはさほどあげていませんでした。考え事もしたかったので――あのう、私がもう少し早く帰宅していれば、家内は死なずにすんだんでしょうか」

「まだわかりませんが、たぶん、少々早かろうが、関係なかったでしょう。奥さんが亡くなったのは、あなたのせいではありませんよ」

一ツ橋はちらと駒持に目をやった。三時少し前に被害者からの電話を受けたということになれば、犯行はその電話の直後ということになるだろう。

「辛いでしょうが、松村さん。その電話のことをもう少し詳しくお聞かせいただけますでしょうか」

「はあ。しかし、特に話せるようなことはなにもないんです。あれの言うことはいつも要領を得ないんですが、あのときはまったくもってめちゃくちゃでして……。だからこそ、仕事を抜け出してきたようなわけで」

「奥さんは犯人につながるようなことを、なにかおっしゃっていませんでしたか」

「昨日の夜、寝しなに妙なことを口走っていました」

「どんなことです」

「問いつめたんですが、具体的なことはなにも。ただ、裏の山道を誰かが歩いているのを見た、とか、やっぱり変だ、とか。不動産屋の社長でなくても鍵を取り出すことはできた、金庫が開いているのを知っている、とか」

「金庫？　奥さんは児玉不動産には」

「何度か行ったことがあります。葉崎市の中心部に家を買い替えようかという話がありまして。あれは車の運転をしないので、交通の便が悪いこの場所を嫌がっていました」

「なるほど、話を戻しましょう。裏の山道を誰かが歩いているのを見た、奥さんはそう言っていたわけですね」

「はあ」

「誰だとは言わなかった」

「はあ。ただ、ひょっとするとふたりかもしれません。あのひとたち、仲が悪いはずなんだし、ってそう言いましたから」

刑事は顔を見あわせた。松村健は長い間咳込み、涙を浮かべた。

「あれは自分に探偵の才能があると思い込んでたんです。サスペンスドラマばっかり見て、すぐに犯人がわかるから自分には才能があるんだって。現実の事件がドラマみたいに進むわけがないって、あれにはどうしてもわからなかったんです」

入江菖子は本を片付けたリビングに刑事たちだけを招き入れた。それでも、松村健が妻を亡くしたばかりだということをかろうじて思い出したらしい。玄関先に座布団と、葉カスだらけのお茶を持っていったが、松村の詫びの言葉をリビングのドアをぴしゃりと閉めることで断ち切った。

「まだ怒ってらっしゃるんですか」

「当たり前でしょう。——ま、すんだことはしかたないけどね。彼を今晩、南海荘に泊まらせようと思うんですけど、どうやって連れていったらいいかな。坂の下は報道関係者や野次馬でごった返しているんでしょう」

「神経質にならずに堂々と連れ出せばいいんですよ。我々が手を貸してもいいですが、かえって逆効果でしょう。——ところで、このヴィラで仲が悪いふたりといったら、入江さんは誰と誰を思い浮かべますか」

「仲の悪いふたり、ですか」

入江菖子は目をぱちくりさせて、一ツ橋を眺めた。

「こういっちゃなんですけど刑事さん、そのペアの人気ナンバー・ワンは他ならぬ松村さんの奥さんそのひとですよ。彼女と仲がいい相手を探す方がむしろ骨が折れますし」

「強いて挙げれば誰でしょうか。仲のいい方の話ですが」

「まあ、ご主人ですか」

菖子は不承不承指を折った。

「もっとも、夫婦の仲なんてはた目ではわかりませんけど。ご主人は神様みたいな忍耐力の持ち主だなあって、わたしいつも思ってました。不人情なようだけど、あの奥さん、ほんとに不愉快なひとでしたから。騒ぎの後始末をするのはいつもご主人でしたしね」

「他はどうですか」

「五代さんの奥さんね。とっても善良なおばあちゃまなんです。朱実さんともうまくやっていたわ。それ以外ということになると、全員バツってとこね。もちろん、わたしを含めて。けど、嫌な女ってだけで殺していたら、ヴィラは死体だらけになるわね」

とっくに死体だらけじゃないか、と一ツ橋は思ったが口にはしなかった。彼はメモから顔をあげて、

「では、仲が悪いはずのふたりだと、誰と誰になるでしょうか」

「松村の奥さんを除いて？　そうね、まずはわたしと五代のじい様。中里くんと五代のじい様。岩崎くんと五代のじい様。それに、十勝川さんと五代のじい様。そんなところかな。もっとも、何度も言うようだけど、朱実さんって突拍子もないことを思いつく名人でしたからね。彼女の

考えていたことなど、見当もつかないわ」

「五代さんは台風の日には、まだ家にいらしたんですね」

「ええ、そうよ。その翌日の夜に入院したのよ。——でもまさか、五代のじい様が台風の最中、裏の山道をわたしやその他のひとたちの誰かとえっちらおっちら歩いていたなんて、とても信じられない。あなたは信じるの、その話を」

「ぼくは松村さんの奥さんのことを、よく知りませんのでね」

一ツ橋は素っ気なく答えた。入江菖子はじっとその顔を見て、煙草をくわえ直した。

「これは言い訳にとってほしくないんだけど——わたし、朱実さんが、昨日の他殺死体事件でなにか重要なことを知っていたなんて、まるっきり信じていないのよ。あのひとのことを皆はトラブルメイカーだって言ってたし、事実そうだったけど、無邪気なタイプと違ったのよね。あのひと、見かけほど馬鹿じゃなかった。馬鹿に見せかけて、非難をかいくぐるだけの頭があった。一種のサディストじゃないかってわたしはにらんでたのよ。周囲が彼女に迷惑をかけられて、腹をたてればたてるだけ、喜んでたんじゃないかしら。あの死体のことで、昨日の夜もいろいろ思わせぶりなこと口走ってたけど——そうすることで皆に嫌な思いをさせたかっただけじゃないかしらね」

「つまり、その場に犯人がいたってことですか」

菖子は煙を吹き出して、

「あらやだ、そういう意味じゃないのよ。犯人があの場にいたかどうかなんて、彼女にとっては問題外だもの。ただねえ、誰だって隠したいことのひとつやふたつ、あるわけでしょう？彼女は確かになにか腑に落ちないことを目撃したのかもしれない。でも、それはたぶん事件とはあんまり関係がなくって、ただあまりひとには知られたくないことだった。朱実さんは事件を利用して、それを表に引きずり出したかっただけじゃないかしら」

「よく、わかりませんが」

一ツ橋は不愉快になった。心理分析めいたものを聞くと、いつも彼は不愉快になるのだ。分析しているのが素人だと、なおさらだ。菖子はぼんやりと笑って、

「まあ、わたしの言ったことなど、真面目にとる必要ないわよ。だけど、台風の日に山道を仲の悪い人間がふたりで入っていったからって、それがそんなに重要かしらね。死体は山道にあったわけじゃないんだし、台風の日には誰もアリバイなんかないんだから」

4

「容疑者が増えてきましたね」

一ツ橋初美巡査部長は坂道を登りながら、指を折った。下では報道関係者と警察官、それに昨日よりも一段と数を増した野次馬たちが、雨にもめげずおしあいへしあいしながらヴィラを

遠巻きにして、喧騒でお互いの声すら聞こえないほどだった。しかし、角田港大の屋敷門あたりはまるで別世界のように静かだ。

「本命は伊能圭子。彼女は朱実と大喧嘩をやらかしたあとだったし、昨日の死体は圭子を脅迫していた人物である可能性が高い。対抗馬はその夫と浮気相手の不動産屋事務員。動機はわかりませんが、死体のあった三号棟に今のところもっとも簡単に出入りできたわけだ。それから、大穴で中里澤哉。朱実とは鬼頭典子を挟んで犬猿の仲だった。そして、真打ちが鬼頭典子。彼女は昨日の死体らしき男と恋愛がらみのトラブルがあったらしく、しかも脅迫されていた。朱実の見た、山道の仲の悪いふたりというのは、典子とその男のことだったのかもしれません。ついでに松村の旦那も入れときましょうか」

一ツ橋は言ってから首を振り、

「いや、ダメですね。監察医の先生は死亡推定時刻を一時から三時と言っていたんだった。三時少し前に被害者から電話があったなら、殺人はその電話の直後ってことだ。ということは、容疑者リストもこれで全部かな」

「それから、おまえさんの初恋の相手も入れとけ」

駒持はむっつりと言い、はじかれたように顔をあげた部下をぎろりとにらみつけると、

「どうやら本当に偶然の出会いだったようだから、文句を言うつもりはない。俺の前で言い出しにくいプライベートな事情でもあって、お互いに知らん顔してみせたってことにしといてや

る。だがね、こと事件に関しては、あの三島芙由は要注意だ」

「なぜですか。彼女に不利なことを言い出した人間なんて、誰もいません」

「だが、松村朱実が殺されたとおぼしき時間帯、彼女は現場のすぐ近くにいたんだ。きわめて弱いが動機らしきものもある」

「双子の花を朱実が切り落としたって、あれですか。いくらなんでも。それに、昨日の死体はどうなるんです」

「おまえ、おかしいとは思わなかったか」

駒持はブザーを神経質に何度も押した。

「昨日の聞き込みで、俺たちは三島芙由の担当ではなかったが——彼女はヴィラの住人たちに好感を持たれているようだった。あんな小生意気な双子を持っているくせにだ。ところが、彼女は娘たちが他の人間の秘密を散々暴露してるっていうのに、止めもしなかった。鬼頭典子は双子に親切にしてやってる。言うなれば、味方みたいなもんだ。その人たちの秘密を、娘がこっぴどくばらし始めたら、止めるか、ごまかすか、それが無理でもフォローくらいするんじゃないか。子どもの口から出た事実だ。身も蓋も無かった。残酷なばらし方だった。そうだろ」

「彼女は母親ですよ」

インターフォンに来意を告げ、自動的に開き始めた門をくぐって歩き出しながら、一ツ橋は言った。

「いくらこれまでは仲のいいお隣さんだったとしても、人殺しかもしれない人間を放置できないでしょう」

「そう来ると思ったがね」

駒持は顔をしかめ、濡れた髪を額からかきあげた。

「それよりずっと、単純明快な答があるじゃないか。つまり、三島芙由にも隠しておきたい何かがあった、我々の目をそこからそらしたかった、という答がね」

「警部補は彼女が犯人だと？」

一ツ橋は気色ばんだ。駒持は大きく息をついて、

「そこまでは言ってない。おまえ、彼女とはいつから会ってないんだ」

「大学を卒業するくらいの頃ですから、かれこれ十二年になります。こっちも忙しくて同窓会にも顔を出してないし」

「ということは、現在の彼女のことはなにも知らないということだな」

「……ぼくの個人的な勘だけで、彼女を特別扱いになどできないことはわかってますが」

「わかってないじゃないか」

「わかってますよ。高校時代の彼女が人殺しをするような人間じゃなかった、なんて警察官が挙げる反証としてはまるっきり無意味だってことくらい。ですが、現在のところ、彼女を怪しむにたる理由なんか、なにひとつありませんよ」

「そりゃそうだな。あの親子にいいように振り回されたんだから。おまえ、結局、双子に今日の午後、ヴィラの路地で誰か見たか、聞かなかっただろ」

「あ」

一ツ橋は棒を飲んだようになった。

「すみません、鬼頭典子の件で興奮して」

「おまけに初恋の人との再会にも興奮してた」

昨日、秋の日ざしに茶色く乾きかけていた角田邸の芝生は、角田邸からの光を浴び、露を帯びて輝いていた。角田邸の玄関には屋根がついていて、ドアの前でふたりは振り返り、景色を見下ろした。すでに暗くなり、小雨にかすんだ海は巨大な銀色の幕のように鈍く光っていた。

玄関が開いて、角田弥生が顔を出した。昨日とは打って変わって愛想よく招き入れたが、ふたりの風体を見ると咎めるような声で言った。

「濡れてらっしゃるのね」

「すみません。雨が降っているもので」

「タオルを持ってきます。そこを動かないで。汚すと角田がうるさいのよ」

「ご主人はお戻りですか」

真っ白い分厚いタオルを受け取って髪を拭きながら、一ツ橋は尋ねた。弥生は薄ら笑いを浮かべて、

「さっき電話がありました。南海荘で飲んでるんですって。下でまた殺人があったとかで、知り合いの記者があのホテルにやってきたそうですわ。きっと今ごろ喜んで、あることないことしゃべってるでしょう。あのひと、そういうの大好きだから」

弥生はふたりにウイスキーを勧め、刑事たちは固辞した。彼女は自分のグラスを持ってソファに座った。

「昨日は奥さんにはあまり話を伺えなかったもので。なにかお気づきのことがあれば、お聞かせいただきたいのですが」

「わかりました」

弥生は眉を寄せた。

「と申しましても、わたし本当にヴィラの人たちとはおつき合いがないんですの。入江菖子さんを別にすればですけど。今日も彼女のところに立ち寄りました」

「それは何時頃のことでしょう」

「さあ。時間のことなんか、仕事柄あまり気にしないものですから」

「お仕事をなさっているんですか。それは初耳だ」

「主人の仕事のマネージメントはすべてわたしがやっておりますの」

弥生は素っ気なく答えた。

「入江さんのところに行ったのが午前中なのは、確かだと思いますわ。玄関先で立ち話をしてから失礼しました。海外旅行のお土産を届けに行っただけですし」

「すると、入江さんとはかなりお親しい？」

「そうでもありません。親しくさせていただきたいとは思っておりますけど。以前、彼女が万華鏡が好きだというお話を聞きましてね。少し前にアメリカに行ったときに買ってきた万華鏡を差し上げようと思っておじゃましたんですわ」

「そうでしたか。しかし……」

言い淀んだ駒持の言葉を、弥生はあっさりと引き継いで、

「なぜ、こんな時期に、突然おつき合いを始めたのか不思議に思われているのね。もちろん、その殺人事件の情報を、彼女から聞き出そうと思ったからですわ。わたし、ミステリーが好きなんです」

「ご主人と知り合われたのも、ミステリーがきっかけだったたんですな」

「そうですわ」

弥生は簡潔に答え、刑事たちにまっすぐ視線を向けた。

「それでは、今日は入江さんの家に行って、それからどうされました」

「車でお寿司を食べにでかけました。南海荘の先に一軒、安くて美味しいお寿司屋さんがございますでしょ」

例の魚政の弟が経営しているその寿司屋のことは、ふたりの刑事もよく知っていた。一見、

さびれ、入りづらい感じの店で、観光客が立ち寄ることはめったにない。だが、この店を知らなければ、葉崎市民のもぐりだ。

「何度か足を運んだんですけど、お昼時はいつも満員ですから、今日は早めにでかけたんです。幸い、まだがらがらでした」

「それは、おひとりで？」

「はい。主人はゴルフの練習にでかけて、おりませんでしたから」

「で、その後は」

「鎌倉までドライブしました。古本屋さんと郵便局に寄って、お茶を飲んで戻ってきました。駐車場に車を入れるのにちょっとごたついたので、家にたどり着いて時計を見ました。二時少し前だったと思います」

「帰って来たとき、誰かに会いませんでしたか。あるいは見かけたとか」

「残念ながら、全然覚えておりませんの。考え事をしておりましたし——あのう、午後主人を呼び出されましたけど、なにかあったんでしょうか」

「ご心配をおかけしたとすれば、申し訳なかったですな」

わざわざ角田港大を呼び出した理由が、アル中の妻にあるとは言い出せたものではない。おまけに、今日の弥生は——ウイスキーのグラスを盛大に傾けているくせに——これっぽっちもアルコール依存症のようには見えなかった。

「ご主人のマネージメントをしてらっしゃるのなら、奥様にお尋ねしてもよかったんですが。新英社、という出版社をご存じですね」

「もちろんです。主人の本を五冊、出版していただいております」

「その出版社の関係者で、進藤カイという人物をご存じでしょうか。例の身元不明の死体が死んだと思われる四日前の台風の日の遅く、南海荘に宿泊した人物なんですがね」

「進藤カイ？　彼なら」

言いかけて、弥生は口をつぐんだ。一ツ橋と駒持は顔を見合わせた。

「ご存じなんですね。いったいどういう人物なんでしょうか」

「どういう人物って」

弥生は困惑のまなざしを刑事たちに投げかけた。

「ご冗談をおっしゃっているんじゃありませんわよね」

「冗談に聞こえますか」

駒持はふてぶてしい声を出した。弥生はウイスキーをぐっとあおると、

「それなら申し上げますけど、進藤カイって、主人の小説の登場人物ですわ」

駒持の顎ががくんと落ちた。弥生は半ば面白そうに、半ば気味悪そうに説明した。

「新英社さんで、〈失われた街〉シリーズというのを出してますの。当初シリーズ化する予定はなかったんですけど、評判がよくて、さっきも申し上げましたが、これまでに五冊出してま

す。進藤カイというのは、主人公の刑事の情報屋のゲイ・ボーイの名前ですわ。人気があって、彼宛のファンレターも来るんです。あ、そうだわ」

お待ちになって、と弥生は立ち、しばらくして数通の分厚い手紙を手に戻ってきた。宛名は新英社編集部気付、角田港大様とあり、差出人は、

「進藤カイになってますね」

「読者のなかには、登場人物に肩入れするあまり、自分と同一視するひともいるんです。ざっと目を通しただけですけど、このひともそのひとりですね。でも、これはまあまあまともな手紙でした」

「まとも。これの」

どこが、と言いさして一ツ橋は黙った。弥生は笑った。

「読者からもらう手紙には、とんでもないのがあるんですよ。なにを書いているのかわからないものや、被害妄想の脅迫状じみたもの。そういうのは出版社が処理してくれますので、こちらの手元には届かないのが多いんですけど、これはその審査をパスしただけのことはあって、文章もしっかりしているし、面白く読みました。差出人は進藤カイ本人と名乗り、次回作の参考にしてほしいと、ある種の回想録を書いてよこしたんです」

「回想録ねえ」

駒持は思いきり鼻を鳴らした。弥生は空になったグラスを押しやった。

「わたしの意見を言わせていただきますけれど、南海荘に泊まった〈進藤カイ〉とこの手紙の差出人は同じ人物なんじゃないかしら。この手紙はファンレターというより、一種のアピールだったんじゃないかと思うんですよ。作家志望者が作家に原稿を読ませ、出版社を紹介してほしいと言ってくること、珍しくありませんもの。主人も無名の頃からよくそういう依頼を受けて、弱ってました。差出人は手紙という形で存在をアピールしておいて、主人に弟子入りでも希望するつもりだったんですよ。で、台風の日にいよいよここへ、直接面接に来たということだったんじゃありません？」

「手紙の宛て先を見るかぎり、彼はここの住所を知らなかったようですが」

「調べればわかるでしょう。隠してはいませんもの。でも、いざとなると気おくれして、訪ねて来づらくなったのじゃないかしら」

「筋は通りますがね」

　駒持は苦虫を嚙み潰したような顔つきで、弥生をにらんだ。一ツ橋には上司の考えていることが手に取るようにわかった。場所柄をわきまえない、それどころか聞き込みの邪魔すらしかねない、そういった第一印象と異なり、弥生はずばぬけて賢い。一ツ橋は不意に、彼女が油断のならない目をしていることに気づいた。こちらの言葉の先を読み、なにを聞かれてもすぐに説明をつけることができるよう、怠《おこた》りなく準備している人間の目。

「それにしても、ご主人はなぜすぐそういうふうに説明して下さらなかったのかなあ。隠すことなどないだろうに。——奥様は台風の日には、ここにはいらっしゃらなかったそうですね」

「はい。刑事さん、ええと、駒持さんでしたわね。主人のことなら、お気になさらないで下さい。妙なことに巻き込まれたくなかったんでしょう。ああ見えて、意外と臆病なんですわ」

角田弥生は愛想よく微笑んだが、口調にはかすかに侮蔑の色が混じっていた。それが夫に向けられたものなのか、それとも間抜けな刑事二人組に向けられたものなのか、一ツ橋はいぶかしんだ。

第7章　巡査部長が困惑する

1

伊能渉はハンカチを取り出し、額の汗を拭ってそそくさとポケットにねじこんだ。鼻先をすえたような臭いがかすめた。ずいぶん長いことポケットのなかにしまわれたままだったのだ。ここのところの寒さに、久しぶりに簞笥《たんす》の奥から引っ張り出して穿いたウールのスラックス。半年もの間、洗われもせず、汗まみれのまま放置されていたらしい。彼は不意に泣きたくなった。自分自身にしか興味のない妻を持った、自分が哀れで。

「花岡みずえとは、いつから、どのくらい続いていたんだね」

昨日、聞き込みに来たのと同じ刑事たち——市川と福島といった——は、まっすぐに伊能渉を見つめている。参考のための事情聴取と言いながら、口調は事務的で、乾燥していて、これくらいなら隣家の老婦人にねちっこく事情を聞かれた方がまだましだ、と彼は思った。あの老婆なら彼に同情してくれるだろう。花岡みずえとの情事を暴露した十勝川レツを、彼は恨んではいなかった。恨む？　とんでもない。感謝しているくらいだ。

「半年ほど前、たまたまロマンスカーで隣り合わせたんです。仕事で東京に行った帰りのことでした。彼女とは何度か顔を合わせていましたが、咄嗟《とっさ》には誰だか思い出せませんでした。向こうから声をかけてきたので、ようやく思い出したような次第で」

壁一つ隔てたもう一つの取調室の椅子には、すっかりふて腐れた花岡みずえがふんぞり返っていた。彼女のほうは、密告者のことを考えるだけで頭から火を吹きそうだった。他人のことに首を突っ込んで、年寄りは邪魔にならないようにひっそりしてたらいいのよ、あのくそ婆あ。

「向こうから声をかけてきたのよ。ひどい奥さんのおかげで、彼すっかり神経が参ってたのね。そういうとき、あたしみたいに落ち着いた女性にひかれるのは、しょうがないことじゃない。あんまり気の毒だから、ついそういうことになっちゃったんだわ。そんなこと、警察が首突っ込むことじゃないでしょうよ」

伊能渉はしどろもどろに話し続けていた。

「最初は藤沢とか町田のホテルだったんですが……彼女が三号棟の合鍵を作ったって言い出したんです。持ち出すのは簡単だったから、すぐにできたって。正直、無駄な出費が抑えられるのはありがたいことでした。妻は金づかいの荒い女で——不景気で中古車販売の仕事もうまくいかず——花岡さんは気を使ってくれて——」

花岡みずえは大きく鼻を鳴らした。

「あーら、だって面白かったからよ。あの高慢ちきな奥さんの目と鼻の先なんだから。吠え面かかせてやりたいじゃない。彼も最初は尻込みしてたけど、ふたりであの奥さんを笑いもんにしてやるうち、ずいぶん気が晴れたみたいよ。そうよ、言っとくけどあたし、感謝されてもいいくらいなんだから。あのままだったら彼、奥さんの頭、かち割ってたとこよ。少しでも気概のある男だったらそうするだろうし、そうされて当然じゃない、あんな女」

伊能渉は目に涙を浮かべていた。

「いいえ、鍵を持っていたのは彼女の方です。妻に疑われては困るので」

花岡みずえはあくびまじりに答えた。

「彼に渡しといたわよ」

伊能渉は言った。

「一度渡されたんですけど、すぐに返しました」

花岡みずえは言った。

「そういえば返してもらったんだった。けど今どこにあるかなんて、覚えてないわ。うちの旦那にバレかけたんで、当分会うのをやめるつもりだったんだもの。え？　いつから会ってないかって？　二、三週間ってとこかしら」

伊能渉は言った。

「二週間以上、会ってません」

　花岡みずえは言った。

「うちの社長が酔っ払って、彼の奥さんの昔の話っての、しゃべっちゃったのよね。ほら、スチュワーデス時代に不倫してうんぬんってやつ。社長って腹にためておけないタイプだから。ええ、もちろん、彼に話したわよ。そしたらおかしなことに、彼信じないの。あんな女にでも未練があるのかと思ったら、なんだか急に熱が冷めちゃってさ。――え？　その話を彼に話したのはいつかって？　だから、二、三週間前だってば。以来会ってないんだから」

　伊能渉は言った。

「いくらなんでもそんな話、信じられませんでした」

　花岡みずえは言った。

「いま思いついたんだけど、彼が奥さんの過去を信じなかったのは、未練というより見栄かもね。内情はともかく、元スチュワーデスの美人妻ってステイタスシンボルじゃない。見かけまで欠陥品だったら、彼まるっきり馬鹿みたいだもんね」

　伊能渉は言った。

「脅迫状？　そ、そんなもの知りません」

　花岡みずえは言った。

「脅迫？　なんであたしがそんなこと。陰で笑ってるほうがよっぽど楽しいし、法律にだって触れないのに。——ねえ、それよりそろそろ帰してもらえません？　旦那に知れるかもしれないじゃないよ。あたしにだって人権ってもんがあるんだからね。家庭生活壊すようなことになったら、あんたらいったい、どう責任とってくれんのよ」

伊能渉は言った。

「事情聴取を受けたことは内密に願えませんか。あんな女はもうどうなってもいいが、子どもは手放したくないし——融資先に知れたら会社も立ち行かなくなるし——」

鬼頭典子は刑事の問いかけに答えないまま、高校生が売りに来た本をきびきびと仕分けしていた。そのなかの一昔前のアイドルの写真集に高値がつき、高校生が躍るような足取りで帰っていくと、彼女は初めて腰を伸ばし、仕事の手を止めた。

「そちらもお仕事なんでしょうけれど、こっちもごらんの通りなんです。どうしていらっしゃるまえに電話くらいくださらないのかしらね。今、一番忙しい時間帯なんですよ」

「しかしもうそろそろ七時半になりますが」

初老の捜査員はむっとして答えた。典子は不機嫌に彼を見返したが、大きく息をつき、

「田中くん、あとお願いね」

丸顔の店員に言いおいて、レジ裏の小部屋に誘った。よくよく見るとそこは小部屋ではなく、ただ空間のほとんどを本に埋めつくされているのだった。捜査員は雑誌の塊のひとつに腰を下

ろした。

「繰り返しますが、今日の三時頃どちらにいらっしゃいましたか」

「朱実さんが殺された時間ですね」

「ご存じでしたか」

典子は窓を開け、灰皿を引き寄せた。ジーンズのポケットからメンソール煙草を取り出し、大きく首を回した。

「死体が発見されたとき、母は自宅にいたんです。すぐに帰ってこいと電話をかけて寄越しました」

「戻られたんですか」

「まさか。昨日もそうやって呼び戻されたんですよ、大したことでもないのに。母にとって、ということですけど。――さっきの質問ですが、わたし今日は朝九時過ぎからずっとこの店におりました」

「それを証明するひとは」

「アルバイトの葉村《はむら》さん。休憩時間に彼女と交代してレジに立ちました。うちではいつも午後に十五分の休憩をとるんです。確か、二時半からの休憩でした」

「すると、四十五分に彼女が戻ってきて、それでどうしました」

「ここで商品の仕分けをしてました」

「商品の仕分けをしていたことを、証明してくれる人は」

鬼頭典子は煙を薄く吐き出して、

「今日は忙しくて、電話がかかってきたり、値段のわからない商品があったり、本を売りに来たお客さんもいましたから。値付けはバイトにはまかせられないんで、わたしが対応しました。いちいち時間までは覚えていませんけど、葉村さんなら、わたしが三十分と席をはずさなかったことを証明してくれると思いますけど。車を使ってもヴィラとこの店の往復に、日中最低でも四十分はかかりますからね。殺人抜きでの話ですけど」

「わかりました。そのバイトのお嬢さんに確認させてもらいますが、よろしいですね」

「ええ。朱実さんが殺されたのが三時だっていうのは、間違いないんですか」

捜査員はうさんくさげな表情になった。駒持・一ツ橋コンビからの報告によれば、鬼頭典子は昨日の死体について重要な情報を握っているはずだった。

「今のところ、そう考えていますが」

「実はおかしなことがあったんです。さっき、今日は忙しかったと申し上げましたが、その理由というのが悪戯電話だったんですよ」

「悪戯電話?」

捜査員はあっけにとられて典子を見上げた。彼女は煙草を立て続けにふかして、

「さっきそこにいた店員、田中くんっていうんですが、医大をドロップアウトしてここで働く

ことになったんです。まだ働き出して一か月にもならないんですけど、医学書に関しては元医学生だからわたしよりよっぽど詳しいんです。——話が前後しましたけど、今日の二時くらいだったかしら、本の出張買取をお願いしたいって電話がかかってきたんです。急に海外に行くことになった鎌倉のお医者様からで、すぐに来てくれないかという慌ただしい話でした。引き受けたものの、あいにく今日は慣れた店員が風邪をこじらして休みをとっていて、わたしが店を空けるわけにはいかなかったんです。そこで、少々心もとなかったんですけど田中くんをやりました。医学書中心なら彼でも大丈夫だろうと思ったものですから」

典子は煙草を持ったままの指を器用に曲げ、眉間をぽりぽり掻いた。

「ところが、三時過ぎに出先の田中くんから電話があって、依頼主が見つからないって言うんです。電話番号も間違っているし、住所にはまったくの別人が住んでるって。彼、ぷりぷりしながら帰ってきましたけど、怒りたいのはわたしも同じです。ひどい悪戯をするひとがいるもんだって、そう思ったんです。でも朱実さんが殺されたのが三時で、わたしがその容疑者のひとりだとすると」

典子は劇的な間を置いた。捜査員はメモをめくった。

「その電話、誰がとったんですか」

「葉村さんです。いえ、葉村さんがとったら切れて、すぐにまたかかってきました。そのときはわたしがとりました」

「男、それとも女？」

「男性です。声で年齢まではわかりませんけど、妙に年寄りくさい感じでした」

「妙に、とおっしゃいますと」

「その方自分のことを〈わし〉と言ったんです。小説なんかではよく見かけますけど、今時どんなお年寄りだってそんな一人称使いませんよね。少なくともわたしは聞いたことがないわ。そのときは別に不思議にも思いませんでしたけど」

「聞き覚えは？」

「わたし、音痴なんです」

捜査員は意味がわからず首をひねったが、じきに悟った。彼はついつい笑った。

「耳が悪いってことですか。なるほどね」

典子は含み笑いをしたが、一転真顔になった。

「誰かがわたしに罪を着せようとしたんじゃないかと考えると不愉快だし、なんだか怖いし。悪戯電話なんか初めてだし」

捜査員は話題を変え、右上の犬歯のない男の話を持ち出した。典子は眉一つ動かさずにこの話題を受け止めた。

「いずれ知れると思ってました。その話をしたのはたぶん三島家の双子ちゃんでしょう。子どもの口はふさげませんからね。ですけど、わたしは半年以上も彼には会っていません」

「その男の名前と連絡先を教えていただけますかね」

「名前は笹間寿彦。連絡先は知りません」

「知らない？　本当ですか」

「ええ」

それまでとは打って変わって、典子の口は重くなった。

「いつ、どこで知り合ったんですか」

「何年も前に、海外旅行先で」

「どこに行かれたんですか」

「ネパール」

「職業は」

「フリーライターだって言ってました」

「嘘だったんですか」

「さあ。刑事さん、わたし彼のことはほんとによく知らないんです。もう帰っていただけませんか。仕事がありますので」

「こっちも仕事でしてね」

「仕事が必要なら、もうさしあげたじゃありませんか。犯人は悪戯電話の主ですよ。誰だかわかったら教えて下さい。面と向かって、あんたの幼稚なブラフにひっかからなくてよかった、って言ってやるわ」

言い捨てると、典子は堂々と小部屋から出ていった。

中里澤哉が新聞を投げ出したところへ、生徒を送り出した岩崎晃が戻ってきた。岩崎はネクタイを緩めると座席にどすんと腰を落とし、新聞に顎をしゃくった。

「出てたか」

「いや」

「そうか。ま、夕刊に間に合うような時間でもなかったからな。それにしても、いつもながら生徒たちの情報収集能力には驚かされるよ。高橋がさ」

一番頭が良く、そのせいか几帳面さと怠惰《たいだ》なところが入り交じった扱いにくい女生徒の名前を挙げると、

「あいつ、どうやって調べたのか松村朱実の死亡推定時間まで知ってやがんだ。だいたい三時頃なんだと。あれで自分は母親みたいに近所の噂に熱中するようなつまんない主婦で一生を終わりたくない、なんてぬかすから呆れるよ。母親は自分より下等な存在だと思ってるんだ。中学生なんて嫌な生き物だぜ。ま、俺も昔はあんなもんだったけど」

「三時頃」

中里は肘を机についた。岩崎は煙草に火をつけた。

「そういうこと。よかったよ、俺にはアリバイがある。今日は本気であの女殺すところだったから」

岩崎は無言のままの相棒に飼い犬の一件を語り聞かせた。

「そういやワン公はどうしたかな。ちゃんと餌もらってんのかなあ。心配になってきた」

「アリバイ、ないだろ」

中里が不意に言い出し、岩崎はぎくりとなった。

「なに言ってんだよ。三時には俺たち、ここにいたろ」

「おまえはいなかった。二時半には出てくると言っておいて、現れたのは授業の始まる三時半ぎりぎりだった」

「馬鹿言うな。俺はそこの資料室に二時半過ぎには来てたんだぜ。田中の弟の方が志望を神奈川西四高に変えるって言うから、過去の試験問題を探してたんだ。夏期ゼミナールのときに、おまえが資料を勝手に置き換えたんだろ。探し出すのに骨が折れた」

中里は友人の顔をじっと見据えた。岩崎は苛立って煙草を灰皿にねじこんだ。

「なんだよ。俺を疑ってるんじゃないだろうな」

「別に」

「おまえのほうはどうなんだよ。三時頃どこにいたんだ」

「忘れた」

「忘れたあ？」

岩崎は不審のまなざしを中里に投げかけた。

「それ、通用すると思って言ってんじゃないよな。いくらぼんやりものでも、五時間」

腕時計を見て、九時過ぎていることに気づくと、

「いや六時間しかたっていないんだぜ、中里先生」

「たぶん、ここにいた」

「それじゃうかがいますけどさ。扉一つ隔てた資料室で、俺が資料をかきまわしてるのにも資料の山を足に落としてわめいたのにも気づかなかったのか。そうだ。三時半になる前、俺が手を洗いに資料室から出てきたとき、おまえここにはいなかったぞ」

「と、おまえが嘘をついているのかもしれない」

岩崎は立ち上がり、パイプ椅子を蹴り飛ばした。

「なんてこと言うんだよ、くそ」

2

牧野セリナが自宅の鍵を開けていると、背後から声がした。彼女は飛び上がった。

「や、ごめんごめん」

入江菖子が自分も驚いたらしく、蒼白な顔で立っていた。

「脅かすつもりはなかったんだけど」

「こっちも驚くつもりはなかったんですけど」

「ひどいことになったねえ。疲れてなかったら、うちに来ない？　三島さんちの双子を預かっていたんだけど、まだ九時だってのに彼ら、寝ちゃってね。だけど、うちにはほら、子どもを寝かしつけておくような場所がないから」

「つまり、連れ戻すのに手がたりないんですね」

「そういうこと」

セリナはバッグを玄関に放り出した。ちょっと考えて玄関とリビングの電灯をつけ、鍵をかけ直して何度もノブをひねって確かめた。双子たちは実によく眠りこけていて、かつぎあげてもびくともせず、気持ちよさそうな寝息をたてていた。

三島家の子ども部屋に連れ帰り、ベッドにくるんでやると、ふたりは三島家のリビングルームに落ち着いた。菖子の説明によれば、三島芙由から自分が帰るまで子どもたちから目を離さぬよう、厳命されたそうな。

「そんなに子どもが心配なのに、彼女いったいどこにでかけたんです？」

「聞いて驚くな」

菖子はにたりとして、

「例の聞き込みに来た巡査部長がいたでしょ。つるんとした顔のとっぽそうな坊や。彼は三島さんの高校時代の同級生なんだそうだ」

「へーえ。劇的な再会にデートってことですか」

言ってしまって、セリナは唇を噛んだ。状況を考えると、三島芙由が喜んで出かけたとも思えないし、警察官の方も懐かしさのあまり呼び出したとは考えられない。

「あんたもかなり疲れてるんだねえ」

菖子は立ち上がってキッチンに行き、やかんを火にかけながらさりげなく言った。セリナは涙が出そうになった。

「疲れましたよ、実際。なにが起こってるんだか全然わからないし。でも、菖子さんの方が大変だったわけでしょう。体の具合はどうですか」

「死んではいないよ。松村の旦那の様子は？」

事情聴取が終わると、菖子が松村を南海荘に連れてきたのだった。電話を受けて、セリナは空き部屋をひとつ、慌てて支度した。

「ホテルにマスコミの人たちが何人か泊まってたんですよ。だから、松村さんがいること気づかれないように、トリックを使いました」

セリナはキッチンの椅子に腰を下ろした。菖子はお茶道具を揃えながら、

「棚の上に煎茶の缶があるから取ってよ。桜の木の皮が貼ってあるやつ。そうそれ。で、どん

なトリックってのを?」

「トリックってのは、我ながら大げさですけどね。うちの四階に一部屋めったに使わない客室があるんです。三階からあがる階段があるんですけど、階段の入口が扉になっててそこだけ独立してるんですよ。松村さんにはその部屋に入ってもらって、階段の入口の扉のノブをはずして壁紙を貼りつけたんです。春の大掃除の時に使った、裏に糊《のり》のついてる壁紙があまっていたんで。でも、肝心の松村さんが人の大勢いるところにひょろひょろ出てこようとするんだもの。いっそのこと合同記者会見を開いた方が、よかった」

「本当にどうしようもない男だな」

菖子は沸かした湯を湯冷ましに注ぎ込んだ。セリナは手を振ってみせ、

「マスコミの人たち、すぐに感づいちゃって。そりゃそうですよね、本人が出てきたがってるんだから。で、もうなんだか大騒ぎになったものだから、ママさんついに頭に来て、八時半には店閉めちゃいましたよ。角田先生がお知り合いの記者と飲んでらしたんだけど、彼まで追い出しちゃったんです。あんなに飲んでて運転大丈夫だったかな」

「ハードボイルド作家、飲酒運転で逮捕。ありふれててつまんないな。——で、結局どうしたの」

「どうしたもこうしたも、今さら実はここにおりました、なんて言えないでしょ。隠し通すことにしたんだけど、食事を運ぶときなんか往生したんだから。ロバさんをおとりにして注意を

引きつけてる間に運びこむ始末。ところがドアが開けられないんですよ。ノブをはずしたんだから当たり前ですけどね。結局、壁紙をそっとはがし、ノブを元通りはめ込んで開けて、またはずして壁紙を元通りにして。そこまで苦労してもかくまってる相手はアンネ・フランクどころじゃないんだもの。ああ、疲れた」

「実はあんた、面白がってただけなんでしょ」

「まあね。わたしも無駄な努力のような気がしてきてたんです。ところがさっき帰る前、フロントに外線電話があって、警察の方からですが松村さんのご主人を出してくださいって言うんですよ。あやうく答えかけたんですけど、ふと見たら窓の外で宿泊客の雑誌記者が携帯電話使ってるじゃないですか。嫌な予感がして念のため、こちらにはそんなひとは泊まっておりませんがってとぼけたんです。そしたら舌打ちが聞こえて、そのまま電話切れちゃったんです」

「なによそれ」

葛子はゆっくりと蒸らしたお茶を最後の一滴まで湯のみに注ぎ込んだ。ふたりはリビングに戻った。

「警察の方から、って昔よく使われてた詐欺《さぎ》の手口ですよね。消防署の方から来たって言って、消火器売りつけるやつ。まさか雑誌記者が使ってるとは思いませんでした」

「警察ですがって言い切ればいいのに」

「それじゃ、あとで困るんでしょ」

「せこい」

ふたりはそれぞれの知識を総動員して、松村朱実殺人事件について語り合った。入江菖子はすでに、伊能圭子とも十勝川レツとも三島家の双子とも、情報交換を終えていた。セリナはレツの話——伊能渉と児玉不動産の女事務員との情事——に目を丸くしたが、なにより双子の言う鬼頭典子の男の話には、思わずお茶を吹き出した。

「馬鹿だね。そんなにびっくりしなくても」

菖子はぞうきんをとってきた。セリナは顔を赤らめて床を拭いた。

「誰だってびっくりしますよ。菖子さんは驚かなかったんですか」

「まあ最初はね。けど冬の話だっていうからねえ。今まで歯を入れてないなんて信じられないよ。それより、わたしゃ三島さんに驚いたけどな」

「娘たちにそんなことをしゃべらせたからですか。仕方がないでしょう、相手は警察なんだから」

「かもしれないけど」

菖子は言葉を濁した。セリナはリビングを見回して、話を変えた。

「菖子さん、この家には何度も出入りしてるんですね」

「たまに子守を頼まれるからね。双子は本さえ読んでればおとなしくしてるから、うちに連れていっておいとくだけなんだけど、今日みたいな日のために鍵も預かってるんだ。あんたはこの家初めてなのかい」

「うん。わたしの勤務時間と彼女の生活時間、まるっきり合わないもの」

セリナは立ち上がって、雑然とした棚の上のものをきちんとそろえ始めた。散らかっているのが我慢できないのだ。

「で、あんたどう思う」

「典子のこと？」

「違う。三島さんのことだよ」

「わたし彼女のこと、ほとんどなにも知らないし。旦那さんとはどうなってるんだろうって、不思議に思ったことはありますよ。離婚したのかと思ったんだけど、旦那さんの親兄弟とつきあいがあるし、かといって亡くなったわけでもないようだし」

セリナはひっくり返った写真立てを持ちあげて、手を止めた。一家四人の記念写真。噂の〈三島家の幻のパパ〉は双子によく似ていた。まるで三島芙由だけが一家の中で場違いに見えるほどに。

「あんたが引っ越してきたのは二年半ほど前だったね。そのしばらく前に三島さんの旦那は蒸発したんだ」

菖子はソファに足を投げ出した。

「三島さんはこのヴィラができた当初からここに住んでたし、わたしは八年前からだろ。ここに長いのは、三島家とわたしだけだから、わりに親しいんだ。双子が小さいうちは絵に描いたような幸せな家庭だったけど、それからはあんまりうまくいってなかったみたい。旦那は藤沢に勤めてたんだけど、帰るのが面倒だってそっちにアパート借りて居続けてたね。うちのながごたついて、だから何度も双子を預かることになったんですまないと思ったらしく、彼女もあらましを話してくれたんだけどね」

「そうだったんですか。三年前、いなくなった」

セリナは小声になった。

「あのとき、すごい台風が来てさ。この近くの海で中国からの密航船が沖から流されてきて座《ざ》礁《しょう》してっていう大騒ぎがあったんだけど、ちょうどその日に旦那は奥さんと大喧嘩して出ていった。奥さんは双子を連れて実家に帰り、旦那は藤沢のアパートへ。の、はずだった。二週間後、三島さんが久しぶりに自宅へ戻ってみると、会社から旦那の所在を問い合わせる留守番電話が何件も入っていた。以来、今に至るまで行方知れずなんだ」

「まさか菖子さん」

「ただ気になるだけさ」

「だけど、まさか」

「松村朱実が言いふらしてたんだ。三島さんが旦那を殺して床下に埋めたんだって。もちろんありえないことだけど、わたしも不思議だった。家出するにしても金くらいは引き出していくだろうし、着替えくらいは持っていくだろう。彼の身の回りの品は妻のいる自宅じゃなくて、別宅にあったんだから。不審に思うやつが出ても仕方ない状況だろ」

「そんなのって、ひどすぎる」

菖子はセリナの口調の激しさに目を見張った。

「ふらっと消えて、とんでもない場所で働いている人なんか、いくらでもいるじゃないですか。それともなんですか。昨日の変死体が三島さんの旦那さんだとでも言うんですか」

「そうは思いたくないけどさ。あの三島さんが、典子さんの弱みを娘たちに吹聴させることのほうが、よっぽど不思議なんだもの」

「その話、警察にしたんですか」

「いいや。わたしには関係ないからね。確信があるわけでもないし」

セリナは緊張を解き、そっと写真立てを伏せた。菖子はさりげなくつけ加えた。

「自殺だ蒸発だって、あんたも三島さんも身勝手な亭主には苦労させられるね。わたしも元の亭主のことを思い出すと——一仕事終えて神経が高ぶって眠れないときなんか、思い出したくもないのに思い出されることがあるじゃない——、そこらへんをギャーッと叫んで走り回りたくなるもの」

「ちょっと待って下さい。菖子さんが、結婚してた？」

「そんな海がふたつに割れたような顔しないでよ。あるのよ、若気の至りで大昔」

「そんな奇跡が」

「まったく奇跡だったねえ」

「どうして別れたんですか」

「そりゃあんた、いろいろね。そんなことより三島さんが……」

「三島さんは事件とは関係ないと思うんです」

セリナはきっぱりと言った。

「父親のことを娘たちの耳に入れたくなくて、そのこと掘り返されるのが嫌で、それでついスケープゴートを立てちゃったんですよ。わたしには彼女の気持ちわかるな。それに典子は一日古本屋で働いてるから、そうひどいことにはならないですむでしょう」

「そうかも、でも、そうじゃないかもね。典子だって昔の男のこと掘り返されたらいい気分じゃないだろう。ましてや、あの母親の耳にでも入ったら」

「ほんとに警察って迷惑だな。それにしても、いったい誰が朱実さんを殺したんだろう」

最後の方は一人言のようになっていた。菖子は音をたてて茶をすすり、けしかけた。

「三島さんや典子が潔白だって思うなら、このヴィラに平和を取り戻したいんだったら、あんた自分で犯人捜し当てたらいいわ。めざせ女探偵」

セリナは取り合わずに再びソファに腰を下ろした。床に落ちた本を無意識に拾い上げ、きち

んとセンターテーブルに載せると、

「探偵になるつもりはありませんけど、気にはなりますね。仮に犯人がヴィラの住人のなかにいるとしたら、動機はともかく機会があったのは」

「三時にアリバイのない人間。そのとき家にいたのは三島さん、十勝川さん、伊能の奥さん、わたし。そうそう、典子の母親もいたんだった。あんたには間違いなくアリバイがあるんだろうね」

「ママさんもロバもそう証言してくれるでしょうね」

「身内の証言なんか、あてにはならない」

「残念でした。二時半から三時半まではケーキセットサービスがありますからね。お客さんがレストランに五組はいらっしゃいました」

「商売繁盛で結構なこった。まあ、それじゃあんたのアリバイは認めてやるとしても、だ。犯人はなにもヴィラにいなくたって、仕事場から戻ってくることは可能だ。日中は海岸道路もすいてるから、車なら市内まで往復でも四十分かかんない」

「変なこと言っていいですか」

セリナは宙を見上げて言った。

「朱実さんが市内で殺されたんだとしたら、どうでしょう。犯人は車に死体を詰めて戻ってくる。そして、昨日の変死体と同じように玄関で殺されたと見せかける」

「犯人が松村の旦那だと？　面白いけど、死体を動かしたらすぐにばれてしまうよ。死斑って知ってるだろ。人間が死ぬと身体の下に血液がたまって……」

「なんだか」

セリナは逆襲した。

「菖子さんのほうがよっぽど、探偵にむいてるみたいですね」

3

こういうレストランってどうしてこんなに薄暗いんだろう、と一ツ橋初美はテーブルの上のロウソクの炎を眺めて考えた。ムードを出すためなのかもしれないが、その前に眠くなってしまうし思考能力も落ちてくる。彼は家に帰って、妻の手料理をぱくついているであろう上司のことを思い浮かべた。

緊急に開かれた七時の捜査会議でがぜん関心を集めたのは、鬼頭典子の男の話、それに伊能渉と花岡みずえの三号棟を舞台にした情事だった。当然のことながら、捜査班の中心になっている駒持・一ツ橋にそのどちらかへの事情聴取を担当させる案が浮上したわけなのだが、駒持は巧みにその役割を他に押しつけてしまった。彼は、容疑者のひとりである三島芙由をただちに尋問する必要があります、と力説し、捜査班全員はもとより署長――彼は長崎の行方不明者の件で駒持にいっぱい喰ったことに、すでに気づいていたのだが——をみごとにたぶらかした。そのうえ一ツ橋には、ふたりきりで旧交を温めさせてやる、などと恩に着せ、隣駅の駅前にあるこのフランス家庭料理の店まで勝手に予約し、芙由を呼び出すと、自分はさっさと帰ってしまったのだった。

確かに飯はうまかった。車で来た芙由は少し口をつけただけだったが、一ツ橋は相当量のワインを飲んだ。しらふではいられない気持ちだった。つい五分ほど前に食事が終わるまで、ふたりは思い出話に花を咲かせていた。まだ一ツ橋が自意識過剰の少年で、芙由が夏目《なつめ》芙由という名だった頃。彼らは友人として仲がよかった。お互いを初美ちゃん、夏目、と呼び合っていた。それだけだった。駒持が言ったような、初恋の関係などではなかった。友人以上になることなどふたりとも、夢想だにしなかった。たぶん。

最後に会ったのは大学を卒業する直前だった。新国の駅前でばったり出くわしたのだ。そのときふたりはそろって、それぞれ別の人間と腕を組んでいた。にもかかわらず、一ツ橋はなにか得体の知れない感情を覚え、以来、夏目芙由と顔を合わせそうな場所には出かけなくなった……。

「さあ、そろそろ本題に入ったらどう、初美ちゃん」

先に口火を切ったのは芙由のほうだった。彼女はコーヒーにミルクと砂糖をたっぷりと注ぎ込んだ。

「こんな時に昔話で時間をつぶすほど、おまわりさんが暇なわけないわよね。なんでも聞いていいわよ。答えられる範囲で答えてあげるから」

「なにを聞けばいいのか、俺にもわからないんだ」

一ツ橋は正直に言った。芙由が目を見張った。

「なあに、それ」

「夏目を疑ってるのは俺じゃないってことさ。駒持警部補が」

一ツ橋は恨めしくその名を口にして、

「彼が言ったんだ。きみは好んで他人をおとしめるようにはみえないって」

「鬼頭さんの話を娘たちにさせたのが気に入らないのね。でもわたしだって、まさかあんな話を持ち出すなんて思いもよらなかったのよ。双子ってほんとに不思議。ふたりだけの秘密の情報交換ツールを持ってるみたいで、なにを考えているんだか、時々わたしにもわからなくなるんだわ。あの家の中で、わたしだけ仲間はずれにされてるみたいで」

芙由は言葉を切った。一ツ橋は思いきって尋ねた。

「ご主人は?」

「あらやだ。あなたたちまだ調べてなかったの」

芙由の顔に一瞬なにかがよぎった。

「蒸発中よ。三年ほど前から音信不通なの」

「知らなかった」

「葉崎警察署に家出人捜索願いを出してあるわ。帰って見てみたら」

「いったいどういうことなんだよ、夏目」

一ツ橋は会ったこともない芙由の夫に腹を立てた。芙由は冷淡に思える口調で、

「どういうことなんだか一番知りたいのはわたしよ。はっきりした説明がほしいのもわたし。こういう状況のやっかいさ、あなたにもわかるでしょう。すべてが宙ぶらりんで、曖昧で、砂の上に立ってるみたい」

「つまり、彼が蒸発する理由に心当たりがないってことかい」

「違うわよ」

芙由は苛々したように、

「そうじゃないの。説明はつくの。ただそれが本当なのかどうかがわからないの」

「落ち着いて話してくれよ、夏目」

芙由は大きく深呼吸して無理に笑顔を作った。

「ほんとはこういうの、あなたの——というより、あなたの上司の思うつぼなんじゃないかと思うんだけど、初美ちゃんに夏目って呼ばれると気持ちが楽になるのよね。いいわ、洗いざらい説明する」

一ツ橋はコーヒーをすすって待った。デミタスカップに入った黒い液体は、予想以上に苦か

った。

「兄のことは知ってるわよね。兄は少々知能が低いんだけど、生活できないほどじゃない。あの過保護な両親さえいなかったら、もっと社会に適応できたはず。専門家の先生方もみんなそうおっしゃってた。だけど両親は兄を大事に囲い込んで、就職もさせなければ付き添いなしでは家からも出さないようにしてた。そのうえわたしにも、両親と同じ役割を果たすように期待してたわけ。つまり一生結婚しないで家にいて、両親が死んだら兄の面倒をみなくちゃならないってことよ。わたし兄のことは好きだし、いずれ両親が死んだら一緒に暮らすつもりでいるけど、両親がいうほどの犠牲を払う気にはなれなかった。だって、わたしの人生よ。そうでしょ」

「ああ」

「中学生の頃からそれで両親とは毎日喧嘩ばかりしてた。彼らは毎日言うわけ――おまえは同情心の薄い、最低の人間だって。ついに嫌になって、大学を卒業すると葉崎市役所の試験を受けたの。実家から離れよう、でもなにかあったらすぐに駆けつけられるくらいの距離にいようって考えたときに、葉崎はちょうどいい場所にあったから。幸い試験に受かって独立できた。親たちはかんかんになって、わたしとは縁を切ると言ったわ。実際、結婚したときも双子が生まれたときも、手紙を出したんだけど返事はなかった」

「ずいぶんだな」

「向こうにしてみれば、ずいぶんだったのはわたしのほうだったんじゃないかしら。それはともかく、葉崎で独り暮らしを始めてわりにすぐ三島と知り合ったの。わたしも寂しかったし、自信を失ってた。そういう人間にとって、三島ってちょうどいい相手だった。わたしには見捨ててしまった兄の代わりが必要だったのよ」

「夏目はお兄さんを見捨てたわけじゃないだろ」

「ええ、でも、見捨てたような気がしてたの。だから三島のような、怠惰でだらしなくて判断力がなくて、要するに弱い人間の面倒をみていると、罪悪感が薄れて都合がよかったのよ」

「なにもそんなに自分を卑下することはない」

一ツ橋は思わず説教口調になった。芙由は意地悪く笑って、

「初美ちゃんが警察官になってたとわかったときは、なんて似合わない職業についたんだろうって思ったけど、そうでもないわね。上からものを言えるんだから」

「おまえなあ」

「ごめん。どこまで話したっけ――そうそう、三島との結婚のいきさつね。そもそもスタートがそんな風だったから、双子が生まれて、ヴィラに家を買ってと、最初のうちはうまくいってた結婚生活も、当然、うまくいかなくなったのね。彼はなにか問題が起こるとそこから逃げ出すことしか考えない。後始末をするのはいつもわたし。そういう性格を承知で結婚したくせに、子育てだの公務員の仕事だの、便の悪いあの家だの、積もり積もっていくうちに苛々して、少

しはしっかりしてよって彼を怒鳴りつけるようになって――そしたら彼はしごく自然な行動をとったわ。仕事を理由に藤沢にアパートを借りた。家には一銭だってお金を入れなくなった。わたしから逃げ出したってわけ」

「おまえ、旦那に甘すぎやしないか。悪いのは旦那の方じゃないか」

「そう言ってくれるのはありがたいけど、そうじゃないの。そりゃ傍《はた》から見れば、三島の行動が誉められたものじゃないのはわかりきってるわ。姑や義妹だって、わたしの肩を持ってくれてるくらいなんだから。ただわたしが言いたいのは、夫婦のことは悪と善とに役割を割り振ってすむようなものじゃないってことよ」

一ツ橋は言葉の継ぎ穂を失った。

「で、いよいよ、最終大爆発が起こったの。冗談事じゃないんだけど、あのときのことを思い出すと、時々笑いがこみあげてくるのよね。久しぶりに彼が家に戻って来て、大喧嘩になって、窓の外は大嵐。まるで計算されたような舞台効果だった。よく映画であるでしょ、登場人物の感情が逼迫《ひっぱく》してくるといきなり窓の外で稲光が走る。そのせいかあの喧嘩は実際にあったんじゃなくて夢か映画だったんじゃないか、そんな気がしちゃうのよ」

芙由は苦笑いを漏らしたが、すぐにその表情を消して、

「でも本当にあったことよ。双子は二階で台風の海に夢中、夫婦は一階のリビングで怒鳴りあい。三島はぷいと家を飛び出して行った。そして、どれだけ時間がたったのか、電話のベルで

我に返った。何年も音沙汰のなかった実家の母からだった。翌朝、わたしは子供たちと一緒に車で新国に帰ったわ。両親も年をとって気が弱くなってたんでしょうね。兄を働きに出してたし、孫の顔を見て喜んでくれて、めでたく和解が成立したのよ。長年の重荷を下ろせて嬉しかった。そのうえこんなことも思った。三島はもうわたしには必要ない、離婚しようって。わたしって残酷よね」

一ツ橋はもごもごとなにやら呟いた。

「二週間ばかり、ほんとに晴れ晴れとした気持ちで実家にいたわ。両親ともよく話し合って、離婚する以上市役所の勤めをやめるわけにはいかないけど、いずれ時機が来たら兄と一緒に暮らしたいってこと、わかってもらえた。両親も兄も双子たちとなかなか離れたがらなかったんで、だから毎日新国から葉崎市役所まで通ったんだけど、あのヴィラには足を踏み入れなかった。ここが、松村朱実さんみたいなひとに言わせると、信じられないところなんでしょうけど——七年も三島と暮らした家に、帰りたくなかったのよ」

「そうだろうね」

芙由は一瞬鋭いまなざしを一ツ橋に投げかけた。が、すぐに話を続けた。

「二週間たって帰ってみて、わたしは初めて、あれ以来三島が出社してないことを知ったの。藤沢のアパートにもいない。親兄弟も居場所を知らない。慌てて捜索人願いを提出したわ。だって本人がいなくちゃ離婚もできないんですものね。考えつくかぎりの心当たりに問い合わせたけど、影も形もなくって、文字通りの蒸発だった」

「だけど、夏目から逃げ出したかっただけなら、どうして仕事や藤沢のアパートまで捨てたんだろう」

「さすが警察官。妻を疑え」

「ふざけんなよ。それにも説明がつくんだろう」

「ええ、一応はね。アパートの家賃は三か月も滞納してたし、会社でなんだかとんでもないミスをしてたらしいわよ。だから、彼は自分の手に負えなくなると逃げ出すタイプのひとだった、というのがその説明。普通の人にはわからないでしょうね、逃げるよりけりをつけるほうがずっと簡単だし、当たり前だもの。でも、彼をよく知る人間には別に不思議でもなんでもない、わたしや彼の親兄弟はいかにも彼らしいって思った。けどね」

芙由は空になったカップを弄んでいた。その指がかすかに震えているのに、一ツ橋は気づいた。気づかなければよかったと思った。

「説明はつくわよ、でもそれは通《とお》り一遍《いっぺん》の説明に過ぎないの。事実がその通りなのかはわからないじゃない。彼は本当にただ逃げ出しただけだったのか、なにかの事故に巻き込まれてしまったのか、それとも」

どこかで死体になっているのか。一ツ橋は心の中でつけ加えた。どうしても、聞かなくてはならなかった。

「さっき、松村朱実の名前を出したね」

「出したわよ」

芙由は挑戦的に顎を突き出した。

「彼女はきみの、その、旦那のことでなにか……」

「うちの床下に三島の死体が埋めてあるんですって」

ややあって、芙由はヒステリックに笑い始めた。

「初美ちゃんったらなんて顔するの。そんなわけないでしょう。嘘だと思ったら確かめてみたらいいわ。皆言ってることだと思うけど、朱実さんは誰についても悪く言うのよ。しかも火のないところに煙を立てるのが得意技だった」

「偶然、火のあるところに煙を立てたのかもしれない」

芙由は一ツ橋をじろりとにらんだ。

「そんなこと考えてるの？　ありえないわよ。死んだ人の悪口を言うのはよくないっていうけど、残念ながらわたしには彼女の悪口を言うのが間違ってるとは思えないのよね。それに、もし偶然彼女が誰かの秘密を握ったとしても、わたしだったら無視するわ。だって、彼女の言うことなんか、まともなおとなら誰も信じないもの」

「本当に？」

芙由はわずかに逡巡《しゅんじゅん》の色をみせたが、はっきりとうなずいた。

「ええ、迷惑な人間だったことは認めるけれど、実害はなかったわよ」

「入江菖子がきみと同じようなことを言ってたよ。松村朱実が殺人についてなにかを知ってるなんてことはまず、ないだろうってね。でも犯人にしてみればどうだろう。彼女が知っていると思い込むことだってありうる。それに、昨日見つかった死体は他殺によるものなんだ。ヴィラの住人たちが彼女の言うことに耳を傾けなかったとしても、警察は調べるさ。どんなつまらない情報でも、疑わしい情報でも、一通り調べてみる。それが仕事なんだからね」

「そうでしょうけど」

「それに、松村朱実は実際に殺されたんだ」

「そうだったわね、そういえば」

古いワインボトルに立てられたロウソクの炎がゆっくりと伸び縮みを繰り返している。唐突に、一ツ橋には目の前にいる女が、薄いベージュのアンサンブルに花柄のスカーフを巻いて荒れた手をしたこの女が、まったく知らない人間に見えてきた。彼女は一ツ橋の知っている夏目芙由などではなかった。彼は焦点の定まらない頭をゆっくりと振った。

「きみは、昨日のあの死体に、本当に心当たりないのか」

「昨日もそう答えたわよ。別の刑事さんにね」

「どうして本当に知らないとわかる？　夏目は死体を見ていないんだろう」

「要するに初美ちゃんは、あれが三島だと言いたいのね。そんな馬鹿な考え、さっさと捨てることね。あれは三島じゃないわよ、もちろん」

「どうしてそう言い切れるんだ」

芙由は唇を歪めた。

「どうして？　その理由はね、あなたがた警察よ。わたしの話、ちゃんと聞いてなかったの？　わたしと姑は彼の家出人捜索願いを葉崎警察署に提出したのよ。身元不明の死体が出た場合、まっさきに行方不明者リストを地元のものから順ぐりに死体と照らしあわせていくんでしょう。それともあなたがた、まだそんなこともやっていないわけ？」

「そうか。そうだよな。すまん、夏目」

「どういたしまして、刑事さん」

芙由はさっと立ち上がった。そしてつけ加えた。

「わたしは今のところ、まだ三島芙由よ。夏目芙由じゃないわ。覚えておいて」

一ツ橋は去っていく芙由の後ろ姿を茫然と眺めていた。彼は突然なにもかもが無性に嫌になった。駒持も死体も殺人も、ロウソクの炎までもが。

4

乱暴な運転で駐車場に車を突っ込み、角田港大は酒臭い息を吐きながら降りた。駐車場の手前に車のカバーシートが落ちていて、彼はそれをベンツに丁寧にかけようとして、やめた。なんでこんな几帳面なことをしなくてはならないのだ。俺は当代きってのハードボイルド作家なんだぞ。それがどうしてこんな家庭的なことを。家庭的、か？

車にシートをかけるのが家庭的かどうか、ハードボイルド的行動かどうか、彼は思い悩みながらふらふらと坂道を登っていった。リビングには灯りがついていて、妻がバーバラ・スタンウィック出演の古いビデオを見ているところだった。

「起きてたのか」

「ええ」

画面では男と美貌の女優が口づけを交わしかけていた。弥生はその口づけをビデオのスイッチを切って邪魔した。

「夕方、刑事が来たわ」

「ああ」

「また殺されたのね」

「らしいな」

「どうしてあなた、進藤カイの話に正直に答えなかったのよ」

「刑事の態度が気に入らなかったからだ」

角田港大はソファに転がって、子どものようにむくれた。

「台風の日に来たんですってね。あの日、わたしは留守だったわ」

「そうだった」

「会ったんでしょう」

「誰に」

「進藤カイに」

港大はがばと起き直った。弥生は薄笑いを浮かべて夫を眺め、

「別に怒りやしないわよ。たまにはあなたにも息抜きが必要ですものね。ハードボイルド作家角田港大、ファンとの集い」

「よせよ」

「かわいい男の子だったんですってね」

「よせって」

「どんな子だったのよ」

「何だよ根掘り葉掘り、悪趣味だな。ただの、作家志望の若者だ」

「ふうん」

弥生はビデオのリモコンを弄んだ。そして何気ない風に問いかけた。

「今日の午後二時頃に、あなたどこにいたの」

「どこって、ゴルフのうちっぱなしに行ったんだ。かまわないだろう、仕事は終わったんだか

ら」

「ええ、かまわないわよ。でもわたし、あなたは家にいたんだとばかり思ってたわ」

「ビールを飲んだから、酔いが醒《さ》めるまで喫茶店にいて帰ってきたんだ。三時過ぎに。本当さ」

「ふうん」

「信じないのか」

角田弥生はリモコンを投げ捨てて立ち上がり、大きく伸びをした。

「あなたが気にすることじゃないでしょ。それにしても飲み過ぎじゃないかしらね。昼間も飲んで、夕方から今までだなんて。相手は誰だったの」

「昔、『小説天国』にいた編集者だよ。今はフリーライターをしてるんだ。下の殺人事件の取材に来て、南海荘に泊まってる」

「ふうん。そのひと男なんでしょうねえ。それで、なにしゃべったの」

「なんだっていいだろう」

「そうはいかないわよ。くどくは言いたくないけど――いいわ。わかってるわね」

去っていく妻の後ろ姿を、港大はしばらくにらみつけていた。わかってるわね、だと。わかってるさ。わかってますともさ。

それからいや、自分はなにもわかっていないのだ、と思った。彼はいま、なにかものすごく大切な情報を受け取り損ねたような気がしていた。それがなにか、濁った頭脳のどこにも答は見つからなかったのだが。

第8章　作家が企む

1

ロバート・サワダは早朝の海岸の遊歩道を歩いていた。

海岸道路には幅の狭い歩道が申し訳程度についている。が、なにしろ当節、車の排気ガスを喜んで浴びるような物好きはいない。海岸道路から下の浜辺までは三メートルほどあったが、その浜辺の上にゆったりとした遊歩道が設けられているのだ。遊歩道はところどころ岩場になっているので、自転車をこぐわけにもいかずジョギングにも向かなかったが、足を砂で汚さずにのんびり歩くには素晴らしい道だった。

彼はこの時間のこの浜辺が大好きだった。なにもかもが新しく生まれ変わる、そんな朝の日ざし。昨夜《ゆうべ》の雨はすっかりやんで、空には雲一つない。最高の秋晴れが望めそうだった。冷たく澄んだ空気を彼は胸いっぱいに吸い込み、足を早めた。菓子職人になると決めたとき覚悟はしていたが、体重は彼の予想を上回って増加し続けていた。このままだといずれスモウ・レスラーになってしまう！

腕時計は午前六時半を示していた。そろそろ厨房に戻ったほうがいいだろう。パンの一次発酵が終了する頃だ。セリナも出勤してくるだろう。泊まり客はマスコミ関係者ばかりで、彼らは酒を飲み、煙突さながらに煙草をふかし、訳知り顔の会話を交わしていた。ロバートには彼らがどうしても好きになれなかった。でも、まあ、カナダのマスコミ関係者もあんなものだったし。この時期に客が大勢いるだけで、ありがたいと思わなければ。

ただ、彼らに美味しい焼きたてのパンの値打ちがわかってくれればいいんだけど。

彼はひとりのフリーライターの顔を思い浮かべた。その男はぎすぎすと痩せていて、ハイエナのような笑い声をたてた。彼は携帯電話を振り回しながら、あの作家としきりに話していた。作家が帰った後、彼はロバートにねだって、酒瓶を部屋まで運ばせた。あの男——確か、杉岡《すぎおか》といったっけ。酔っ払ってロバートに妙なことを言った。

「角田の噂、なにか聞いてないか。あいつのほら、下の方の話だよ」

下の方の話というのがわからずに問い直すと、杉岡は無遠慮にロバートを見下ろした。

「まあ、あんたは心配しなくても大丈夫だろう」

「それはどういう意味ですか」

「わかんなくていいんだ。だけど不思議じゃないか、売れっ子の酒好き作家がこんなへんぴなとこに引っ越してきたなんて。女房が怒ったからなんだと。そりゃまあ、どんな女房も怒るだろうけどなあ」

杉岡はひとりでくつくつ笑い、ベッドにひっくり返ってしまった。

ロバートは思い出して、首をひねった。まあいい。あとでセリナに聞いてみよう。いったいなんの話なのか、彼女にならわかるだろう。セリナは頭がいいし。

松村が目覚める前に、焼きたてのパンを届ける必要があった。彼は南海荘の方へ戻り始めた。本人は精一杯急いでいるつもりだったが、傍から見るとずんぐりしたぬいぐるみのクマが、よちよち歩きをしているようにしか見えなかった。

ヨットハーバー近くの突堤に腰を下ろしていた角田港大の目に、遊歩道を行くロバート・サワダの姿が小さく見えた。朝、と彼は考えた。素晴らしい朝。三時間ばかりで目が覚めてしまい、彼は散歩に出たのだった。太陽の光が寝不足の目を照らし出し、砂混じりの海風が顔をたたいていた。気持ちがいいぞ、と角田港大はひとりごちた。次の瞬間、ひときわ強く風が吹きつけてきて、彼は目をこすった。

あんな夜を過ごした翌日の朝は、いつもなら頭の中に分厚い毛布がかかったようになっているはずだった。しかし、なぜか今日は違っていた。あることに彼は気づいていた。それはもしかしたら、一躍〈角田港大〉の名を高からしめることになるかもしれなかった。彼の価値は飛躍的に高まるだろう。

この情報を最大限活用するためにはどうしたらいいのか、彼は考え始めた。


岩崎晃は八時に目覚めた。いつもの通り顔を洗い、ミネラルウォーターをがぶ飲みすると、高校生の頃から愛用している深緑のスウェットを着こんで玄関から外へ出ていった。

松村家の犬は入江家の庭先につながれて眠っていた。その耳がぴんと立った。犬は勢いよく飛び起き、笑いながら大きくしっぽをふった。

「よしよし」

岩崎は小声で言いながら、犬をなでてやった。ぱちんと鍵の開く音がすると二階の窓が開き、入江菖子が顔を出した。彼女はあくびまじりに言った。

「ああ、あんただったの」

「おはようございます。こいつ、散歩に連れていってもいいですか」

「どうぞどうぞ」

菖子はぼりぼり頭を掻くと、

「犬もその方が嬉しいでしょう。いっぱい運動ができて」

「松村の旦那さんはどこにいるんですか。家には戻ってないみたいだけど」

「南海荘に泊まってる。まさかひとりで人殺しがあったばかりの家においておけないからね」

「この犬どうなりますかね」

「さあ。旦那に聞いてみたら。犬のことどころじゃないだろ、昨日の今日なんだし」

「そうでした」

岩崎は顔を赤らめた。松村朱実が殺されたことに彼は少しも同情を覚えていなかった。ただ不愉快だっただけだ。彼女の夫がなにを考えているかはわからなかったが——そもそも普段から朱実にくらべれば地味な存在だったし——、仮に妻がいなくなってせいせいしているにしても、事件に巻き込まれた不愉快さは岩崎よりよほどひどいはずだった。

「なんなら、あんたの家に連れていっておけばどう。昨日の夜は落ち着きがなくて、吠えてばっかりでね。あんまり吠えない犬だと思ってたんだけど」

「いつもは吠える元気もないんですよ。とりあえず、しばらくは日中だけでも菖子さん預かってて下さいよ。散歩とか餌は俺やりますから。夜にはうちに連れていってもいいし」

「きっとその犬、犯人を見たんだろうねえ」

菖子は思いついたように口にした。岩崎はうなずいた。

「そうですね、きっと。こいつは家の前に繋がれていたわけだし」

「そうね。……家の前にね」

菖子は不思議そうな顔をした。岩崎は鎖を外し、立ち上がった。犬は喜んでぴょんぴょん跳ねた。

「それじゃ行ってきます」

岩崎と犬が出ていくと、菖子は考え込みながら窓を閉め、もう一度窓を開けた。開けると同時に潮騒が部屋のなかまで飛び込んできた。

彼女はまた窓を閉めた。そしてまた。そして、また。

岩崎と犬は坂道を走り下りた。海岸を散歩しよう、少々濡れたってかまやしない、と岩崎は思い、犬に提案してみた。犬は尾を激しく振って賛同を表わした。犬にしてみれば海岸を散歩できるなんてめったにない幸運だった。死んだ女主人は歩くのが嫌いだった。少し歩いてはすぐに引き返すのだ。散歩に連れていってもらえない日も多かった。すぐ近くに面白い匂いのする、素晴らしい遊び場が広がっているというのに。女主人は彼の趣味をまったく理解してくれなかった。あのぬちゃぬちゃする海藻をひきずって遊ぶのも、砂を前足で掘って変な水を吹き出す生き物を見つけることも、流れ着いてきたいろんなおもちゃ、壊れた傘や靴下やぴらぴらした袋を岩場に隠すことも、認めてはくれなかった。けど、今日は違うぞ。思いっきり遊べるぞ。

海岸道路を横切ろうと車のとぎれるのを待っていると、目の前を一台のバスがのろのろと行き過ぎた。日に数本しかない藤沢行きのバス便、それもずいぶん遅れている。葉崎の駅前を出発して、ここ葉崎山南海岸のバス停を通過するのは七時五十分くらいのはずだ。濃い排気ガスにむせつつ、ラッシュの道路を眺めていた岩崎は、道路の反対側に立っている老夫婦に気づいた。

ふたりはどうやら、バスから下りてきたばかりのようだった。

2

南海荘は香ばしいコーヒーと温かなパンの匂いで目覚めたが、葉崎警察署捜査課はなまぬるい煎茶と煙草の煙の中で一日を始めようとしていた。署長の挨拶は珍しくひどく短く、まるまる十二分で終わった。

「あれで、やっこさんも相当なプレッシャーを感じてるんだな。面白い」

髭剃《ひげそ》り跡もさわやかな駒持警部補は部下にささやいた。一ツ橋は対照的に目の下に隈《くま》を浮かべ、ネクタイには油のしみが浮いていた。

「昨日はどうだった。楽しかったか」

「おかげさまで」

「いい上司を持っておまえも幸せだな」

「首を絞めてやりたいほど幸せですよ」

一ツ橋は力なく呟いた。

松村朱実の事件に取りかかる前に、ちょっとした聞き込み情報が発表され、淀んだ会議をつかの間活気づけた。それは、近くに住む老人から寄せられたもので、台風の日の夜、九時過ぎに、海岸の方から道をよぎり〈ヴィラ・葉崎マグノリア〉へ向かう人影を目撃したというものだった。老人は嵐の日に海沿いをトラックで走り回るのをなによりの楽しみにしている、という変わり者で、その人物は誰かを背負っているように見えたそうだ。

「その年寄り、目は確かなのか」

「目も歯も確かだそうですが、なにしろ嵐の夜にちらっと、ヘッドライトで見ただけだそうですからね。その人影はレインコートのようなものを着ていたようだった、というんですから、たんにコートが風をはらんで膨らんだのを、誰かを背負っていたものと見間違えたのかもしれません」

「だったら関係ないだろう」

署長は無関心に切り捨て、会議は朱実事件へと移行したが、駒持と一ツ橋は昨日の推論を思い出して顔を見合わせた。

昨夜のうちに死体の検案が終わり、報告書が送られてきていた。それによれば、被害者の松村朱実（四十二歳、既婚、主婦、身長百五十八センチ、体重六十二キロ、特記すべき病歴なし）は前頭部陥没骨折によるショック死をとげたということだった。死亡推定時刻は昨日の午後一時から三時の間。凶器は先がぎざぎざした石のようなもの。抵抗した形跡なし。おそらく一撃で倒されたと思われる。

続いて各担当者の報告があった。まずは、被害者の夫である松村健の供述について一ツ橋が昨夜と同じことを繰り返し、ついで裏づけにファミリーレストランへ向かった刑事が発言した。

「松村さんの部下である三上という男から話を聞きました。彼は電話に直接出たわけではありませんが、ヒステリックな女性の声が受話器から盛大に外に漏れていたので、すぐに奥さんからの電話だとわかったそうです。被害者はこれまでにもよくそんなふうに電話をかけてきていたそうで、支配人——つまり、松村さんのことですが——は奥さんにうんざりしていた、と話してくれました。三上はどうやら松村支配人にはあまり好意を持っていないようでしたね。ただ、電話をとった時間は三時少し前に間違いないそうです」

「つまり、殺害時刻は三時前後、その電話の直後に限定されるわけだ」

署長が満足げに一同を見回した。

「で、どうだ。ヴィラの関係者でこの時間帯にアリバイのあるものは」

捜査員たちは顔を見合わせた、仏頂面の駒持が口を開いた。

「まだ全員分確認できちゃいませんよ。話を進めたらどうですか」

署長がなにか言い出す前に、伊能渉と花岡みずえを聴取した捜査官が立ち上がった。それによれば、ふたりは児玉不動産の金庫から持ち出したマスター・キーで三号棟の合鍵を作り、それを代わる代わる持っていたことを認めた。合鍵は最終的には二週間前に花岡みずえの手に戻されていた。しかし、目的は情事であって、殺人についてはふたりともかたくなに否定している。身元不明の死体についての心当たりもまったくないというし、事実ふたりの周囲にそれらしい人物は浮かんでこない。松村朱実とのトラブルも皆無ではない――伊能の妻と朱実は犬猿の間柄だった――が、殺意に結びつくといったほどではない。少なくとも、これまでにわかったところでは。

「ただ、ひとつ気になることがあります。伊能圭子に送られてきた脅迫状ですが。花岡を通して、伊能渉は圭子のスチュワーデス時代の醜聞を知らされていました。七年もの間、音沙汰のなかった脅迫状が再び送られてきたのが二週間前。ふたりの話を総合すると、花岡が伊能渉に耳打ちしたのが二、三週間前ってことですから、脅迫状はどちらかが送ったものと考えられなくもありません。ことに、夫の伊能渉の態度が少し気になりました。今日もう一度、伊能渉を問いただしてみるべきだと思います」

「しかし、それは殺人とは無関係だろう」

駒持が脳天気に言い、署長はものすごい一瞥を彼に投げた。担当刑事は生真面目に駒持を見つめると、

「ええ、確かにそれは伊能渉と殺人を直接結びつける証拠にはなりません。しかし、脅迫状が伊能圭子の一人芝居ではなく、実際に送られてきたのだとすれば、圭子があの身元不明の死体を脅迫者と勘違いして殺した可能性が生まれてきます。三号棟の合鍵は一度は伊能渉の手元にあったのです。妻の圭子がふたりの情事に気づいていて、その鍵をさらにコピーしておいたの

かもしれません。彼女は都内や鎌倉などに毎日のように出歩いているわけですから、鍵をコピーさせた店を見つけるのはむずかしいでしょうが」

「なるほど。おっしゃる通りだ」

駒持は降参の身ぶりをした。捜査員はつけ加えた。

「伊能渉、花岡、このふたりには鍵のかかった三号棟で殺人をすることが可能でした。しかし、昨日の昼休みが終わってから、五時まで伊能は会社で接客をしていましたし、花岡は児玉不動産で働いていた。三十分と席をはずしたことはないと、どちらにも複数の証言者がおります。ただし、伊能圭子は家にひとりでいたわけですから、アリバイはありません。そのうえ圭子はその日、朱実と大喧嘩をやらかしたそうですしね」

「容疑者第一号」

駒持が呟き、鬼頭典子担当の捜査官が立ち上がった。彼は昨日の鬼頭典子のアリバイが完璧であること、二時頃に妙な悪戯電話があったことを要領よく説明した。

「それはつまり、鬼頭典子のアリバイをなくすための？」

署長がもったいぶって口を挟んだ。

「そう考えるのが自然でしょうね。偶然、昨日は慣れた店員が風邪をこじらせて休んでいました。でなければ典子が出向いていたでしょうし、そうしたら彼女の立場は大変具合の悪いものになったでしょう。ただ」

「できすぎの気がして。彼女はその悪戯電話一本で、容疑者からいちやく罪をかぶせられかけた気の毒な被害者になったわけですから」

「しかし、彼女の昨日のアリバイは完璧なんだろう」

「ええ、それはもう」

「だったら、彼女ははずしてもかまわないんじゃないかね」

署長は文句あるかと言わんばかりに駒持をにらみつけた。駒持の方は太い小指を鼻の穴に突っ込み、しきりとかき回しながら受けて立った。

「それはちょいと、早すぎやしませんかね」

「きみは鬼頭典子のアリバイが贋物《にせもの》だとでも言いたいのか」

「わかったのは、彼女に朱実殺しができなかった、ということだけですよ。昨日の朝、私と一ツ橋くんは開店前の〈鬼頭堂〉に中里澤哉が入っていくのを見た。中里は鬼頭典子に惚れてるらしい。だったらこういう筋書きはどうですかね。典子は犬歯のない男を殺した。彼女のもとの愛人はそんな風体らしいからね。中里はそれを知って、典子には知らせずに共犯者になることにしたんです。まず、死体を三号棟に移す。中里は塾の移転の物件を探しに児玉不動産に行ってるし、児玉社長から金庫に三号棟の鍵があることを聞かされてた。彼にはそれが可能だ」

「ただ、なんだね」

「しかしだねえ」

「朱実殺しについて言えば、朱実は典子の悪口を散々振りまいていた。典子と男の関係を知っていたのかもしれん。中里は彼女の口からそれがばれるのを恐れて、朱実を殺す。しかし典子に疑いがかかっては困るので、彼女を安全地帯に置くために悪戯電話をかけた。午前中典子に会ったとき、店員が休むことを聞いて、彼女が店を空ける心配はまずないと踏んだからだ」

署長は不本意ながらその説を受け入れざるをえなかった。駒持が小声でざまあみろと言った。初老の捜査員は慌ててつけ加えた。

「典子はその元愛人の存在と、三島家の双子の話を暗に認め、愛人については名前だけは教えてくれました。笹間寿彦、ふたりは数年前のネパール旅行で知り合ったそうです。職業はフリーライターと自称していたそうですがね、連絡先もなにも、詳しいことはまるで知らないの一点張りです」

「海外旅行の多いフリーライターなら、少々行方がわからなくなっても誰も心配せんな。そうか。ネパールと言ったな。麻薬関係で前科があるかもしれんぞ」

署長は偏見剝《む》き出しの発言をした。初老の捜査員はこうしめくくって、着席した。

「とにかく、今日はその笹間について調べてみようと思っています」

「容疑者第二号」

駒持が呟いたが、一ツ橋はそれどころではなかった。いよいよ恐れていた瞬間がやってきたのだ。署長がいぶかしげに一ツ橋を見つめ、彼は深呼吸して立ち上がった。

「それでは三島芙由についての調査を報告させていただきます。まず、彼女の夫は三年前に家出をして、以来消息を絶っています。三年前の八月八日付けで、家出人捜索願いが当葉崎警察署に提出されています。さっき、記載事項を確認しました。三島芙由の夫、三島貞夫の行方がわからなくなったのは、その約二週間前の七月二十五日。当時夫婦仲はうまくいっておらず、貞夫は藤沢にアパートを借りていました。妻の芙由の説明によれば、問題の二十五日に夫婦喧嘩があり、貞夫はぷいとヴィラの家を飛び出していった。翌日彼女は新国市にある実家に帰り、夫とは連絡もとりませんでした。てっきり藤沢のアパートにいるとばかり思っていたそうで、行方不明であることに気づいたのは実家から戻ってきた二週間後だったそうです。三島貞夫は会社で大きなミスを犯しており、また藤沢のアパートの家賃も滞納していたそうで、これらすべてから逃げ出したのではないか、というのが彼女の言い分です」

「彼女の？　ということは、まだ裏づけはとってないんだな」

「時間がありませんでしたので」

一ツ橋はやっとのことで答えた。それから自らを励まして、先を続けた。

「妻の芙由と、貞夫の母の三島タエ、それから会社の上司の連名で出された捜索願いによれば、三島貞夫は当時三十一歳、身長百六十二センチ、体重七十二キロ。鼻の脇にホクロがありました。手術、骨折等のめだつ傷はなし。歯医者に通ったことは、小学生のとき以来、ないそうです」

「待て待て」

署長が身を乗り出した。

「身長が百六十二センチだと？　男にしては十分小柄だな」

「そうですね。でも体重が」

「体重なんて、三年のうちにずいぶん減ってしまうぞ」

「ええ、ですが歯医者が。それに写真を見るかぎり、色も黒くありませんよ。だから三号棟の死体の候補から外されていたんですよ」

「しかしだね、三島貞夫が会社からも家庭からも逃げ続けていたとしよう。健康保険に入れたはずはない、まともな職にもつけない。痩せもするし、歯だってほったらかしに決まってる。ドクター三浦が言ってたじゃないか。被害者は三本の歯が抜けたままで、なんの処置もしていなかったと。そう考えていくと、死体は三島貞夫の可能性がきわめて高い。三島芙由の昨日のアリバイは？」

「……三時には、自宅の二階で寝ていたそうです」

「要するに機会があったということだね。やっぱりな。私も三島芙由には目星をつけていたんだ」

署長はそっくり返った。一ツ橋はしょんぼりと着席した。もし、いま駒持が「容疑者第三号」などと言ってみろ。俺は間違いなくこの上司の首を絞めてしまうぞ。

殺気に気づいたのか、駒持はそうは言わなかった。代わりに囁いた。

「三島貞夫の血液型は？」

一ツ橋は慌てて捜索人願いのコピーを取り出した。

「書いてありません」

「ふん。まあ珍しくはないな。自分の血液型を知らない人間なんて」

すっかり元気づいた署長は、お得意の長い演説を始めた。駒持は驚くほど長い白鼻毛を抜き取ると、ほれぼれとそれを眺め、報告書の隅に植えつけた。

「そんなにむくれることはない。まだ彼女が犯人と決まったわけじゃない」

「あ、当たり前です」

「それにしても、三島芙由はよくおまえに亭主の失踪の話をしたもんだな。彼女がやったのなら、藪をつついて蛇を出すような真似しないだろう。いくら質問した刑事が初恋の相手だからって」

「そうじゃありません。彼女は警察がとっくに三島貞夫の捜索願いと死体を照らし合わせたとばかり、思ってたんですよ」

「それで安心しきって？　ふん」

駒持の顔に奇妙な表情がよぎった。一ツ橋は不安にさいなまれ、彼から目をそらした。

3

「パーティー、ですか」

牧野セリナは相手をまじまじと見つめた。

南海荘のリビングルームにいるのはセリナと松村健のふたりだけだった。忙しい報道関係者は朝食をすませるときれいさっぱりいなくなり、松村健は屋根裏部屋からようやく解放されたのだ。小百合がすっかり参って寝込んでしまい、〈黄金のスープ亭〉は本日臨時休業とあいなった。夜には宿泊客が入っているが、それまで休めるだけでもセリナにはありがたいことだった。昨夜は結局、菖子につき合って十時過ぎまで三島家で双子の番をしたのだ。おまけに全然眠れなかったし、朝七時に出勤したのだし、忙しい最中にロバが妙なことを言ってくるし。一日の宿泊費が突然十六万円も舞い込んできたのだけが殺人騒ぎの唯一の明るい側面だった。少々眠れなくても、とても疲れても、これならもう一件くらい殺人が起こったっていいわ、とセリナはやけっぱちになって考えた。一件につき、十六万プラス豪勢な酒代。角田港大は高価な酒を好んだ。飲むのはもちろん、他人に奢るのも。

とはいえ、こんな注文はむろん予想だにしていなかった。昨日、妻を亡くしたばかりの男からパーティーの依頼が来るなんて。セリナは職業意識を忘れ、繰り返した。

「あの、失礼ですけど、パーティーとおっしゃいました？」

「はい」

松村健はもじもじと身じろぎをして、

「お別れパーティーを開いてやろうかと思いまして。家内のために」

「ああ、そういうことでしたか」

「家内には友達がいませんでした。親戚もほとんどおりません。あれは湿っぽいのが大嫌いだったんです。普通なら家に坊主を呼んで、お経をあげてもらって、私と私の両親とで野辺送《のべおく》りをすませるのが当たり前でしょうが、どうも家内には似つかわしくないように思うんです。どうでしょう。やっていただけませんでしょうか。あれはここのレストランが好きだったし」

セリナは困惑した。松村朱実が〈黄金のスープ亭〉を気に入っていたなんてことは、絶対にありえない。

とはいえ、それをそのまま言ってやるのも気が引けた。彼女は曖昧に答えた。

「うちとしてはかまいませんが、松村さんの方はよろしいんですか。奥様を亡くされたということになれば、会社や取引先のひとたちもお葬式に参列されたいんじゃないかしら」

「そんなことはいいんです。私の葬式じゃない、妻のものなんだ。黒い服を着て、数珠《じゅず》を下げて、殊勝な顔した連中がぞろぞろ押しかけてくるなんてごめんです。私の考えでは」

松村健は嬉しそうに、

「会場は〈黄金のスープ亭〉にしたいんです。皆さんにも普段着で来ていただいて、一緒に美味しい食事をとってもらう。それだけです。香典《こうでん》もいりません。妻の奢りだと思って、食事をしてくださり、妻の思い出を語っていただくだけでいいんです。仕事がおありの方もいらっしゃるから、夜か、それとも休日の昼間がいいかな」

「ええと、その、皆さんというのは」

「ですから、ご近所の皆さんです」

松村健は目を丸くして答えた。

「家内についてよく知ってらっしゃるのは、ヴィラの方たちだけですよ。全員参加してくださると嬉しいんですが」

「あの、松村さん」

セリナはついにたまらず横やりを入れた。

「いいんですか、ヴィラの人たちを奥様のお別れパーティーに集めたりして」

「なにか、いけないことでもありますか」

「警察はわたしたちのなかに犯人がいると思ってるんですよ。考えたくはありませんけど、朱実さんを殺した犯人が、もしヴィラの住人の中にいるとしたら……」

「そんな心配いりませんよ」

松村健は大きく手を振った。

「犯人は外部の人間に決まってます。私の考えでは組織犯罪の匂いがしますな」

「あれが暴力団の仕業だっておっしゃるんですか？」

セリナは驚いた。大丈夫かしら、この人。奥さん殺されてネジが一本ゆるんじゃったのかしら。

「口封じなんて、まさに暴力団の発想そのものですよ。殺されたあの男ね、いまだに身元がわからない、顔も指紋も潰されていたそうじゃないですか。裏の世界の人間だからですよ。他に考えようがありますか」

「はあ……」

「暴力団の内輪もめですよ。間違いない。可哀想な妻はそれに巻き込まれたんです。あれは無垢な女でしたからねえ。そういう危険に気づかなかったんです」

松村はうつむいた。相槌《あいづち》のうちようがなく、セリナは押し黙った。ややあって松村は顔を上げ、

「とにかく、お呼びするお客様のなかに妻を殺した犯人なんていやしませんよ。皆さん喜んで出席してくれると思うな。だけど、レストランの貸し切りは大丈夫でしょうか」

セリナは咄嗟に計算した。貸し切りでパーティーをするとなったら、一人前一万円の予算としても十二、三万、貸しきり料金五万円、計十七、八万の収入になる。一瞬顔がほころびかけたが、十勝川レツや伊能圭子が松村朱実の思い出を語っている姿を想像した途端、背筋が凍っ

た。冗談じゃない、これ以上の騒ぎは絶対にごめんだ。

「お時間にもよりますが、土日や休日には宿泊のお客様がいらっしゃって……」

「なら、場所はうちではどうですかな」

セリナと松村はびっくりして立ち上がった。リビングの入口に角田港大がにこやかに立っていて、

「失礼。休業中とは思わずにコーヒーを飲みに寄ったんですよ。そうしたら今のお話が聞こえてしまいましてね。どうでしょう、わが家の庭でガーデンパーティーというのは。残念ながら奥様とは生前お知り合いになれずじまいでした。忙しくてご近所づきあいになかなか時間が割《さ》けなかったからですが、もし――」

「そりゃすごい」

松村健は熱心に言った。

「死んだ家内がどんなに喜ぶでしょう。あれは角田さんがご近所に引っ越してきたとき、子供みたいに興奮してました。ずうずうしい話ですが、一度お宅をのぞいてみたいなどと言っておりまして」

松村朱実は確かに、角田港大夫妻が引っ越してきたことに興奮していた、とセリナは思い出した。あんな有名人がこんなへんぴなところに引っ越して来るなんて、絶対なにか後ろ暗いことがあるに決まってるわ、と言って。

「なんだか奥さんの死を利用するようですが、これを機会に、ぜひ皆さんとお近づきになりたいんですよ。どうでしょう、お料理は〈黄金のスープ亭〉におまかせし、会場をうちの庭でということで」

松村と角田の熱心な視線を受けて、セリナはたじろいだ。彼女は最後の抵抗を試みた。

「ええ、料理はお引き受けします。でも、せめて事件が解決してからのほうがよくありませんか。警察にあれこれ調べられて参っているひともいますよ。そんなときに、皆が集まる場所を設けるというのはどうかと思うんですが」

「殺人事件に関係ないなら、堂々と出てくるでしょ、普通」

松村健が不思議そうに言った。セリナは首を振って、

「関係なくても出てこられないひとはいますよ。名前はあげられませんけど、この騒ぎのおかげで不倫が発覚しちゃったひとがいるんです。いまや噂の的ですもの、顔出しづらいでしょう」

「へえ、そんな話があるのか。いったい誰なんです、それ」

角田港大が大きな顔をぐっと突き出し、渋い声で言った。セリナは無理に笑った。

「そんなこと、わたしの口からは言えません。ヴィラで知らない人はいませんけど」

「ふむ」

角田港大は顎をさすった。暗に、知りたかったら菖子さんに聞けば、と教えたのがわかった

と見える。しかし、彼は再びパーティーに話題を戻した。

「出席してくれるように、私が皆さんを説得してみましょう。嫌な事件が続いたんだから憂さ晴らしが必要だし——故人を悼《いた》むのはいいことなんじゃないでしょうか」

「そうしていただけますか」

松村は低姿勢になった。セリナはため息をつき、このニュースを聞いたときの入江菖子の顔を想像しつつ言った。

「そこまでおっしゃるならご指示通りに致しましょう。今週の土曜日か日曜日でよろしいですね。メニューについてはあとで相談させていただいて。ガーデンパーティーなら立食の方がいいでしょう。朱実さんは鶏肉がお嫌いでしたね。特にお好みなのは魚料理だったかしら」

「よく覚えていてくださいました」

松村健はやや大げさに喜んでみせた。

「あれは魚が大好きだったんですよ。一番の得意料理は刺し身でした」

角田港大が咳払いをし、セリナはリビングにかかっている太った猫の額を懸命ににらみつけた。松村は気づかずに言葉を継いで、

「魚には目ききでしたからねえ。いつも美味しい魚を食卓にあげてくれました。この葉崎の町の一番の取り柄は、海の近くで新鮮な魚が手に入ることだと言って……」

彼は急に言葉を切ってうつむいた。肩が細かく震えていた。ふたりは慌てて顔を見合わせ、

セリナはパーティーの段取りについてくどくど繰り返し始めた。そこへ、

「日程は明日がいいんじゃないかな」

角田港大が遮った。セリナは飛び上がりかけた。

「あ、明日？」

「松村さん、失礼ですが奥様のご遺体は？」

「さっき連絡があって、今日の午後戻ってくるそうです。今夜自宅で通夜をしてやって、明日の午前中に焼き場に連れていこうと思ってます。ですから、午後でしたら大丈夫ですが」

セリナは思わず松村健の顔をまじまじと眺めた。警察から連絡があった？　松村健がこのホテルにいることは菖子が警察に知らせてあるはずだった。だが……。

「そうですか。だったら明日は体育の日で休日だし、都合がいいじゃありませんか。パーティーは告別式代わりなのだし、変な言い方かもしれませんが、早くその、すっきりしたほうがいいんじゃないかと思うんですよ。儀式というのはそれなりに——なんというか、気持ちの整理をつけるのに役立ちますからね」

角田が熱心に説き、松村健はそれに応じて熱心にうなずいている。セリナは堪え切れずにそそくさと言った。

「細かい打ち合わせはコーヒーを飲みながらにしませんか。いま、いれてきます」

厨房にロバートの姿は見当たらなかった。休みと聞いて、自室で寝ほうけているに違いない。

セリナはぷりぷりしながら乱暴にやかんを火にかけた。なにを企んでるんだ、あのふたりは。まるで自分だけがのけ者にされたようだ。彼女は大声で毒づいた。

「まったく、なにがお別れパーティーよ。ほんとに男って脳天気なんだから」

「あのう」

開いたままの裏口から声をかけられて、セリナはコーヒーの缶を取り落とした。岩崎晃がにやにやしながらこちらを見ていた。

「あら……聞こえちゃいました？」

「いいや、なにも。今日は臨時休業なんだって」

「臨時と言っても、レストランはたいてい火曜日は休みなの。翌日が休日のときは、その休日の翌日にしてるんだけど。岩崎さんもコーヒーを飲みに立ち寄ったの？」

嫌みを込めて言ったのだが、岩崎はあっさりと首を振って、

「松村さんに用事があるんだよ。彼氏いるんでしょ。菖子さんから聞いたんだけど」

「松村の旦那さんを静かに休ませてあげてほしいって、そもそも菖子さんが言ったことだったのに。これじゃ千客万来ね」

「用事があるのはぼくじゃないんだ。松村さんのご両親を案内してきたんだよ。朝刊を見て、びっくり仰天して駆けつけてきたんだってさ。表の玄関のとこで待ってもらってるんだけど」

「いま開けるわ」

セリナは一抹の期待を胸に、いそいそと表へ向かった。これでお別れパーティーの件は白紙に戻るかもしれない。

玄関に立っていたのは、不安そうな表情の初老の夫婦だった。犬の引き綱を握り締めた夫の方は松村健に瓜二つ。母親は口うるさそうな、ぶすくれた女だった。招き入れ、リビングに通し、湯気の立つコーヒーを運ぶと、セリナは岩崎と角田港大をレストランの席に着かせ、もう三人前のコーヒーを作って運んだ。のぼせていたわりに、コーヒーはうまくできた。岩崎と角田はコーヒーを誉めた。セリナはようやく落ち着いて、カップを口に近づけた。そのとき、ドアを乱暴に叩く音がした。

「おはようございます。松村さん、もう起きてますかね」

葉崎警察署のふたりの刑事、駒持警部補と一ツ橋巡査部長が立っていた。

4

セリナがドアをノックすると同時に、リビングの隙間から漏れ聞こえていた声はぴたりとやんだ。刑事たちを紹介された途端、松村健の母親ははじかれたように立ち上がり、この度は嫁が皆さんにとんだご迷惑をおかけして、と長々と挨拶を始めた。駒持も一ツ橋も、松村健に話を聞く間は父兄の方にご遠慮願いたいところだったが、夫妻はリビングに置いてある座り心地のいいソファにでんと腰を据えたまま、てこでも動きそうになかった。

わき腹をつつかれて、一ツ橋はしかたなく悔やみを述べ、あたりさわりのない質問を繰り返した。昨日の事件について、今になって新しく思い出したことはないか。妙だと思うことならなんでもいい。松村健は首を振り続けていたが、突然に一ツ橋の方を向いて、

「あのう、もうお尋ねになったと思いますけど、あの子たちどうやってあの家に入ったんですか」

一ツ橋はぽかんとなった。

「それはいったい、なんのことですか」

「三島家の双子のことですよ。お恥ずかしい話ですが、家内の死体を見て、わたし路地まで飛び出して、悲鳴をあげちまったんです。そしたら例の空き家の玄関が開くじゃありませんか。思わず腰を抜かしましたよ」

「つまり、三号棟から三島家の双子が出てきたと」

「ええ、そうです。あの子たち、いったいどうやって三号棟に入ったんでしょう。警察が鍵とか預かってるんじゃないですか」

駒持がむにゃむにゃとごまかし、松村の父親が小馬鹿にしたように舌打ちをしたところへ、牧野セリナがコーヒーを運んできた。

「いつもすみませんな。ご迷惑ばかりかけて」

セリナはなにかに気をとられたようだった。が、すぐに笑顔になると、

「いいえ、かまいませんわ。いまは宿泊客はおりませんし」

「ちょっと、ウエイトレスさん」

松村の母親が気短に机を叩いた。

「薬を飲むんでね、水をもらいますよ。それからお茶ね。コーヒーなんて、年寄りには飲めたものじゃないんですからね」

「母さん、このひとはこのホテルのオーナーで、好意で飲み物を出してくれたんだよ。ずうずうしいこと言わないでくれよ」

松村健がおろおろと口を挟んだのだが、

「あら、そう。だからなんなの。あんたは泊まり客なんでしょう」

松村の母親はすましかえった。セリナは松村健に、母親の水代をたっぷり含ませた請求書を送りつけることを考慮しながら引き下がった。そのあとを、駒持警部補が追いかけてきた。

「や、まったく申し訳ありませんね。昨日に続いて今日までも」

「刑事さんが謝るようなことじゃありませんわ」

「そりゃ、そうですが」

「こういう商売してると、ああいう態度は珍しくないんです。もっとも、お金も払わずにいばり散らすケースは初めてですけど」

　セリナは深く息を吸った。

「すみません、このところ苛々してましまして。次々に事件が起こるんですもの」

「そうですな」

　駒持はおとなしくセリナのあとについていった。セリナは厨房のお茶のコーナーから煎茶の缶を探し出すと、

「事件と言っても殺人事件だけじゃないんです。それに付随して、いろいろ頭の痛いことが持ち上がって」

　セリナは〈お別れパーティー〉について話した。駒持の眉が吊り上がった。

「それは穏やかならん計画ですな」

「やっぱりそう思われます？　お母さんが松村さんを止めて下さるといいんですけど。ところで妙なこと伺いますけど、今朝、松村さんに警察から連絡があったそうですが」

「連絡が？　いや、松村さんの方から警察に問い合わせがあったんです。奥さんの遺体をいつ引き取らせてもらえるのかって」

「ああ、そうでしたの。それでわかりました」

「なにか、おかしな点でも？」

「別に気にするほどのこともないんですけど」

　セリナは狼狽《ろうばい》して、

「外線はすべてフロントを通すことになっているのに、いつ警察から電話があったのかしらと思ったものですから」

警部補はまじまじとセリナを見つめた。

「牧野さん、いったいあなた、なにをご心配なんですか」

「別に、なにをってことはないんですが」

セリナは昨夜の電話のことを説明した。警察を装って、松村あてにかかってきた電話のことである。

「てっきり報道関係者からだと思ったんですけど、もしかしたら違うんじゃないかって」

「松村さんに害意を加えたいと思ってる誰かから、そう思ってるんですか」

「そうじゃありません。その電話が切れる前に、ものすごい舌打ちが聞こえたんです。あの、息子と父親って、容姿だけじゃなくて、意外なところが似るものですよね。癖とか性格とか好みとか」

「ははあん。その通りですな」

駒持警部補はなにやら思い当たったようだった。セリナは急いでつけ加えた。

「松村さんが本当は報道関係者と話したがっていたとして、それにお別れパーティーでしょう。もしかしたら彼、いぶり出そうとしてるんじゃないかしら。朱実さんを殺した犯人を」

「なるほどねえ」

「思うんですけど……それって危険なことじゃないですか」

警部補は答えなかった。彼は眉間に深くしわを寄せていた。

「すみませんね、どうも」

岩崎晃は後部座席から陽気に言った。犬もありがたそうに一声吠えた。一ツ橋はシートベルトを締めながら答えた。

「どうせ我々もヴィラに行くところだったからかまいませんがね。その犬、しっかり押さえといて下さいよ」

「あんたは車を持ってないんですか」

駒持警部補の問いに、岩崎は目をぱちくりして、

「持ってますよ、もちろん。あそこじゃ車なしの生活なんて考えられませんからね。ぼくと中里と一台ずつ。そろそろ買い替えようかと思ってるんですけどね、なんせ十五万キロは軽く走ってるんですから」

「ヴィラのひとたちは全員車持ちかい」

「さてと。三島さん、松村さん、入江さん、鬼頭さん、牧野さんが各一台、伊能さんが二台。五代さんちと十勝川さんちにはありませんね」

「松村朱実は自転車だったっけ」

「いやまったく、自転車は自宅の庭に停めることになってるんですよ。暗黙の了解でね。駐車場がそれほど広くないうえに、上の作家先生のとこが三台も置くようになったでしょう。場所移動が大騒ぎだったんですよ。三号棟が売れて引っ越してきた人間が二台置きたいと言い出したらどうなるか、ちょっと心配ですね。ビジタースペースはありますけど、魚屋が店開きできなくなっちまう。でも車を持つなとも言えないしね」

「きみは今日、どうして南海荘まで歩いてきたのかね」

「どうしてって、この連れを見てわかりませんか。ああ、松村さんのご両親のことですか。でも南海荘までは歩いても二十分かそこらだし、平日の八時過ぎに海岸道路を車で移動なんてとんでもない。葉崎山の下にバイパスを通すって話、あれどうなったんですか」

「どこも先立つものがないからねえ」

車は隙をついて藤沢へ向かう車列に割り込んだ。時間は十時をすぎていたが、まだまだラッシュは終わらない。駒持は不審そうに岩崎を眺めた。

「こんなところで油を売っていいのかね」

「かまやしませんよ、もちろん。授業は午後の三時半からだし。刑事さんたち、今度は誰をとっちめに行くんです？」

「いまのところ、きみということにしておこう」

「そうですか。それじゃあ言っておきますけど、相棒がぼくについてわけのわからんこと口走っても、まともにうけとらないことをお勧めしますよ」

岩崎は早口になった。駒持は巨大な尻を動かし、車をみしみしいわせながら後ろを向いた。

「そりゃいったい、どういう意味だね」

岩崎はちょっとためらったが、ぶちまけるように、

「ここんとこおかしいんですよ、あいつ。授業中も半分上の空だし、松村朱実殺しがぼくの仕業じゃないかみたいなこと言い出すし。あの女が嫌いだったことは否定しません。犬の扱いもひどいもんだった。彼女が死ぬちょっと前に喧嘩したんですよ。犬の扱いをめぐってね」

「それ、何時頃のことだね」

「一時四十分でした。直前に腕時計を見たから間違いありません。伊能家の子どもが心配そうに犬を見てたんですよ。伊能の奥さんがヒステリーを起こして、可哀想にタケシのやつ、行くところがなくて近所をうろうろしてたんです。犬は犬で水ももらえてなくて」

岩崎晃はふんまんやるかたない、といった表情で事情を説明した。

「彼女は言うだけ言うと、ばたんと窓を閉めちまった。なんとも不愉快な女でした」

「だから殺したのかね」

「ぼくが？　冗談じゃない」

岩崎は意地悪そうな笑みを浮かべて、

「あの女にも弱点はありました。誰からも相手にされないってことが我慢できなかったんです。

だからめちゃくちゃな、それも面白そうなことをでっちあげて、ふれ回っていたんですよ。皆の注目を集めたくてね。だから同じようにしてやろうと思って」

岩崎はばつが悪そうに言葉を切った。駒持はじっと彼の顔を眺め、犬が不安げにくんくん言った。ややあって、岩崎は両手をあげると、

「わかりました。白状しますよ。実はどうにも腹の虫がおさまらなかったもんでね。南海荘のすぐ先に公衆電話があるのをご存じですか。あそこから、あの女に電話をかけたんです。あの男を殺したのはおまえだ〜、なんて脅してやろうかと思って。罪のない悪戯ですよ」

「罪のない悪戯ねえ」

駒持はしげしげと岩崎の赤くなった耳を見つめていたが、

「で、それ何時のこと」

「さあ、そのときは時計なんか見ませんでしたから。二時過ぎってとこじゃないですか、車で出て、あそこまでだったら。ところで、電話がとられた途端、ぼくははっとしました。これじゃぼくがやったんだってすぐばれちまうじゃないですか。今し方喧嘩したばっかりだったんですからね。あの女の荒い鼻息を聞くなり受話器を置きました。そして、いちもくさんに仕事場をめざしたってわけです。嘘じゃありませんよ」

駒持はまた車を揺らしながら前を向いた。そのときになって、車はようやくヴィラの駐車場までたどり着いた。一ツ橋は慎重に駐車場のビジタースペースに車を入れた。

入江菖子はうんざりしたように、刑事たちに言った。

「大きな仕事が終わったばかりでよかったこと。殺人も時機を選んでくれたものね」

「どうしたんです」

「頼りにされるのは結構だけど、昨日はあの松村の旦那に三島家の双子、それに犬。今日は伊能家の子どもを押しつけられたの。そりゃおとなしい子ですけどね、うちは保育所じゃないんだから」

「大変ですねえ」

一ツ橋はうっかり同情の言葉をかけ、大変な逆襲にあった。

「そう思うんだったら、さっさとなんとかしてくださいよ。あんたたちが怠けてるとは思わないけどさ、死体の身元の目星くらいはついてもいい頃じゃない」

「目下捜査中です」

駒持は低姿勢で答えた。それから顔を上げ、

「伊能家の夫婦はどうしたんですか」

「どうもこうも、朝起きたら奥さんが書き置き残して消えてたんだって」

「えっ」

ふたりの刑事は飛び上がり、積み直してあった本がどさどさと落ちた。一ツ橋は携帯電話を

片手に玄関へ突進し、駒持は本を元通りにしながら、さすがにうわずった声で、

「伊能圭子はいったいどこへ」

「わたしが知るわけないでしょう。ゆうべは大騒ぎだったんですって。十勝川さんの話ですけどね。旦那は脅迫状や飛行機の一件で奥さんを責め立てる。奥さんは旦那の不倫を責めたてる。誰だって逃げ出したくなるんじゃないかしら。正直な話、彼女が出て行ってくれてよかったと思ってるんですよ。可哀想に、パニック状態の父親に連れてこられたとき、タケシくんは発熱してました。どんなに小さくたって、自分の居場所がなくなりかけてることくらいわかりますよ。夫婦がもっと落ち着いて話し合えるようになるまで、冷却期間を置いた方がいいわ」

「それで、子どもは」

「三島さんが病院に連れて行ってくれたわ。無理もないけど、いま、伊能の旦那は何の役にも立ちませんからね。三島さんは有休が溜っていたとかで、今日は双子も自分も休むことにしたそうです。ちょうど病院にお見舞いに行かなくちゃならないとかで、快くタケシくんを引き受けてくれました。とはいえ、わかるでしょう。他人の子どもにそういつまでも責任は持てないもの」

入江菖子はため息をついて、

「ここの場所、夫婦仲に問題が起きやすいという気でも発しているかしら。松村さんところは殺人、三島さんちは蒸発、伊能さんちは不倫。セリナだって旦那に自殺されてるし——ああ、

あれは彼女がここに引っ越してくる以前の話だったっけ。とにかく、わたしは迷信深いたちじゃないんですけどね、こうなると坊主でも神主でも呼んだ方がいいんじゃないかという気がしてきたわ」

「かもしれませんな。しかし蒸発や不倫はともかく、殺人というのはね。それとも」

駒持は腕を組んだ。菖子はじろりと彼を見下ろして、煙草を取り出すと窓を開け、

「わたし、ひとつ気づいたことがあるんですよ。家の造りのことなんですけどね。確かにこのヴィラは壁も厚く作られていて、めったに家の中の物音は外に聞こえないし、外の音もあまり聞こえてきません。でも、真正面の真下にいれば、話は別なんです。犬を預かったって言いましたでしょう。鳴き声も聞こえたし、朝、岩崎くんが窓の下でごそごそやってるの、ちゃんと聞こえましたから」

「盗み聞きも可能、ということですね」

「朱実さんがそれに気づいていたとすれば」

菖子は意味ありげに言葉を切った。

第9章　警部補が追いつめる

1

鬼頭時子は目をしょぼしょぼさせながら、刑事たちを見上げた。

「いったい、なんのことだか。典子がなにかしたとでもいうんですか」

「なにがあるというわけではないんですよ」

一ツ橋はできるだけ穏やかな顔を繕《つくろ》い、

「警察の仕事というのは、ほとんどが確認作業に費やされているんですよ。実は、典子さんが昔つき合っていらした男性の特徴が、例の三号棟の死体に酷似《こくじ》しているという情報がありまして。もちろん別人でしょうが、一応確認しませんとね。個人的には、おたくのお嬢さんのようなしっかりした女性が、人殺しなんて割りに合わないことなさるわけがないと思います。ですが上司が石頭でして、調べないわけにも。嫁入り前のお嬢さんの評判を傷つけるようなことになってはいけませんし。ええ、外部に聞くよりお母さんにうかがったほうがことを荒だてないですみますし」

セールスマンでもやってけるかも、と頭のどこかで思いつつ、歯の浮くような言葉を並べ立てると、鬼頭時子はあっという間に軟化して、まくしたて始めた。

「あの子は昔から堅い一方でしてね。父親の古本屋を継ぐんだなんて子どもの頃から決めて、大学もわたしの反対を押しきって、書誌学っていうんですか、あんなのを勉強して。ひとり娘なんだから婿《むこ》をとって、早く孫の顔を見せてほしいのに、男友達も作りやしない。母親が心配するのは当然でしょう。つてを頼って良い縁談を世話していただいても、見合いなど絶対に嫌だ、なんて生意気を言いまして。父親が甘やかしすぎたんだわ」

「娘さんの昔の男性、笹間寿彦さんで間違いないですね」

「ええ、海外旅行先で知り合ったんですよ。よせばいいのにネパールなんてとこに行きましてね。どうせなら、フランスとかイギリスにしとけばねえ。親の言うことなんか聞かないんですから」

「ネパールにはおひとりで？」

「大学時代のお友達の五十嵐《いがらし》洋子《ようこ》さんと一緒でした」

「いつ頃の話ですか」

「三年くらい前になるかしら。一度、その男をうちに連れてきたんですよ。一目で娘が騙されてるとわかりました。あの男には絶対に詐欺の前科がありますよ。うちは金持ちじゃありませんけど、このご時世では家と店舗だけでもひと財産じゃありません？　結婚には絶対に反対だって、言い渡してやりました。まあ、あのときの男の罵声《ばせい》、聞かせてあげたかったわ。あれを聞いたらあなたがた、手錠をかけたくてうずうずなさったんじゃないかしら」

「それでふたりはつき合いをやめたんですか」

「娘は意地っ張りだけど、馬鹿じゃありません。しばらくするうちに、自然消滅したんですわ」

「最近、お嬢さんが笹間に会ったことはありますか」

「ええ、そう言ってましたよ。わたしたち親子に隠し事などございません」

時子は頭をぐいとそらした。

「最近会ったというのは」

「半年くらい前だったかしら。しつこく店先でつきまとわれて、お金で追い払うはめになったそうです」

「金で。それはまた、どうして」

「わたしもそんなことするとよけいにつけあがるだけだって言ったんですけどね。お客様に迷惑をかけるわけにはいかないからって。笹間は歯の治療代だけ貸してくれ、二度と迷惑はかけない、また旅行に出て当分帰ってこないつもりだって、そう言ったそうです。はした金ですむことなら、騒ぎ立てるよりよかったんだわ」

一ツ橋は万引事件を思い出していた。鬼頭典子がむざむざと脅迫に応じるところなど、想像もできない。それくらいなら、相手の頭をかち割るだろう。

「ところで、笹間寿彦の連絡先をご存じありませんかね」

「知りませんよ。日本からいなくなるって言ってたんですから。今頃どこかの空の下で、野たれ死にしてくれてればいいんですけどねえ」

鬼頭時子は娘と自分にとって不利なことばかりを平然と口走り、お茶のお代わりを勧めた。

駒持は丁重に断わると、一ツ橋を差し置いてのんびりした口調で攻撃をしかけた。

「もしかしたら、お嬢さんはまだ笹間のことを忘れられないのかもしれませんなあ。でなければ普通、お金なんか渡したりしないでしょう。なんの弱みもなければ」

「典子は心が優しいんです」

時子はたちまちいきりたった。

「いくら今は赤の他人でも、昔の恋人が困っていたら助けてやるような子なんです」

「助けてやって、焼けぼっくいに火がついたのかもしれない」

「なんて下品な。そんなこと、あるわけがないわ」

「だったら、なにか弱みを握られていて、ゆすりに応じたと考える方が無難でしょうな」

時子はものすごい顔つきになった。

「娘に弱みなんか、ありませんっ」

「ではなぜお嬢さんは、笹間について我々に話してくださらないんでしょうね」

「あなたがたには想像力というものがないの？　あの子は笹間との失恋でとても傷ついたんです。言ったでしょう、優しい子なんだって。警察なんかにそんな個人的なことを話す必要ないし、聞かれるだけでまた傷ついてしまうわ」

「でも、つき合っていたのはずいぶん昔のことなんでしょう。いや、ひょっとしたらつい最近のことなのかもしれない」

「ばかばかしい。あなたがたは典子が笹間を殺したとでも言いたいわけ？　おかしいじゃないの。仮に、あの子が最近になって笹間とつき合い始めたんだったら、笹間を殺すわけないじゃありませんか」

「あなたはどうでしょうかね」

突如始まった白熱のラリーにはらはらしている部下をにらみつけると、駒持は最後にすさまじいスマッシュを打ち込んだ。

「娘さんが笹間との交際を再開して困るのは、娘の身を案じている母親でしょう。子どものことになると、親というのは恐ろしいことをしでかすものですからな。いや、ただの一般論ですよ。でもねえ、あなたにはアリバイもありませんな。三号棟の死体の見つかった台風の日にはうちにひとりでいた。娘さんになにをしたのかばれるのが怖くて、死体の顔を潰した。笹間には詐欺の前科があるかもしれない、そのために身元が割れるのが怖くて、指紋を潰した。松村朱実さんが殺された日にも、ここでおひとりでしたね。ちょっと訪ねていって、玄関先でぶん殴って逃げる。一分もかからない仕事だ。朱実さんはひょっとしたら、台風の日にあなたと笹間の姿を目撃していたのかもしれないですしね」

「いったい、あなた、なにを」

鬼頭時子は激しくあえいだ。

「と……とんでもないことを。わたしが人殺しだなんて……」

「ただ可能性を示しただけです。興奮なさらないで下さい」

見るに見かねた一ツ橋が口を挟んだが、感謝されるどころではなかった。時子は立ち上がりざま一ツ橋を突き飛ばした。

「興奮するなですって。無実の罪を着せられてるのに。これで興奮しなかったら、いったいいつ興奮すりゃいいの。出てけ。わたしの家から出て行きなさいっ」

「なにもあそこまで言わなくても」

一ツ橋は言わずにはいられなかった。駒持は苦虫を嚙み潰したような顔で、

「おまえな。人が良すぎるぞ。俺の推論になにか問題点でもあるか」

「ありますとも。警部補の仮説は、あの死体が笹間のものであり、しかも鬼頭典子が最近再び

笹間とつき合い始めた、という前提の上で成り立っているんですよ。死体が笹間のものと決まったわけではないし、第一あの鬼頭典子が金を無心にくるような男とまたつき合い始めるなんて、信じられないな。それに、鍵の件はどうなっちゃったんです？　鬼頭時子は三号棟の鍵なんか持ってませんよ」

「三島家の双子が入り込めたんだ。誰が入れてもおかしくなくなったよ」

一ツ橋は黙り込んだ。

伊能渉の中古車販売店は海岸道路沿い、南海荘を越え葉崎市中心部への道を行き過ぎ、魚政寿司店を通り越した先にある。交通量、特に朝夕は大型車の通行の多いこの道に、中古車販売店は数え切れないほど存在する。伊能モーターズもそのひとつに過ぎず、埃っぽくなった売り物の車がどこかわびしげに見えた。

車から降りると、駒持は周囲を見回して顎を突き出した。

「初美ちゃんよ。いくらなんでもこれで十五万円とは安過ぎないか」

駒持の視線の先には白いセダンが停めてあった。ちょっと見には、隣に並んでいる八十万円の車との差異はわからない。

「車を外見だけで選ぶひとなんていませんよ。よほど走ってるか、何度も修理してるか、さもなきゃいわくつきですね」

「なんだい、いわくって」

「何度持ち主が替わっても、その度必ず事故る車ってのがあるんですよ。これがそうかもしれないじゃないですか」

「そんなの、買いに来るやつにはわかりゃしないじゃないか。値段が安いとよけいそう勘ぐられて、困るのは売り手のほうだろ」

「だったら、ただの看板でしょうね。不動産屋の店先の広告みたいに、やたら安い部屋でひとを呼んでおいてけちをつけ、別の物件を紹介するんです。高校出たての貧乏な若者なら、ひょっとして買うかもしれないし」

「看板ねえ」

プレハブのオフィスの奥で、伊能渉は飲んだくれていた。他に店員らしい人影は見えない。伊能はふたりを眺め、酒臭い息を吐いた。

「女房は見つかりましたか」

「目下捜索中です。伊能さん、なぜ早く警察に通報してくれなかったんですか」

「女房が愛想つかして出ていきましたと一一〇番しろって？　笑わせんな。だいたいな、警察がいけないんだぞ。俺の不倫のこと、あいつにばらしやがって」

「それは警察のしたことじゃありませんよ。ご近所から耳に入ったんでしょう」

「ご近所ってのはあの婆あのことかい。くそっ、昨日はありがたいと思ったのに。あの婆さんのおかげですっきりしたんだから。だけどなにもあんな、身も蓋も無いことを女房に吹き込むことはなかったんだ。あの婆あ、おせっかいでなんにでも首突っ込んで。いつか殺してやる」

そのおせっかいなお婆さんの鼻先で浮気していた事実を棚に上げ、伊能渉は喚き散らした。一ツ橋は彼の手から酒瓶を取り上げ、水をくんできて無理やり飲ませた。

「奥さんの行きそうなところに心当たりはないんですか」

「実家に電話したけど連絡もないってさ。あいつの実家は小さな豆腐屋なんですよ。善良で働き者でいい両親なんです。あいつは小馬鹿にしてましたけどね。なんであの親からあんな娘が生まれるかな」

「他には」

「知りませんよ。アドレス帳に載ってる名前にかたっぱしから電話しましたけどね。誰も心当たりなんかないって。中には伊能圭子さんなんて方、存じませんわ、なんて言うやつもいたくらいだ」

「奥さんはいくらくらい持っていったんですかね」

「さあね。俺の財布まで空にしていったくらいだし、カードも何枚も持っていきましたからね。車も乗っていったし、現金だけで二、三十万は持ってるんじゃないですか」

「奥さんがどんな行動をとるか、あなたには想像がつくでしょう。いま、彼女はどうしてると思いますか」

「都心で憂さ晴らしに買い物してるか、男でもひっかけてるんじゃないですか。ゆうべ、わたしも浮気してやる、なんて喚いてましたからね」

「逃亡者がそんな派手な行動、とるわけがない」

駒持が仏頂面で言った。酔いが醒めかけてきたらしい伊能は飲みかけの水にむせ、

「ちょっと待って下さい。逃亡者？　なんですか、それは」

「あなたの奥さんは殺人事件の重要参考人なんだよ。警察から、くれぐれも市外へ出ないように、出るときは連絡先をはっきりさせておくように、と言っておいたはずだ。そうせずに逃げ出したということは、彼女が犯人である可能性が高い」

「まさか」

伊能渉は一笑に付した。駒持はにこりともせずに伊能渉をにらみつけた。

「伊能圭子は脅迫されていた。スチュワーデス時代の不倫騒動とその顛末《てんまつ》が明るみになっては、息子さんを有名私立小学校に入れることができなくなるかもしれない。そこで、彼女は考えた。脅迫者を殺そう、殺して過去を闇に葬ろうと」

「そんな」

「圭子はあんたと花岡みずえの三号棟を舞台にした不倫に、とうに気づいていた。きっかけは、あんたが持っていた三号棟の鍵だ。彼女はそれをこっそり抜き取って合鍵を作り、舞台装置を整え、脅迫者を招き入れ、殴って殺し、身元が割れることを恐れて顔と指紋を潰した。これで一件落着のはずだった」

「だ、だけど」

「しかし松村朱実が彼女の過去を盗み聞き、あっという間にその話は近所中に知れ渡ってしまった。殺人までやってのけたというのに、朱実のおかげですべて無意味になったんだから、圭子の恨みはすさまじいものがあっただろう。怒りはおさまらず、圭子は朱実のところへ再度、昨日の三時ごろ、向かったんだ。そこで玄関の外から、朱実が夫に電話をしているのを立ち聞いた。朱実は例によって、自分が被害者であるかのようにヒステリックに叫んでいた。そこで奥さんの我慢の糸が切れた。手近の石を拾い、玄関を開け、殴って逃げ出した。一分とかからない。奥さんに昨日の午後のアリバイはないからね」

「……」

「三号棟の鍵と無関係のうちは、奥さんは安全だった。しかし、事情が変わった。あんたと花岡みずえの不倫が発覚し、芋づる式にあんたの奥さんと三号棟の鍵の接点が浮かんできてしまった。伊能圭子は即座に行動に出た。逃げ出したわけだ」

伊能渉は幾度も唾を飲み込んだ。顔には打算とショックの色が交互に浮かんでいる。ややあって、彼は言った。

「殺人事件の犯人ということになれば、離婚できますかかね」

ふたりの刑事はぽかんと口を開け、顔を見合わせた。鬼頭時子の時とは違い、一方的に駒持がサーブを打ち込んでいたのだが、どうやら伊能渉には打ち返す気などこれっぽっちもないらしい。

「おいおい、なにも殺人事件の犯人でなくても離婚くらいできるだろう」

「女房はそうなったら財産を全部もらうって言うんです。タケシも家もこの会社もなにもかも。私の不倫が原因なんだから、そうできるって」

「ここはアメリカじゃないんだぞ。なにもかもってわけにはいかないだろう。それに、奥さんにも重要なことを配偶者に秘密にしておいたという弱みがあるんだし。あんたの弱みは不倫だけだろう」

警察官が職務中に離婚の相談に応じてどうするんだ、と口に出しかけて一ツ橋は黙った。伊能渉がぼそっと答えたのだ。

「脅迫状のことがばれちゃったんです」

「七年目の脅迫状？　あれはやっぱりおまえさんの仕業だったのか」

「反応をみようと思ったんですよ。花岡さんに聞いても信じられなくて。嘘だったら、俺になにか説明するだろうと思って。あいつ、握りつぶしました。枕の下に脅迫状を隠してたんです。あれは――おかしかったな」

伊能渉は狂ったように笑いだした。

「あの夫婦がどうなろうと知ったこっちゃないけど、子どもがかわいそうだ」

葉崎市中心部に戻る道すがら、一ツ橋はぼやいた。

「熱だしてるって聞かされても、反応もしやしない。あれでも父親ですか」

「善良な祖父母がいるからいいさ。おまえ、どう思う。伊能圭子のことだが」

「そのうち見つかるでしょ。あの旦那、警部補が出ていったあとどこに電話かけてたと思います？　カード会社ですよ。圭子のカードを使用不能にするんですと」

「結構なことじゃないか。怒り狂って戻ってくるだろうよ。生きていればだが」

「やめてくださいよ。縁起でもない」

葉崎中央通りを進んでしばらくいったところで、信号停車した。運良くなのか運悪くか、〈鬼頭堂〉の真正面だった。鬼頭典子が目聡《めざと》くふたりに気づき、ものすごい見幕で近寄ってきて車の窓ガラスを素手で叩いた。

「あなたたち、いったいどういうつもりなんですか。母になにをしたんです」

「通常の聞き込みですよ」

「この大嘘つき」

2

一ツ橋は路肩に車を停めて、後部座席の扉を開いた。

「乗って下さい。昼間から道端で騒ぎ立てない方がいいでしょう」

典子は肩で息をしていたが、やがて後ろの席に座り込んだ。

「母に笹間のことを聞いたそうですね。わたしが最近笹間とまたつき合い出して、そのせいで母が彼を殺したんじゃないかと疑ってるって。言っておきますけどね、あんな男とまたつき合うくらいだったら」

「いっそ殺した方がましですか」

典子はぎゅっと唇を結んだ。

「なにを言ってもあんたがたの都合のいいように受け取られるんだったら、なにも話さない方がいいってことね。教えてくれてありがとう」

「なにも話さないと決めたのはいまじゃないだろう。あんた、最初からなにも話す気なんかなかったのさ」

駒持は助手席から振り向いて決めつけた。

「あんたは笹間寿彦の特徴があの死体と一致することに気づいてた。気づいてたのに言わなかった。最近また笹間寿彦とつき合い始めたのかどうか、それは知らない。だが少なくとも、笹間はあんたにつきまとってた。あんたは彼に金を渡した」

「だからなによ。知りあいに金を貸すのが違法なの？」

「なあ。あんたにはほとほと敬服してるんだ」

駒持は指を典子の細っそりした古風な顔に突きつけた。

「まだ若いのにひとりで古本屋を切り盛りし、発展させ、万引にも厳しく対処している。〈鬼頭堂〉のことを、こいつなんぞ〈葉崎市の文化の泉〉と呼んでるくらいなんだ。そのうえ、あのしちめんどくさいおふくろさんともうまく折り合って暮らしてる。なんだかんだ言っても母親に対して一歩も引かずにな。いいか、そんな女性がだ。とうの昔にけりをつけちまった、だらしない馬鹿男に金を貸してやった、そんなこと信じられるか」

「信じようと信じまいとあなたの勝手よ」

典子は煙草を取り出して、火をつけた。あっというまに車内に煙が充満し、一ツ橋は慌てて窓を開けた。

「あんたが協力してくれないなら、こっちで理由を探し出すまでだ。ひとつ、笹間とあんたはまだ切れてなかった。ふたつ、あんたは笹間になにかひどい負い目を背負っていた」

典子は手を伸ばし、窓の外に灰をたたき落とした。

「なあ、俺はあんたを困らせたくはない。調べればいずれわかることだ。あの死体が笹間かどうか」

「違ってたらどうするつもり。嫌なこと全部調べあげて、あれが笹間じゃなかったらどうするつもりよ」

「どうもしない。俺たちは殺人事件の捜査をやってんだ」

「えらそうに」

「確かに、朱実殺しに関してはあんたには鉄壁のアリバイがある。なあ、考えてみたことはないかね。あんたのアリバイのもとになった電話、その声に聞き覚えがなかったかどうか。その声は、中里澤哉に似てやしなかったか」

鬼頭典子は初めて愕然となって、駒持の顔をまじまじと見返した。

「なによそれ。なんの話をしてるの」

「中里澤哉なら、あんたが昨日店を空けるわけにはいかなかったことを知ってたんじゃないのか。昨日の朝、中里があんたを訪ねてきたときに、彼にしゃべったんじゃないか。慣れた店員が休みで、店を空けられないってことを。中里はあんたが店を絶対に出ないと知った上で、鎌倉の医者を名乗って電話をかけ、あんたがぬれぎぬを着せられる寸前で助かったと見えるように細工したんじゃないか。そのうえで、彼が松村朱実を殺した」

「なんで中里くんがそんなことしなくちゃならないの」

典子の声はかすかに震えた。

「あんたに惚れてるからさ。中里はあんたが笹間を殺したことを知って、後始末をしようとした。朱実からあんたと笹間の話を聞かされたということもわかってる。それで激昂《げっこう》したことも。もしかしたら、朱実の言っていた〈台風の日に山道を出入りした仲の悪いはずのふたり〉というのは、あんたと中里のことか、中里と笹間のことかもしれないな。朱実はあんたたちを仲たがいさせたと思って、ほくそ笑んでいたはずだからな」

「朱実さんの言うことを信じるひとなんかいないわよ」

「ほう。すると、中里とあんたは仲がいいと？」

「ええ、友人だわ。でも人殺しをしあうほどの友人じゃないわよ。言っておきますけど、あたし昨日、中里くんに、店員が休みだなんて一言も言ってませんから」

典子は駒持の目をまじろぎもせずに見つめ返した。

刑事の車が去ると、典子は不法駐車の自転車を蹴り飛ばした。通行人が驚いて彼女を見つめるのに背を向け、早足で歩き出した。頭が痛かった。家に帰って寝たいところだったが、眠れるはずもなかった。

「典子？」

我に返ると駐車場の前にいて、車にもたれかかっていた。愛車から降り立ったばかりの牧野セリナが驚いたように見つめていた。

「セリナったらどうしたの、こんな時間に。ランチタイムが始まるんじゃないの」

「臨時休業になったから、あんたの店でものぞくつもりだったのよ。いろいろ頭の痛いことがあったから、憂さ晴らしに本でも選ぼうかと思って。それよりどうしたの。真っ青じゃない」

「眠いけど、寝れないんだ」

セリナは思案するように典子を見つめ、

「よかったらうちに来なさいよ。ベッドルーム提供するから。こっそり入ればお母さんには気づかれずにすむわよ。どうせわたしは寝てる暇ないし、店に戻る元気が出たら、送ってあげるから」

ふたりはセリナの車でヴィラへ取って返し、時子の目を盗んで八号棟に忍び込んだ。セリナは救急箱からアスピリンを探し出した。

「飲んどいたほうがいいわ。ひどいざまだもの」

「ありがたいけど、薬でどうにかなるような頭痛じゃないの。あたし、不眠症なのよ」

「へえ」

「理由を聞かないの？」

「聞いてほしけりゃ聞くけど、あんた、ひとからあれこれ聞かれてまいってるんじゃないの？この上わたしまで加わってもいいわけ？」

典子は黙り込んだ。セリナは濃い熱い紅茶を入れ、話題を変えて最新のゴシップを披露に及んだ。伊能圭子が出ていったことにも、松村健の両親が訪ねてきたことにも興味を示さなかった典子だが、さすがに〈松村朱実のお別れパーティー〉には驚いて、

「セリナったら、どうしてやめさせなかったのよ」

「努力はしたわよ。やれやれ、いまのあんたの台詞《せりふ》、これから皆に繰り返し言われるんだろうな」

「言われますとも。出ないわけにはいかないかな」

「出なくてもいいんじゃないの。あの作家先生のたってのお勧めを断わる勇気があるならね。見てらっしゃい、明日までにあんたの店の角田港大の本、在庫切れになるから」

典子はうんざりしたように肩をすくめ、

「おとなしく出頭してサインでももらった方が無難かもね。そうでなくても警察に疑われてるんだから」

「だってあんた、昨日はずっと店に出てたんでしょう」

「そう、立派なアリバイがあるの。でも刑事が言うには、わたしにはとても親切な共犯者がいて、わたしのアリバイに気を配ったうえで朱実さんを殺してくれたそうよ」

「共犯者？　まさか、お母さんのことを言ってるわけじゃないんでしょう」

「違うわよ。母ならわたしのことなんかいちいち気にするもんですか」

「じゃあ」

言いかけて、セリナは黙った。鬼頭典子は大きく首を振った。

「笹間寿彦っていうわたしが昔つき合ってた男が、あの死体の特徴と一致するのよ。警察はだから、三号棟の殺人はわたしがやったと思ってるみたい」

「その話は菖子さんに聞いた。双子がしゃべったんだってね。でも死体とその男を照合してみれば、すぐに間違いに気づくわよ」

「なぐさめてくれて、ありがと。でも、正直に言うと、自信がないの」

「典子！」

「不眠症が続いて、医者からもらった薬を飲んでるの。そのせいかどうか、時々記憶がなくなるの。どうする、セリナ。わたしがやったのかもしれないわよ」

典子は痛々しい笑みを浮かべた。セリナは唾を飲み込んだ。

「そんなわけ、ないでしょう」

「そう思いたいのはわたしも同じなんだけど、でも、殺人なんて誰にだってできるじゃない？ タイミングさえうまいこと――というのも変だけど――最悪の状態になれば」

「そうね。わたしにだって、できるでしょうね」

セリナは呟いた。典子は震える手でカップを包み込んだ。

「あんた覚えてる？　松村朱実がわたしに関する噂を立てたことがあったでしょう」

「あなたが妊娠してるって、あの根も葉もない噂のこと？」

「あれ、事実なのよ」

セリナはお茶を吹き出しかけた。典子は苦く笑って、

「あんたがここに引っ越してきてすぐのことだから、二年半ほど前ってことになるわね。当時

わたしはまだ笹間寿彦とつき合ってた。つき合い出して二か月もたたないうちに、金をせびるしか能のない、働きもしない、だからって勉強もしない、そのくせプライドだけは高い、史上最低男だって気づいてたんだけど、母に反対されて意地になってたのね。母は世間様に誇れるような義理の息子を見つけてほしかったんだわ」

「親ってそんなものじゃないの」

「かもね。とにかく、ずるずるつき合って当然の結果を招いた。手術するしかなかった。向こうだって責任とる気はなかったみたいだし、わたしもすでに結婚なんて問題外だと考えてたから。ひとりで藤沢の病院に出かけて、ひとりで始末した。始末する前に気持悪くて吐いちゃったところを朱実さんに見られて噂を立てられたんだけど、しらばっくれて、彼女の意地悪で押し通したってわけ」

セリナはもじもじとお尻を動かした。典子はカップをがちゃんとテーブルに置き、

「その後どうなったと思う？　なんと話を聞いて笹間が怒ったのよ。自分の子どもでもあるのに黙ってひどいことしやがって、この人殺し、だって」

「そんなのずいぶんじゃない。典子が打ち明けてたとしても、結局は同じことになったとしか思えない。その子を産んでたとして、その男がなにをしてくれた？　そいつはただ、あんたを苦しめたかっただけだわよ」

典子は真っ赤になったセリナの顔をまじまじと見つめた。ややあって、小声で尋ねた。

「そう思う？　ほんとに？」

「当たり前じゃない。そいつは全責任を押しつけたばかりか、あんたに罪悪感を植えつけようとしたのよ。捨てられそうなのを察知して、自分が捨てたことにしたかったんだわ。ばかげたプライドとあんたから金をむしりとるために。ほんと最低。そんな男、わたしだったらぶっ殺して」

リビングに沈黙が下りた。

ややあって、セリナは再び口を開いた。

「そのせいで不眠症になったの？」

典子はうつむいたまま、かすかにうなずいた。セリナは大きくため息をついた。

「そいつとはその後、双子の見た半年前に会っただけ？」

「それ以前にも何度か金をせびりに来たわ。顔を見るだけで耐えられないから、いくらか渡してやった。そのつど、思うの。次はきっぱり断わってやるって。でもできなかった」

「いい。今度こそ蹴り出してやるのよ。ひとりで無理なら、わたしを呼んで。菖子さんだってきっとあんたの味方になってくれる。お母さんにばれてもいいじゃない。これまで以上にひどいことにはならないわよ」

「今度があれば、ね」

再び会話はとぎれた。やがてセリナは激しく首を振った。

「だってあんた、半年前からそいつには会ってないんでしょう？　ねえ聞いて。あんたが知ってるかぎりの笹間の情報を警察に提供するの。どこかでのうのうと生きてるに決まってるわよ。税金使って調べてもらえばいいじゃない。見つかったら、ついでにこっぴどく脅しつけてもらいなさい。縁を切るいいチャンスじゃないよ」

答はなかった。典子はぼんやりと宙を見据え、煙草に火をつけた。

「わたし、笹間のことなんかなにも知らないわよ」

「典子」

「なにも知らない。だから警察に教えることなんか、なにもないの」

セリナはじれったそうに典子を怒鳴りかけ、気を変えた。

「警察が言ってる親切な共犯者って、誰のこと？　心当たりあるんでしょう」

「そんなこと聞いてどうするの。誰が人殺しなのか興味でもある？　わたしはこれっぽっちもそんなこと知りたくない。言っとくけど今の話、母はもちろん菖子さんにだって話したりしたら」

「もちろんしゃべったりしないわよ」

「どうかしら。わたし、今のところ、誰も信じてないの。あんたもよ、セリナ」

ベッド借りるわね、と典子は立ち上がった。ひとり取り残されたセリナは額に手を押し当てて、深い、大きなため息をついた。

3

病院に三島親子の姿はなかった。受付で聞くと、伊能タケシは大した熱ではなかったらしく、フライドポテトが食べたいと叫びながら連れられていったという。

「三島さんはお優しいんですのね。自分の子どもの不始末でてんてこまいなのに、仕事を休んでよそのお子さんの面倒までみてあげるなんて」

羊のような受付の女性は、心底そう思っているらしく、愛想よく一ツ橋に言った。

「事情に通じてらっしゃるようですが」

「ここに座っていると、いろんなことが見えますのよ。どう見たって三島さんはちゃんとした、まともな女性ですよ。昨日のグレーのアンゴラのセーターも素敵だったけど、今日のトレーナー姿もいいわ。わたし、キルトの会に入ってますの。三島さんみたいなセンスの方をお仲間に加えられたらいいんですけど。あのひどいなりをしてた女性、殺されたんですって」

「らしいですね」

「お気の毒だったわねえ」

羊のような受付女性は首を振った。殺されたのが気の毒なのか、ひどいなりが気の毒だったのか、彼女の口調からは判別できなかった。

病院の駐車場にはまだ三島家の白い四ドアのセダンが残されていて、ふたりの刑事は病院の隣のマクドナルドのオープンテラスで山盛りのフライドポテトを争うように食べている一行を発見した。三島芙由と一ツ橋は白々しい会釈を交わした。

「あら、こんにちは。どこにでも現れるのね、あなたがた」

「それが仕事なんです。よろしいですか」

子どもたちの凝視を浴びて、一ツ橋は内心たじろぎながら椅子の端に座った。駒持は今日の敵役を実は楽しんでいるらしく、もったいぶった渋面で双子をにらみつけた。

「きみたちは警察に隠し事をしているな」

亜矢と麻矢は顔を見合わせて、嬉しそうにつっつき合った。

「でたわ」と亜矢。「警察が無実の人間を苦しめてまわるのよ。そうなるに決まってるもの」

「隠し事なんかしてないわ」と麻矢。「質問にはきちんと答えたわよ、あたしたち」

「質問されなくても、事件に関係がありそうな情報は渡さなくてはならないのだ」

「へへんだ」と亜矢。「自分たちがちゃんと質問できなかったのを、あたしたちのせいにするつもりよ、麻矢」

「黙秘権って言葉を知らないのよ。権利を読み上げなくちゃならないことも知らないのかもしれないよ、亜矢」

「権利を読み上げなきゃならないのはアメリカの警察で、日本のじゃない。勉強しなおすんだな、お嬢さんがた」

双子は目を丸くして、駒持の両脇にじりじりと椅子をひきずっていった。なぜこんなおやじがもてるんだ、と一ツ橋はふて腐れてコーヒーをすすった。伊能タケシはふたりが現れたときから怯えたように一ツ橋を見つめ続け、笑いかけてやると口の端からポテトをたらしたまま後ろにひっくり返りそうになったのだ。芙由ににらまれて、一ツ橋はひとりぼつんと隣のテーブルに移った。

「信頼すべき証人によれば」

駒持もやはり敵役よりは、尊敬される警察官の方が気持ちいいとみえて、双子相手にものものしくしゃべりたてた。

「きみたちふたりは、昨日の事件が発覚した午後三時四十分か五十分頃、三号棟の家のなかから出てきたそうだな」

「やだ。信頼すべき証人って、松村のおじさんのこと？」

「誰でもいいから、質問に答えなさい。昨日、きみたちは何時に家に戻ったんだ」

「二時よ。駐車場に入ったら魚政のトラックがいつものへんちくりんな音楽鳴らしながら来てたんで、ママが慌ててタッパー取りに家にかけこんだんだわ」

「魚政のトラックは月曜と木曜の二時から五分だけ魚を売りに来るんだけど、うちは平日、ママ働いてるでしょう。だからめったに魚政の魚なんて食べられないの」

「ちょうどいいタイミングだったのよね。昨日の夜のサバの味噌煮は最高だったのよ。ママと一緒に食べられたらもっとよかったんだけど。ねえ、麻矢」

双子ははかったように同時に首を巡らせ、一ツ橋巡査部長に受けた迷惑のなんたるかを思い知らせた。

「それで？　一緒に家に帰ったのか」

「部屋にかばん置いて、すぐ出たわ。ママが頭痛だったから、静かにお外で遊ぶことにしたのよ」

「ふたりだけで海に行っちゃいけないのよ。特に満潮の時は。昨日は二時頃満潮だったから、家の周囲で遊んでたわ」

「そのとき誰か見たかい」

「気にしてなかったから。誰か見たような気もするし、どこかでドアの閉まる音聞いた気もするけど、裏山の入口まで探険に行ったりしてたから、よくわかんない。ねえ、亜矢」

「あたしたち、忙しかったのよ」

双子は生真面目にうなずきあった。駒持は仏頂面で額をかいた。

「そのドアの閉まる音を聞いたとき、きみたちはどこにいたんだ」

「上の御屋敷の前にいたんだったかな」

「そうじゃないわよ。うちから出ようとして靴をはいてるときよ」

「そうだったわ。でもあんたがはいてるときでしょ。あたしはとっくにはき終わって、玄関を開けてるとこだったわ」

「でも、誰も見なかったんだな」

「誓ってもいいわ。ねえ、麻矢」

「あたしは誓えないわ。靴はいてたんだから。あの靴きつくなっててはくの大変なのよ。新しいの買ってもらわなきゃ」

麻矢は膨れっ面で答えた。タケシの口を拭いてやっていた芙由がちらりと苦笑した。

「さて、最初の質問に戻るとしよう。きみたちは忙しく裏山で遊び、その後なぜか三号棟にもぐりこんでいた。そうだな」

「あたしたちはただ、警察に協力してあげようと思っただけよ」と亜矢。「葉崎山少女探偵団を作ったのよ。あたしが団長で麻矢が」

「イエスかノーで答えてくれ。きみたちは三号棟にいたんだな」

「イエス」

双子は口を揃えて言った。

「次の質問だ。どうやって入ったんだ。警察が鍵をかけ忘れていたなどと言うなよ。きちんと施錠して、立入禁止のテープまで貼っておいたんだ」

「あれはでも、魔よけのお札みたいなものでしょ。とっくに鑑識の仕事はすんで……」

「どうやって入ったんだ」

双子はにやにやと顔を見合わせた。

「裏口からよ」と亜矢。「裏口の鍵を開けて入ったのよ」

「表の鍵は開けられないわ。持ってないもの」と麻矢。「でも裏口なら簡単に開けられるの。三号棟の裏口の鍵はね、物置の上の雨樋《あまどい》のなかに隠してあったんだもん」

「なんだって」

一ツ橋は飛び上がったが、それより早く芙由が反応した。彼女は早口になって、

「あんたたち、どうしてそんなこと知ってるの」

「山口さんよ」と亜矢。

「前に三号棟に住んでた人たちよ」と麻矢。「ダイビングが好きで、しょっちゅう出かけてたの。海に潜るときには財布とか家の鍵とかどうしてるんですかって、聞いたことあるの。せんに、三人で海岸に出たとき、ママ家の鍵なくしちゃって大騒ぎになったことがあったじゃない。不動産屋さんまで水着で車に乗って鍵借りに行ったのよ」

「そしたら教えてくれたの。どうせ海からあがってきたら、表玄関からは入れないでしょう。裏口から入って、お風呂場に行くことになるじゃないの。だったら最初から裏口の鍵だけ隠しておけばいいんだって」

「場所は教えてくれなかったけどね。あたしたちの名誉のために言っておくけど、山口さんた

ち引っ越したあとよ、鍵探してみたの」

「あると思ってなかったし、あっても使えると思ったわけじゃないの」と亜矢。「だけど去年の夏にとうとう麻矢が見つけ出して、そしたら試してみたくなって、やってみたら開いちゃったのよ」

「それってあたしたちの手落ちじゃないわよねえ」と麻矢。「不動産屋がいけないのよ。ちゃんと裏口の鍵も替えとけばよかったんだわ」

「入ってみたんだね」

「もちろんよ」と双子は声を揃えた。「あたしたちのこと、馬鹿だと思ってんの？」

「不法侵入は立派な犯罪だ。あんまり頭がいいとはいえないな」

「そんなことないわ。だって、あの家には誰もいなかったんだし」

「なにもなかったんだし」

「たまに丸めたティシューが落ちてたくらいで」

一ツ橋はコーヒーにむせかえった。三島芙由が黙って紙ナプキンを差し出した。お気に入りのペパーミントグリーンのスラックスを一ツ橋は悲しげに拭いた。伊能渉の大馬鹿野郎。後始末くらいしとけ。

「何度くらい、家に入ったんだ」

「二、三回」

「嘘つけ」

「三、四回。ほんとよ」と亜矢。

「秘密基地にするつもりだったのよ」と麻矢。「でも、何度か不動産屋のひとが来てたり、事件の一週間前ついに掃除屋さんが入っちゃったでしょう。それであきらめたのよ」

「それ以降、昨日まで、一度もあの三号棟には入ってないんだな」

「ええ、そうよ」

「で、その裏口の鍵はいまどこにあるんだ」

「うちの裏に竹の垣根があるでしょう。一番はしっこの竹の節のなか」と亜矢。

「最初は十三番目だったのよ」と不満そうに麻矢。「亜矢が十三って数えられなくて、十二番目とかに入ってたりするから、わかりやすいとこに移したんだわ」

「あんたが数え間違ったんでしょう」

「嘘よ、あんたが入れ間違ったのよ」

騒ぎ立てる双子を尻目に、駒持は芙由に話しかけた。

「あんたはこのことを知っていたのかな」

「知りませんでした。知っていたら、娘たちを叱りつけて鍵をとりあげてましたわ。わたしたち親子は、よそ様から不審に思われてはいけない立場ですからね」

皮肉たっぷりの母親の返答を聞いた双子は、しゅんとなって黙り込んだ。駒持は再び双子たちに向かった。

「昨日は何時頃三号棟にしのびこんだんだ？」

「時計持ってたわけじゃないから、わかんない」と亜矢。

「でも三時をだいぶすぎた時分だと思うわ」と麻矢。「さっきも言ったけど、鍵が見つからなくて、ちょっと手間取ったのよ。殺人現場に侵入するのは勇気もいったし」

「血の跡があったわ」うっとりしたように亜矢。「あたし、死体の役をやったのよ」

「あたしが犯人役」と麻矢。「玄関から入ってきて、亜矢をぶん殴って、どれくらいで逃げ出せるかやってみようと思ったの。でも亜矢ったら抵抗するんだもの」

「あたりまえでしょ。どこの世界に黙って殺される人間がいるのよ」

「だって、被害者は自分が殺されるなんて、予想もしてなかったのよ。あんたったら待ち構えてるんだから。そんなのフェアじゃないわ。あれじゃあたしのほうが死体の役じゃないの。で、もみあってるときに、外から蛙《かえる》のつぶれたような声が聞こえてきたの。松村のおじさんだったのよ」

ふたりの刑事は顔を見合わせた。駒持はしばし眉の間をかきむしっていたが、やがて立ち上がった。

「諸君、ご協力感謝する。尋問は終わりだ。お車までお送りしよう」

双子は先を争って駒持の両脇に飛びつき、警察の仕事について質問を浴びせ始めた。タケシがそのあとをちょこちょこ追った。一ツ橋と芙由はトレイを片づけた。

「疑いの種が増えて良かったわね、刑事さん」

芙由が冷たく言った。

「どうなのその後。あの死体は誰のものだったの。慌てて調べたら、三島だと判明したのかしら」

「まだ誰のものとも判明してないさ。頼みがあるんだが」

「善良な一般市民として、なんでも協力するわ」

「死体を見てくれないか」

芙由はゴミ箱にトレイを差し入れたまま、固まった。一ツ橋はそっぽをむいて、

「ひどい頼みだってことはわかってる。でも、歯の特徴も体格も一致しないとはいえ、夏目のご主人が行方不明になってから三年だ。金もなく、定職にもつけない三年の間に、体格がどう変わったか知れたもんじゃない。でもきみなら、ほくろの位置やなんかで、三島さんかどうかわかるんじゃないか」

「あなたって変わってるわね」

芙由はトレイを乱暴に投げ出すと、せせら笑って歩き出した。

「もし死体が三島だったとして、わたしが正直にそう言うと思う？　疑われるのはわたしじゃないの。死体が三島じゃなかったとしても、わたしの証言なんか誰も信じやしない。無駄だっ

てわかってるのに、かちこちに凍った顔のない死体と対面するなんて、絶対にお断り。死体が三島かどうか知りたかったら、彼の母親に頼めば。なんだかんだ言っても、あなたはわたしを疑ってるのよ」

「ああ、疑ってる」

一ツ橋は歯がみして答えた。芙由がひゅっと息を吸い込んだ。

「昨日、死体が見つかって、俺たちが事情聴取に行ったとき、きみは薄いベージュのアンサンブルを着てた。でもそれ以前、怪我をした子どもの見舞いに病院に来たときには、グレーのアンゴラのセーターを着てたそうじゃないか」

「誰だって帰宅したら着替えるわよ」

「横になるのに楽な格好に？　あれがその楽な格好かい」

「Tシャツに着替えてごろごろしてたの。朱実さんの死体が見つかったっていうから、どうせ警察が来るんだろうと思って着替えたのよ。わたしたち親子は、うかつにだらしないとこを見せられないのよ。でないとすぐに不審がられてしまうものね。わたしが朱実さんの返り血のついたセーターを着替えたとでも思ったの？　だったらさっさと家宅捜索でもなんでもやれば。ただし正式な書類を見せるまでは、今後一歩も家には入れませんからね。わたしたち親子は、よくない噂から身を遠ざけておかなくちゃならないんだから」

第10章　犯人が逃走する

1

親子の乗った車が駐車場を出ていくと、駒持は腕時計を眺めて言った。

「腹減ったはずだ。もう三時半じゃねえか。昼飯にしよう」

駅前の定食屋はすでに軒並み閉まっていたので、松村健が店長を務める二十四時間営業のファミリーレストランへ向かい、添加物がたっぷり盛られていそうな食事をとった。食事の最中、駒持は一言も口をきかず、一ツ橋の問いかけにもうわの空だった。

コーヒーの番になって、駒持はつま楊枝を使いながらようやく口を開いた。

「なにか忘れてるような気がしてならねえんだよな。さっきの双子の話の途中で気づいたんだが、俺たちは絶対になにかとんでもない忘れ物をしているんだ」

「なにかって、なんです？」

「それがわからねえから困ってんじゃないの」

「それにしても、三号棟の裏口の鍵の一件には驚きましたね。これで、誰でも三号棟には出入りできたことになる」

「誰でもってこたあないだろ。鍵の件を知ってたやつだけさ。なあ、一ツ橋よ。もしおまえが犯人だとしたら、死体を海に捨てるか山に埋めに行かないか」

「そうですね」

「犯人にはそれができない理由があった」

「だから台風ですよ」

「だが、あの死体の顔や指が潰されたのは死後一日たってからだった。台風なんぞとうに海の彼方だ」

一ツ橋は考え込んだ。

「犯人はやはり単独で、力のない人間ということですか」

「だとしたら、中里澤哉は犯人じゃない。彼の体格ならあの死体を運び出すことは十分に可能だった。しかも、やつが死体に関わった理由が鬼頭典子にあるとすれば、死体が見つからないように全力を尽くしたはずだ。死体の身元がばれると同時に犯人が割れちまうんだからな。ただ、なにかそうできない理由があったとすれば、話は別だ」

「警部補はやっぱり夏目——三島芙由を疑ってるんですか」

駒持は答えずにつま楊枝をぽきんと折ると、

「年はとりたくないねえ。いったい俺はなにを見落としてるんだろうなあ」

ふたりは中里澤哉の経営する塾へ向かって歩き出したが、その途中、児玉不動産の前まで来たとき、駒持がぽんと手を打った。

「思い出した」

そのまま店に入っていく。一ツ橋は首をひねりながら上司に続いた。

児玉社長は奥の社長室にいて、うつろなまなざしで刑事たちを出迎えた。

「あんたらねえ。うちの花岡になにをしたんだよ。しばらく休みますって出てこなくなっちまった。頼むからさっさと犯人捕まえてくれ。あの疫病神のおかげで、俺は破産するかもしれない。伊能さんや松村さんが家を売りたいと言ってきてるんだ」

「そりゃまた、ずいぶん手回しのいい申し出だな」

顔を見合わせた刑事たちに、児玉社長は爆発した。

「のんきなこと言ってくれるよ。あんたたちのせいだ。あんたたちがちゃんと仕事してりゃあ、あんなとこに死体が転がってることだってなかっただろうし、花岡が休むことだってないんだぞ。え、どうしてくれるんだ」

「教えてもらいたいことがあるんだがね」

駒持はとりあわずに声を低めた。

「九月二十九日の土曜日に、あんたヴィラの三号棟に清掃会社を入れたんだったな」

「あ、ああ」

途端に児玉社長は元気をなくし、目をそらしつつ答えた。

「どこの、なんという清掃会社だ」

「駅前に事務所のある松田《まつだ》ハウスクリーニングだよ。うちではいつもあそこに頼んでるんだ。そんなことより……」

「掃除にはあんたが立ち会ったんだったな」

「うん、まあ」

「でも途中で釣りに行くんで逃げ出したそうだな。あんたのかみさんはそう言ってた」

社長の目がきょときょとと落ち着きなく動いた。駒持はたたみかけた。

「鍵はどうした」

「な、なんの鍵」

「三号棟の鍵だ。清掃会社の人間に預けたのか」

「あ、ええと、たぶん」

「嘘つくんじゃない！」

駒持は机にどんと手を打ちつけた。児玉社長は巨体をすくめ、縮み上がった。社長夫人である礼子が騒ぎを聞きつけて、社長室に駆け込んできた。

「警察のくせにうちのひとを脅すだなんて、なんのつもり？　いいこと、あんまりひどい真似するようだったら黙っちゃいませんからね。訴えてやる」

「奥さん、あんたのご主人はね。殺人事件の捜査のために非常に大切な情報を、故意に隠しておられたんです」

　駒持はそっけなく言い放った。

「うちのひとが重要な情報を？　ばかばかしい。犯人が捕まらないからって八つ当たりもいいとこだわ」

「誰も社長が罪を犯したと言ってるんじゃないんですよ。ただ彼は、ちょっとばかり無精だっただけだ。彼はね——私にもその気持ちはよくわかりますが——釣りがしたくてしょうがなかった。だから先々週の土曜日にヴィラ・マグノリアの三号棟に清掃会社の立ち会いに行ったんだけれども、途中で逃げ出して海釣りに行った。帰りがけに鍵をかけに寄るつもりだったんでしょう。しかし、それをすっかり忘れてしまったんです」

　児玉礼子は大きく目を見開いて、夫をまじまじと見つめた。夫はか細い声になった。

「あの日はほら、ボラが大漁で、つい嬉しくなってまっすぐ帰宅したんだ。それでおまえにも海釣りのことがばれちまったんだけど、三号棟に鍵をかけに戻るのをころっと忘れてた。清掃会社の連中には、あとで戻るから作業がすんだらそのまま帰ってくれと言っておいたんだ。死体が見つかって、昨日刑事さんが聞き込みに来るまで、鍵のことはもう、ほんとに忘れてた。

いったいなぜわかったんだ」

「あんたは正直なひとだよ、社長。昨日の段階で、なんか隠してるようにみえたんだ。そのことをすっかり忘れていたんだが、さっき、清掃会社の話がでてな。それでもしやと思ったわけだ。死体が発見された日曜日にもあんたは釣りに行った。まさか疫病神めあての客が来るとは思ってなかったんだろう」

「面目次第もない」

「あなたってひとは」

児玉礼子は呆れてものも言えない、という表情になって、

「ほんとにいい加減なんだから、まったく。——だけど刑事さん。わたしが死体を見つけたときには、三号棟には間違いなく鍵がかかってましたよ」

「そのことを疑ってるわけじゃないんだ。方法はあったわけだから」

「どんな方法ですか」

駒持は答えずに、児玉社長に向き直った。

「あんたは事件が起こった台風の日、十月四日の木曜日にもヴィラ・マグノリアを訪れてたよな。そのとき、三号棟の鍵のことを思い出さなかったのか」

「恥ずかしながら、全然。ほら、あのときは他の用件で頭がいっぱいだったものだから」

社長は伊能圭子を恐喝しに行ったが結局実行できなかった件を遠巻きに示唆《しさ》して、

「昨日、あんたたちと三号棟のマスター・キーの話をしたとき、初めて鍵のかけ忘れに気づいたんだ。でもそんなこと認めたら、私が殺したと疑われるんじゃないかと思って」

「なぜだ。あの死体に心当たりでもあるのか」

「もちろんないよ。ないけど、うちではこのあたりの不動産を一手に扱ってるんだ。葉崎に住んだことのある人間だったら、うちと取り引きがあってもおかしくはないだろう？　あんたたちの話を聞いてると、どうも犯人は三号棟に自由に出入りできる人間にかぎられるみたいだったし、そうしたら疑われるのはまず自分だし、開いてたはずの玄関の鍵が、女房が行ったときにはかかってただなんて、私には説明のしようがないし」

「説明をつけるのは警察の仕事だよ。よけいなこと考えずに、素直に最初からしゃべってりゃよかったんだよ」

駒持は汗を拭き続ける社長を放免して、店を出た。一ツ橋は一言もなくあとに続いた。

「驚いたな、いったいどういうことなんですか」

「わかんないか」

駒持はからかうような目つきで部下を見やった。

「わかりませんね。つまり、あの一週間、誰でもが三号棟には出入りできたわけだ。問題はどうやって鍵をかけたかということになりますが、双子の持っていた裏口の鍵の存在を知っていれば、誰でも鍵がかけられたということになりますね」

「だからつまり、鍵をかけた人間と、死体をあそこに引っ張り込んだ人間が、まるっきり別人という可能性だってあるわけだ。裏口の鍵は間違いなく使われている。双子が言ってただろう。昨日隠しておいた裏口の鍵を取り出そうとしたら、入っていたはずの場所になくて探すのに手間取ったと。誰かが持ち出して、また戻したんだが、あいにく戻す場所を間違えたんだ」

「なんだか、よけいに話がこんがらがっただけじゃないですか。それとも」

一ツ橋は上司を横目で眺めた。

「もしかしたら、駒持さんには犯人がわかったんですか」

「犯人？　どの犯人だ。——それよりおまえ、宿題はできたのか」

「宿題って？」

「伊能圭子の昔の不倫相手の機長。探し出しとくはずだったろ」

「ああ、言い忘れてました。彼は五年前に死んでました。会社をやめさせられてからホームレスになってたらしく、身元の確認がなかなかできませんで、時間がかかりましたが間違いないそうです。奥さんは事件の直後離婚して、とっくに再婚したそうだから今度の事件とは無関係でしょう」

「なるほど、やっぱりな」

「なにがやっぱりなんですか」

駒持は黙って鼻をほじりながら、ちょうど見えてきた中里の学習塾に向かって顎をしゃくった。

「中里にはおまえひとりで会ってこい。俺は用事を思い出した」

「なんですか、用事って」

「結婚記念日のプレゼントを買わなくちゃならないんだ」

じゃあな、と手を振って去っていく上司の背中に蹴りを入れてやりたくなったが、一ツ橋は結局ひとりで塾の階段を昇っていった。すでに授業が始まっていて、岩崎晃が黒板の前でてきぱきと質問に答えているところだった。子どもたちの視線を一身に浴びつつ、彼は教室の隅でテストの採点をしている中里澤哉を呼び出した。

「なんですか」

中里は踊り場に立ち、例によって短く言った。怒らせるよりこの男の口を割る方法はないようだった。

「きみは昨日の午前中、鬼頭典子さんを訪ねたね」

「ええ」

「どんな話をした」

「いろいろ」

「聞くところによると、きみは彼女とつきあっているそうだな。殺された松村朱実さんと彼女のことで争っていたとか。昨日、鬼頭さんは危うく朱実さん殺しの容疑者になるところだった。

実際の話、我々は彼女を疑っている。彼女は笹間寿彦という男とつきあっていたようだし、三号棟の死体はその男と特徴が一致する。鬼頭典子が笹間を殺した、きみもそれを知っていたんじゃないのか。松村朱実も気づいてた。そこで、きみは典子をかばうために朱実をころ」

言い終える前に、一ツ橋は胸ぐらを摑まれていた。中里澤哉は一ツ橋の身体を壁に激しく叩きつけた。

「ふざけんなよ、馬鹿おまわり。彼女が人殺しなんかするか」

見た目よりずっと力持ちなんだこの男、と頭のどこかで考えながら、一ツ橋は必死に言葉を繰り出した。

「違うっていうんなら、笹間寿彦、の、居所、教えろ」

「知るか、あんなやつ」

「あんなやつ？ それじゃ、きみは、笹間と、会ったこと、あるん、だな」

ぐいぐい首を絞め上げられて、一ツ橋は白目になりかけた。ふいにその圧力がやんだ。中里澤哉はまるで自分が首を絞められたように息をはずませて、一歩後ろに下がった。

「ああ、あるよ。ぶん殴ってやった」

「それはいつのことだ」

咳が鎮まるまで待ってから一ツ橋は尋ね、驚いた。中里は両目に涙をいっぱいにためていた。

「忘れちまったよ、そんなこと」

「忘れるほど昔のことなのか」

「そうじゃないけど、とにかく俺は忘れたんだ。事件には関係ないよ」

「ないわけないだろう。殴り殺しちまったんじゃないのか」

「そんなことしてない。俺が殺したんなら、裏山にでも埋めてやるさ。とにかく、三号棟の死体は俺とも、鬼頭典子とも、関係ないんだ」

一ツ橋の頭に不意にひらめくものがあった。彼ははやる気持ちを抑えて問いかけた。

「笹間と会ったのは、台風の日じゃないのか。ふたりで裏山に行ったんだろう。そこを松村朱実に見られたんだろう」

「あいつ——あの下品な野郎が」

中里の目から涙があふれ出た。

「あの野郎は彼女を心から馬鹿にしきってた。典子は自分の奴隷みたいなもんだ、その証拠だって、彼女の——」

一ツ橋は一昨日裏山で拾った物件を思い出した。笹間寿彦という男、聞くだに最低なゴミ野郎だ。

「それで、やつを殴ったのか」

「当たり前だ、あんなクズ」

「それは台風の日の何時頃の話なんだ」

「午前中だよ」

中里はTシャツの袖で涙を拭い、赤くなった目をそらしながら答えた。

「すると嵐が始まる前だったのか」

「台風が始まったら誰も裏山になんか行かないさ。あいつがこれまでにも何度か彼女の店に来たところを俺、見てた。だんだん典子のガードが固くなってきたんで、家にまで押しかけてきたんだな。あの日、坂道の下で出喰わして、話をつけようって誘ったら鼻歌まじりについてきた。俺のこと甘く見てたんだな。けど、一発殴っただけでへこんじまって、メソメソ泣きやがった。俺がやったのはそれだけだ。彼女はなにも知らないんだ」

「三号棟に運んだんじゃないのか」

「そんなことしてない。俺が犯人なら、裏山に埋めてた」

「典子さんがやったんじゃないのか。きみが殺したのをかばうために」

「そんなはずない。彼女はなにも知らないんだから。──おい、俺は正直に知ってることを話したんだ。これ以上はなにも話さないぞ」

「昨日の朝、彼女から聞かなかったか。慣れた店員が休んでるって」

中里は驚いたように目を見張った。

「なんだそれ。そういえば──」

「聞いたのか」

中里は唇をきつく結んだ。

「知らないね。これ以上はなにも話さないって言っただろう。帰れよ。でなければ営業妨害で訴えてやる」

「きみは昨日の午後三時頃のアリバイがないんだったな」

一ツ橋はたたみかけた。中里は食いつきそうな顔でにらみ、そっぽを向いた。

「なにを言ってるんだか全然わかんないよ、おまわりさん。帰れと言っただろ」

身の危険を感じた一ツ橋は階段をあとずさりに下りた。あとから中里のやけっぱち気味な笑い声が追いかけてきた。

2

署に帰った一ツ橋は、ふわふわしたお菓子にかぶりつきながら電話をしている上司の姿にむっとなった。おおかた駒持は中里澤哉との会見が、こんな結果になることを予想していたに違いない。外回りの刑事たちもおおかた戻ってきているし、交通違反に抗議する男の怒鳴り声やら女の叫び声まで聞こえてきて、署内は奇妙な活気に満ちあふれていた。そのなかで駒持は顔色ひとつ変えずに、電話の相手に向かって怒鳴っていた。

「だから、詳しい診断書を寄越せと言ってるんだ。なんだと？　親の確認？　そんなことはどうでもいい。写真もつけとけよ。忘れずにな」

脂でてかてかになった受話器を置くと、駒持はふてくされた部下を上から下まで眺め回した。

「なにをすねてんだ、初美ちゃん」

一ツ橋は切り口上で中里澤哉との一件を報告した。駒持は面白そうに聞いていたが、

「念のため、例のパンティを鬼頭典子に見せてみるんだな」

一ツ橋はため息をついた。

「嫌な仕事ですね」

「そうだな。でも、やるしかないだろう」

「わかりました。警部補はどこに電話をしてたんですか」

「なに、関係者をもう一度洗い直すことにしたんだ。ところで伊能圭子が見つかったぞ」

駒持はさりげなくつけ加え、一ツ橋は飛び上がった。

「彼女——生きてたんですね」

「あんなにうるさい死人がいるか」

言われて気がついた。さっきから聞こえていた女の声は伊能圭子のものだったのだ。

「署長おん自ら取調べの真っ最中だ。伊能圭子は予想通り、クレジットカードが使えなくなったんで、かんかんになって戻ってきたんだ。そこを駅前で捕まった、と」

「まぬけですねえ」

「自分は無実だ、亭主が犯人だとわめきちらしてる。署長もそのうち音《ね》をあげるだろうな。だけど、面白いことを口走ってるぞ。伊能圭子はセスナ機のパイロットには弟なんかいないってことを知らされて、逆上したんだ。そこで彼女の推理だが、七年前、彼女を脅迫してたのは航空会社に雇われた恐喝専門のヤクザじゃないかというんだ。総務にそんな事故をもみ消すための部署があったとかなかったとか。伊能渉はその部署に頼まれて、監視する目的で彼女と結婚したんであって、彼女が逃げ出したのも命の危険があったからだとさ」

「なんですかそりゃ。つまり伊能渉が妻を殺そうとしていると？」

「なにも総務とやらに頼まれなくたって、あの奥さんの首なら絞めたくなるわな。——もちろん、航空会社の総務説はあまりに現実離れしすぎてる。七年前の脅迫者は、やっぱり例の機長だったんだろうよ。本人が死んじまってるんじゃ、確かめようはないがね」

一ツ橋は首をかしげた。

「伊能渉と花岡みずえが共謀すれば、三号棟の死体は殺せたでしょうね。でも、松村朱実は殺せないんじゃないですかね」

「しかし伊能夫婦というのも変わってると思わないか。まるで俺たちに仲の悪さをみせつけてるようじゃないか」

駒持は手のひらを打ちつけながら言った。一ツ橋は上司を注視した。

「——駒持さんにはもう、わかってるんでしょう」

「ああ、まあな」

「教えて下さいよ。いったい誰を疑ってるんですか」

「それを知りたかったらおまえ、これまでに起きたことを並べてみるんだな。さ、もう一件電話しなくちゃ」

駒持警部補はくるりと向き直った。通話記録がどうのとわめいている上司の胴間声《どうまごえ》を聞きながら、一ツ橋は鉛筆を嚙み嚙みメモを作った。

九月二十九日（土）
三号棟に清掃会社入る。児玉社長、鍵をかけ忘れる。

十月四日（木）

台風。午後五時から翌未明までが強風域。

午前中、中里澤哉、笹間寿彦を殴る（本人の証言。もっと遅い時刻だった可能性あり）。

午後四時頃、児玉社長、伊能圭子のもとへ。

午後八時から翌午前二時までの間に殺人。

午後九時頃、海岸からヴィラへ向かう人影（？）。

午後十一時過ぎ、〈進藤カイ〉南海荘に宿泊。翌午前七時以前に姿を消す。

十月七日（日）

午前十時頃、三号棟で死体発見（児玉礼子により）。

十時十三分、通報。

十月八日（月）

午前十一時頃、伊能圭子と松村朱実、喧嘩。

午後一時四十分頃、岩崎晃と朱実、喧嘩。

午後二時、三島親子帰宅。入江菖子と魚屋で出会う。

午後三時少し前、朱実、松村健に電話。

午後三時四十分頃、朱実の死体発見（死亡推定時刻により、犯行は午後一時から三時の間。したがって犯行は電話の直後、三時と思われる）。

そこまで書いたとき、電話を終えた駒持がにんまりしながら肩越しにメモをのぞきこんでいるのに一ツ橋は気づいた。

「なんですか、えらく嬉しそうな顔をして」

「おお。犯人がわかったのさ」

「えっ」

駒持は一ツ橋はおろか、周囲の刑事たちの質問にも答えずに上着を着ながら言った。

「そのメモ、なかなかよくできてるが、ひとつ重大な書き漏れがあるな」

言われて一ツ橋は慌てて見直した。が、思いつかない。

「いったいなんですか」

「それがわかれば、事件の謎もすべて解けたようなもんだ。ひとつヒントをやろうか。おまえさんがすっかり忘れている事項、そのせいで死体はヴィラ・マグノリア全体を巻き込むことになったんだ」

眉を寄せる一ツ橋の肩を駒持は軽く叩いた。

「行くぞ。犯人を引っ張ってこなけりゃならん」

3

牧野セリナはソファから飛び起きて、時計を見た。六時過ぎ。鬼頭典子と話した後、ついうたた寝をしてしまったらしい。

慌てて顔を洗い、化粧をして、二階へ行った。典子の姿はすでになく、枕元に眠らせてくれてありがとうとだけ書かれた、素っ気ないメモが置いてあったが、そのことに思いを巡らせる暇はなかった。喪服に着替え、家を出た。典子が出ていったときに、玄関の鍵が開けっぱなしだったことに気づき、一瞬ひやりとした。ヴィラはすでに以前のような、ぬくぬくとした安全な場所ではないのだ。それが誰のせいにしろ。

五号棟の開いたままの玄関をおそるおそるのぞき込んだが、噂に聞く惨劇は跡形もなかった。セリナは一度だけ、この玄関に入ったことがあった。あのときは、朱実の手作りだという手芸品がたくさん飾られ、彼女がひとつひとつ嬉しそうに説明するのに相槌をうたねばならず、迷惑を感じたものだが、その飾りものまできれいさっぱりと片付けられ、棚はぴかぴかに磨かれていた。セリナは安堵と落胆を同時に覚えた。松村朱実を殺した犯人の手がかりなんか、今さら素人の手に入るはずもない。

先刻から、家のなかから読経《どきょう》が聞こえている。線香の匂いも。どうやら、松村健は最初に主張した通り、身内だけの通夜を自宅で執《と》り行《おこな》うことにしたらしい。しかし玄関が開きっぱなしになっているところからすると、一応参列者を想定しているようにも思える。

入ってよいものやら悪いものやらはかりかねて、セリナは庭へ回った。窓からそっとのぞき込むと、リビングに朱実の顔写真が飾られ、棺が置かれ、形ばかりの花がたむけてあるのが見てとれた。通夜というより法事のようだ。読経をあげる僧侶がひとり、松村健とその両親が普段着のままその背後で首を垂れている。喪主があんな格好なのに、喪服を着てのこのこ入っていけるものではない。さほど親しくもないし、身内だけのお通夜だと言い渡されていたのに。

入りかねてうろうろしていると庭でゴミ袋に蹴つまずいた。小声で悪態をついたとき、気配を感じて振り向くと、角田港大と入江菖子が揃ってこちらを眺めていた。彼らもきちんと喪服を着用している。

「あんたも通夜に来たんだろ。なんで入らないんだ」

「それが、ほんとに身内だけのお式みたいで。松村さんたち普段着だし、どうしようかと思って」

「普段着？　そりゃまた、思いきったな。葬式なんてものに金をかけるのはわたしだってごめんだけど、簡素にもほどがあるね」

「殺人事件の被害者だから、できるかぎり地味にしたんじゃないか」

それまで黙っていた角田港大がしびれるような低音で呟いた。セリナは小声で、

「ねえ、変なことをいうようだけど、あの旦那さん、朱実さんが殺されてもなんとも感じてないみたいね」

「なんでそんなことを？　通夜はともかく、明日ちゃんとお別れパーティー」菖子は皮肉たっぷりに発音して、「するってんだから、悲しんでないわけでもないんだろ」

「旦那さんの仕業なのかご両親のやったことなのかわからないけど、朱実さんの手作りの手芸品がそこに捨てられてる」

セリナは庭のゴミ袋の山を指さした。半透明の袋の中身はその場の誰の目にもはっきり見え

た。

「率直に言ってどれもひどいできだったけど、なにもお通夜の晩に捨てなくたっていいのにね。他にも朱実さんの着てた服とか、そんなものがぎっしり。ひょっとして、朱実さん殺しってあの姑がやったのかな」

「おいおい。なんでまた」

「いや、あの婆さんと今日、ちょっとぶつかっちゃったもんだから」

「八つ当たりなのか。趣味悪いな」

しばらく前から読経は終わっていた。ややご機嫌ななめの僧侶がでてきて、三人に気づくと足を止めた。南家の菩提寺《ぼだいじ》でもある天台宗三東寺《てんだいしゅうさんとうじ》の住職で、セリナの夫の葬式もこのひとにお願いしたのだ。セリナは慌てて最敬礼した。

「ごぶさたしております」

「はい、しばらくですね。お義母《かあ》さんはお元気ですか」

「おかげさまで。——ご住職は松村さんともお知り合いだったんですね」

洒脱《しゃだつ》で茶目っ気があり、いつもモーターバイクで檀家の間を走り回っている住職は角田港大にサインをねだった後、ひそひそと、

「違う違う。ついさっき、強引に頼み込まれたのよ。もっとも坊主の仕事はほとんど急に決まることになってますがね、驚いたね、どうもあの親子には。奥さん殺されたんだって？」

「はあ」

「奥さんの霊を弔《とむら》うのが先決でしょうに、やってくるなり開口一番、いくら包めばいいんですか、だと。──おっと、こんな話しちゃいけなかったな。セリナさん、あんた旦那さんの法事を忘れちゃいけません。お客商売でお盆は忙しいんだったら、暇な時分に声かけて下さいよ。お義母さんにもそう伝えておいて下さい」

ちゃっかりと営業をすませた住職が立ち去ると、三人は顔を見合わせた。家の中からはなにかにいちゃもんをつける女性の声と、それをなだめる松村のおろおろ声が聞こえてくる。一号棟から双子と例のいつも笑っているような顔の犬を連れた三島芙由が出てきて、わあ、と囁いた。

「びっくりした、朱実さんが叫んでるのかと思っちゃった。お通夜もう終わったの？」

「それがその」

「いくら仲が悪かったとはいえ、お線香の一本くらいはあげさせてもらおうかと思って。それに、なんだかんだいっても飼い主だったんだから、ついでに犬も連れてきたのよ」

不意に、角田港大がつかつかと五号棟の玄関に歩み寄った。びっくりしている他の人間には目もくれず、彼は大声で松村を呼びたてた。

「なあ。こんなときになんだが、聞きたいことがあるんだが」

玄関に出てきた松村健はさすがにむっとした様子だった。彼は喪服の集団に驚いたようで、膨れながらもつっかけを履いて表に出てきた。

「なんですか。わざわざお通夜に出ていただかなくても、明日のお別れパーティーにさえ参加していただければ、妻は満足すると思うんですよ」

「そんなこと聞きたくて呼んだんじゃない。――なあ、あんた、奥さんが殺された日、ずっとファミリーレストランにいたのかい」

「なんですか、やぶから棒に。午後いちに葉崎ファームに限定メニューの相談をしに行きましたよ。でも三時より前にはレストランに戻ってましたよ」

「車で出かけたのか」

松村健は一瞬言葉に詰まったが、

「ええ。このへんで車に乗らずに商談にでかけられますか」

「妙なことがあるんだよ。うちの駐車場に置いてあった車のシートをいじったやつがいるんだな」

「……それがどうかしたんですか」

「あんたの奥さんが殺されたのは、ほんとに三時のことだったんだろうかねえ」

「なに言い出すんですか。三時少し前まで、妻は生きてましたよ。電話をもらいましたから。証言してくれる部下もいます。――角田先生、いい加減にしてもらえませんか。あなたには感謝してますが、こんなときですから」

「いや、悪かったな。ただね。ここにいる三島さんが面白いことを言ったものでね。あんたの母親の口調は、どうやらあんたの死んだ奥さんのとそっくりみたいだな」

はらはらしながら一部始終を見守っていた菖子、セリナ、芙由は松村健の顔を見て、ぞっとなった。表情がそっくりそぎ落とされ、蒼白になり、目ばかりぎらぎら光っているその顔に。

角田港大は彼の作品に登場するタフな探偵そっくりに、ふてぶてしい笑みを見せて、

「ま、俺の勘違いだとは思うがね。また明日会おう」

くるりときびすを返し、後ろに手を振った。最高の退場を演出したつもりのようだが、彼は重要なことを忘れていた。角田作品に登場するタフな探偵は、一作品につき平均三回は後頭部を強打される、ということを。セリナと菖子が警告の悲鳴を発したときには遅かった。松村健は玄関脇の大きな石を拾い上げ、港大の後頭部に叩きつけた。港大は手を大きく振った形のまま、前のめりに倒れた。

松村健は大きく息をはずませて、周囲を見回した。セリナも菖子も芙由も、そしてさすがに双子たちですら言葉を失い、寄り添って立ちすくんだ。松村は彼らに向かって一歩踏み出した。彼らはあとずさった。そのときだった。

「健、あなたいつまで外でごちゃごちゃ話してんの。さっさと戻ってきて、リビング片づけてよ。母さんたち寝られやしないじゃないのっ」

松村健の目から光が消えた。手から石が落ちた。彼はぼんやりと家を振り返った。母親が玄

関に姿を現した。

「なにしてんの。冷え込んできたってのに、なんで扉を開けっぱなしておくんですか」

「母さん……」

「なによ。あら、ご近所の方がお参りにみえたのね。まあ、申し訳ありませんけど、今日のところはお引き取りいただけませんか。なにしろ皆、疲れているものですから。そりゃあ、殺人事件があったのだから、皆さんがご興味をお持ちになるのもわからないじゃございませんけれど、好奇心で寄ってこられるこちらの身にもなっていただかないとねえ」

後になって入江菖子は、一連の事件で一番怖くて一番おかしかったのは、あの松村の母親の台詞《せりふ》だったと述懐した。足下に頭を割られた角田港大が転がっているというのに、母親はそんなこと意にも介していない。そのあたりも朱実をほうふつとさせたし、口調も朱実のごとくだらだらしているばかりか、内容までいかにも朱実の言いそうなことだったからだ。そして、おそらく松村健自身も、そう感じたに違いなかった。彼は突然、わあわあ喚きながら、その場から全速力で逃げ出していった。

「人殺しーっ」

すぐさま後を追ったのは、三島家の双子たちだった。彼らは嬉しそうに叫びながら、ものすごい勢いで走り出し、あっという間に姿が見えなくなった。犬はちょっとの間、自由になったことに驚いてくるくる回ったが、笑ったような顔のまま紐をたらして双子に続いた。一瞬遅れて、芙由が悲鳴をあげながら子どもたちを追いかけた。

「麻矢、亜矢、戻ってらっしゃい、あんたたちまで殺されるわっ」

「菖子さん、あとよろしくっ」

港大のもとに残るか、後を追うか、セリナがためらったのもほんの数秒だった。喪服に合わせた黒いパンプスを脱ぎ捨てると、彼女もまた脱兎《だっと》のごとく後を追った。

伊能渉は駐車場に車を停め、海岸道路へ向かう坂道を家に向かって登ってくるところだった。酔いを醒ましていたのや息子に母親のことをなんと説明したら良いものか考えあぐねていたのも重なって、帰宅が遅れたのだ。彼は激しい疲労を覚えながら、よろけつつ坂道を登っていた。妻が警察署にいることはわかっていたが、迎えに行くつもりはない。顔も見たくない、あんな女……。

坂道の上から人影が飛び出してきて、伊能渉に激しくぶつかった。伊能はたたらを踏み、一時はなんとか体勢を立て直したが、すぐに双子に次々突進され、足下を犬にさらわれてあおむけにひっくり返った。さらにあとからやってきた、我が子心配のあまりなにも目に入らなくなっている芙由に腹をどかんとふんづけられ、彼はきゅうとも言わずに伸びてしまった。セリナはその身体をかろうじて飛び越えて、喪服の裾をひるがえし、走り続けた。

折しも海岸道路は夕方のラッシュの真っ最中だった。のろのろ進む車の列を強引に渡り、反対側の歩道に飛び上がると、松村健は左へと走り出した。驚くほどバランスの悪い、足長グモが踊っているような格好だったが、速度は早かった。双子がクラクションを浴びながら彼に続き、さらに犬が、芙由が、最後にセリナが後を追った。

「人殺しーっ」

「人殺しだーっ」

「麻矢、亜矢、やめなさいっ」

渋滞の車のなかから、好奇心にあふれた顔がいくつものぞいていた。セリナは反対車線に三東寺住職のモーターバイクを発見した。住職は路肩にバイクを停め、口をぽかんと開けて、このなんとも珍妙なマラソンにみとれているところだった。

「ご、ご住職っ。あの男を捕まえて」

「なにごとです？」

「あ、あいつ角田先生を殺したんです。港大先生を殴りつけて殺しちゃったんですっ」

「なんともったいないことをっ」

住職のバイクはすぐに車列を縫って進み始めた。セリナは自分が半ばハイになっていることを意識しながら、飛ぶように走った。鮮やかなオレンジ色の夕暮れが照り映えた海、車のテールランプの赤い輝きと白いヘッドライト、空は藍を含み、風が鳴り、クラクションが鳴り、潮騒と、排気ガスの匂いと、自分のせわしない息づかい――

住職のモーターバイクはあっという間に松村健に並んだ。住職は〈失われた街〉シリーズの大ファンだった。シリーズがもう読めなくなるなんて、そんな殺生な！

興奮し過ぎていた住職は強引にバイクを反対車線に乗り入れようとして、身動きできなくなった。松村健はペースを崩さず、腕を振り回しながら走り去り、双子、犬、双子の母親、セリナが、脱落者に目もくれずに続いた。

ちょうどその頃、さっそうと葉崎警察署を飛び出した刑事たちの乗った車は渋滞にどっぷりはまり、のろのろとヴィラをめざしていた。運転席の一ツ橋は苛々しながら窓を開け、腕を外に出して車体をこつこつ叩いていた。

「ねえ、教えて下さいよ。犯人はいったい誰なんですか」

駒持はびっちり詰まった道路を見ながら投げやりに答えた。

「犯人？　どの犯人だよ」

「どのって、だからもちろん」

「人殺しーっ」

「そうその人殺しの……あれ？」

ふたりの刑事はそろって首をめぐらし、表を見た。歩道を疾走してくる一団がいやでも目に飛び込んできた。先頭を松村健、そのあとから三島家の双子たち、笑った顔の犬、芙由にセリナ。一団は猛スピードで覆面パトカーの脇を走り抜き、砂ぼこりが開けっぱなしの窓から車の中に舞い込んできた。

「……駒持さん、いまの見ました？」

「……ああ」

「なんだったんでしょうか」

「殺人犯を追跡してるんだろうな。——おい、方向転換しろ。追いかけるんだ」

「そんな無茶な」

覆面パトカーは前後左右に意味なく動き、周囲から盛大なパッシングを浴びた。

例の笑う犬は、久しぶりの運動を心ゆくまで楽しんでいた。なんだかよくわからないが、子どもたちが走っているし、追いかけてくるひとたちもいるし、引き綱が少々邪魔だったけれど、犬はあまり気にしていなかった。犬は子どもたちを一気に抜き去ると、先頭切って走っていく人影に猛然と追いすがった。見れば、それはご主人さまだった。犬は嬉しくて笑いながら吠え立てた。

松村健は悲鳴をあげて、犬を避けつつ更に加速した。あわやというところで、犬の引き綱がガードレールの一部に絡みつき、犬は悲しげに鳴きながらその場に取り残された。

すでに一行は、歩けば二十分程度のお散歩コースを実に五分たらずでつっ走り、火事場の馬鹿力ということわざを身を以て証明しているところだった。セリナはそろそろ息が切れ始めていた。芙由は疲労を感じるどころではなかった。双子たちのスタミナは底なしだった。無理やり路肩に駐車した刑事たちが、遥か彼方で戦列に加わった。

松村はちらと後ろを振り返り、いきなり、腕をぶんぶん振り回しながらまたしても海岸道路を強引に横断した。

日本の道路事情になにか根本的な欠陥があることは誰もが認めるところであるが、いかにものすごい渋滞とはいえ、車の列がびくともしないということはありえない。そして、藤沢方面の車の渋滞はまさしく駐車場並みにひどかったけれども、鎌倉方面に向かう車線には、そろそろ渋滞緩和のきざしが見え始めていた。たまたま、松村健が横断しかけたそのとき、鎌倉方面車線は便秘が治りかけた直腸のように、するすると流れ始めていたのである。

追いかけてきた人々が悲鳴をあげるも間に合わなかった。松村健の身体は、スピードをあげたばかりの乗用車に激しくぶつけられ、人形のように宙を舞った。

4

「いい知らせですよ」

南海荘のリビングルームでぐったりと飲み物をなめていた一同に、一ツ橋は言った。

「港大先生は一命をとりとめたそうです。松村さんの方も、気を失ったのは精神的ショックによるものが大きかったとかで、怪我はたいしたことないそうです」

一同はそれぞれ安堵の息をついた。

事故があって、海岸道路はしばらくのあいだ大騒ぎだった。松村健の事故現場は南海荘のほぼ目の前で、野次馬や救急車、事故担当の警察官などで現場はごった返し、渋滞はさらにひどくなった。セリナは芙由と双子を南海荘に連れていき、犬を含めた追跡者全員がそのまま伸びてしまった。

いま、時刻は八時過ぎ。事故の後始末が一段落すると、入江菖子が伊能父子を連れて南海荘にやってきて、臨時休業だったはずの〈黄金のスープ亭〉は結局軽い食事を出すことになった。ロバの焼いたしっかりしたパンに肉汁たっぷりのハンバーグとレタスとトマトを挟み込んだバーガー、フライドポテト、アルファルファとグレープフルーツのサラダ。三島芙由もセリナも顎をべたべたにしながらむさぼるように食べた。

「結局、犯人は松村の旦那さんだったんですね」

ようやく人心地つくと、三島芙由は紙ナプキンを使いながら、駒持に尋ねた。双子と伊能タケシは南海荘の客室のひとつで寝入っている。

「わたし、あの人のことなんか疑ってもみなかったわ。よく考えれば、朱実さんに一番近いのはご主人なのだけれど、アリバイだってあったわけでしょう。それに、あの空き家の死体も。あのひといったいなぜ、いきなり角田先生を殴るような真似したんでしょう。目撃者が五人もいたのに」

「よくわかりませんが、逆上したんでしょうね。てっきり彼は隠蔽《いんぺい》工作がうまくいったと思い込んでいたんでしょう。それが、突然崩壊したわけだから」

「あの母親のこともあったんだろうな」

入江菖子がしみじみと、

「人間ってのはおかしな生き物だね。松村さんはたぶん、あの母親に支配され続けて嫌気がさしてたんだと思うよ。でも結婚した相手は、その母親に瓜二つの相手で、こいつの支配から逃れるための手段を他に思いつかなかったんだろうよ。――そうだ」

菖子はウイスキーの水割りの入ったグラスをテーブルに置いた。

「空き家の死体さえなければ、ずっと早くに松村さんを疑っただろうに。あの死体は誰のだったんだい。いったいなぜ、松村さんはあの男を殺したんだろう。朱実さんの言っていた、裏山で見たという人物となにか関係でもあったのか」

一ツ橋はちらと駒持を見やった。

「あれは松村さんとはなんの関係もなかったんです。あれには全然別のいきさつがあるんです。事件とは関係ありませんね」

「そう決まったわけじゃない」

駒持が不機嫌な顔つきで口を開いた。

「確かに松村健は妻を殺し、角田港大先生を殴りつけた。しかし、三号棟の殺人に関しては、松村は無関係だと、私は思ってる」

「えっ」

　三島芙由が蒼白な顔をあげた。

「それ、いったいどういうことなの、初美ちゃん」

「ぼくに聞かれても困るよ。このひとは犯人についての質問に答えようとしないんだから。ただ、駒持さん。やっとおっしゃる意味がわかりましたよ。犯人を教えてくれと言ったら、あなた、どの犯人だと言われた。朱実殺しと三号棟の殺人が別々だったからですね」

「まあな」

駒持は面白くもなさそうに部下を眺めた。

「それもある。だが、俺はおまえの質問、三号棟の殺人をやったのは誰かという質問にも、ちゃんと答えてやったじゃないか。おまえが書いたあのメモ。あれから重要な要項が抜け落ちているということをね。——あの空き家事件の犯人もまた、松村健と同じく、発作的に犯行を行なったんだ。来るはずのない人間が、突如あの台風の日に現れたために、逆上して発作的に殺しちまったんだ」

「どういうこと?」

「ところで、犯人は」

駒持はまっすぐに三島芙由を見据えた。芙由は視線をそらし、蒼くなった唇を噛んだ。

「あの犯人は、三島家の双子のすぐ身近にいた人物であることに間違いはない。双子の行動に逐一《ちくいち》気づいていた人物だ。だから、当然、ヴィラの住人の誰かということになる。というのも」

駒持は双子の持っていた三号棟の裏口の鍵について説明をした。一ツ橋が先刻ヴィラに赴いて、一号棟の竹垣の端のなかから回収してきた鍵を一同に提示した。

「最初、その話を聞いたとき、私は裏の竹垣に双子が鍵を隠しているところを、誰かが目撃していたんだろうと考えた。一号棟の裏手、上というか、後ろというか、つまり六号棟から十号棟の住人の誰かが偶然にそれを見ちまって、あとで利用したんだと思ったわけだ。ところがここに、ひとつ大きな問題がある。というのも、ヴィラ・マグノリアは段々に作られたものだから、後ろ側の家からは、たとえ二階のベランダからでも前の家の裏側は崖に隠れて見えない。二階部分しか見えないわけだ。そうだな、牧野さん」

「は、はあ」

セリナは唖然として三島芙由を眺めた。

「それでは下の家はどうかといえば、例えば隣の二号棟の住人が、双子の行動を目撃する可能性は非常に高い。一号棟と三号棟に挟まれているんだからな。では、二号棟の住人は今回の事件に関わっているだろうか。五代四郎が倒れて救急車で運ばれたのは、台風の翌日だった。それは、もしや、人殺しという異常な行為によって、引き起こされた心臓発作が原因ではなかったか。彼は入院してしまったために、後で片付けるはずの死体をそのまま放置せざるをえなかったのではないだろうか。彼は死体発見を遅らせるために、双子の持っていた鍵で裏口の錠をかけておいたんだ」

菖子が酒にむせかえった。

「冗談でしょう。あのじいさんが殺人だなんて。そりゃ、それくらいやりかねないひとではあるけど」

「彼が妻を無理やりに自分の看護から遠ざけ、遠距離の地に法事を口実に送り出したのはなぜだろう。あんたも不思議に思っていたよなあ、入江さん。その理由は、いずれ自分の入院中に死体が見つかるかもしれない、そのとき妻がいないほうがいいと思ったからではなかったのか」

「そりゃまあ、そう言われると、平仄《ひょうそく》はあうけども」

「四号棟の中里と岩崎。彼らについて考えてみよう」

駒持はさっさと話を進めた。

「岩崎については、いまのところ彼を犯人とするにたる根拠はない。しかし、中里には大きな動機があった。鬼頭典子の元の恋人が、しつこく彼女を強請《ゆす》りに来ていた。中里はその男と台風の日に会ったことを認めた。相手を殴りつけたことも。おそらく、朱実が見たのはそのふたりだったのだろう。——それはともかく、殴りつけた相手が死んでしまったとしたらどうだろう。中里は慌て、双子の持っていた鍵のことを思い出した。それで、彼は死体を三号棟に運び入れた。──なんだ、うるさいな」

　口を開きかけた一ツ橋を、駒持は一喝して、

「彼は台風がおさまったあと、死体の始末をするつもりだったんだろう。ところが、彼はある事情から死体の始末にとても頭を悩ませることになったんだ。というのも、海なり山なりに死体を放置して発見が遅れた場合、そしてその身元が判明した場合、まっさきに疑いがかかるのが鬼頭典子だったからだ。死体の損傷がひどくなれば、死亡推定時刻の特定が難しくなる。しかし、台風の日の夜、典子は古本屋に泊まり込んでいたわけだし、あの店は平日は午後十一時まで営業しているから、ある程度のアリバイが成り立つことになる。中里はそれを見越して、わざと発見されやすくするために、死体を三号棟に置き去りにしたんだ」

「ちょっと待ってよ」

　菖子が目を見開いて、

「そんな馬鹿な話ってある？　わざと発見されやすくするんだったら、なにも三号棟に鍵をかけることはないじゃない」

「だが、鍵がかかっていたおかげで、彼はかろうじて容疑をそらすことができたんだ。あれはぼくがやったことじゃありません。だって、三号棟には鍵がかけられていたんでしょう、それに自分には力があります。自分が犯人なら死体を海か山に捨てますよ、と抗弁できる。──おまえは黙ってろ」

駒持は再び一ツ橋を叱りつけると、

「さて、五号棟の松村夫妻は空き家の事件には無関係としよう。ところで、さっき私は後ろの五軒の住人は、双子の行動を監視できなかったと言ったが、果たしてそうだろうか。例えば入江さん。あなたはしょっちゅう双子を預かっていましたね。彼らの話や行動から、裏口の鍵の件にも気づくチャンスはあったわけだ」

「馬鹿ばかしい。知らなかったわよ、鍵のことなんか。第一それじゃ、あの死体はあたしのなに？　あたしはなんだって、見ず知らずの人物を殺したのよ」

菖子の抗議を気にもとめずに、駒持は続けた。

「それから、鬼頭家。中里が裏山で彼女の元恋人を殴り倒した後、そいつがのこのこ七号棟に現れたとしたら、どうだろう。鬼頭時子は娘の一大事とばかり、そいつをぶん殴ってしまったかもしれない。あるいは典子がやったのかもしれない。典子は双子に大変慕われているようですからね。鍵のことを知っていても不思議ではない。牧野さんは双子とも親しいわけではないし、上から彼らの行動を目撃することもできなかったわけだが、伊能さんの不倫にいち早く気づいていたほど目聡い十勝川さんなら、鍵のことに気づいていても不思議ではないかもしれない。それに、伊能家はどうでしょうね」

駒持は伊能渉を正面から見据えた。

「あなたは裏口の鍵のことなんか知らなかったかもしれないがね、知っておく必要なんかないわけだろう。表玄関の鍵を持っていたわけだから。あなたも、それからあなたの奥さんも、その表玄関の鍵を使うことができたわけだ」

「じょ、冗談じゃないですよ。なぜ俺が。それにだいたい」

伊能渉は憎々しげに三島芙由をにらみつけた。

「さっきから刑事さんは、さんざんいろんなひとに罪をかぶせようとしてますけどね。双子の行動を一番よく知っているのは、そこにいるお母さんじゃないですか」

名指しされた芙由は蒼白になっていた。いまや部屋中の視線が彼女に浴びせられていた。

「ええ、そうです。認めます」

芙由は低い声で言った。

「そうです。わたしは娘たちが三号棟の裏口の鍵を持っていることを知っていました。そして台風の日の翌日、竹垣のなかから鍵を取り出して、裏口に錠をかけました。――でも、わたしのやったのはそれだけです。死体とも殺人ともなんの関係もありません」

「ほんとうにそうかな」

駒持は手厳しく決めつけた。芙由は細かく震えながら、

「本当です。鍵は死体が見つかった日の翌日まで、わたしのクローゼットの奥にしまっておきました。死体が見つかって驚いたものだから、元に戻しておいたんです。犯人が使ったんだとすれば、元に置いておいた方が疑われなくてすむと思って。――お話を聞くかぎり、少なくと

も五代さんは犯人ではありません。だって、五代さんは確かに台風の日に竹垣から鍵を持ち出して中に入り、鍵をかけることはできた。けど、なぜその鍵を身近に置いておかなかったんです？　次に死体を持ち出すためには、鍵がどうしても必要だったはずなんです。けれど、鍵は娘たちが隠しておいた場所にありました。——繰り返すようですが、わたしは殺人とは関係ありません」

「そうですよ。彼女は関係ない」

一ツ橋は芙由をかばうように側《そば》に寄った。

「だって、表玄関の錠が開いてたじゃないですか、駒持さん。不動産屋の社長が掛け忘れたせいで、開いてたんですよ」

「問題は、開いてたかどうか、つまり三号棟に入れたかどうかではなく、閉めることができたかどうか、ということになる。そうだろう？」

駒持は手厳しく決めつけて、芙由を見据えた。

「三年も行方不明になっていた亭主、そいつがよりによって台風の日に戻ってきた。あんたはそれで動転したんだ。逆上し、ぶん殴ってしまった。死体の処理には困っただろうな。あんたはそれほど力持ちというわけじゃないし、女性がひとりで男の死体を運び出すのは大変だ。しかも、松村朱実があんたの家の床下に旦那の死体が転がっている、などと言いふらしていたのだから、まさかその噂通りにするわけにもいかない。そこで思いついたのは三号棟のことだった。そりゃそんな近所で死体が見つかれば、疑いを向けられるだろうが、他にも容疑者が出るだろうからな。自分だけが疑われることはないわけだ。三島芙由、あんたはすべて承知の上で、子どもの悪戯まで利用して、ことを進めたんだ」

「違います。三島さんは犯人じゃありません。わたしです。わたしがやったんです」

悲鳴のような声で割って入ったのは、芙由ではなかった。牧野セリナだった。

第11章　真相が明かされる

1

　それから数日後の土曜日。みごとな日本晴れのもと、角田邸の芝生にはガーデンチェアとテーブルのセットが置かれ、角田弥生、入江菖子、三島芙由、それにふたりの刑事が座っていた。双子たちが話に飽きて庭見物にでかけると、自然と事件の話になった。本来そのために弥生が駒持と一ツ橋を呼び寄せたのだ。

「港大先生の容態はいかがですか」

「健康と頑丈だけが取り柄のひとだから、少々のことじゃ死なないわよ。自分でもそう言ってるし、事件のおかげであのひともいい方向に向かってるみたい。あなたたちのせいじゃないんだから、気にしないでね」

「署長には散々油をしぼられましたよ。市長のお友達が危険な目にあったのは、なにもかも駒持くん、きみのせいだってね」

「あらひどい。あなたにはなんの落ち度もなかった。あのひとが勝手に犯人捜しを買って出たんですからね」

「それにしても、港大先生にはどうして松村の旦那さんが朱実さんを殺した犯人だってわかったんでしょう」

三島芙由が言った。芙由は一ツ橋と再会して初めて見る、くつろいだ表情になっていた。駒持が口を開いた。

「それじゃご説明しましょうか。入江さんのご推察通り、松村健はそもそも妻にうんざりしてたんだな。もちろん最初は殺す気なんかなかったんだろう。しかしそこへ、三号棟の死体騒ぎが降ってわいた。本人は否定しているが、これが利用できると彼は踏んだんだろう。双子も言ってたことだが、普通だったら妻が殺されれば疑われるのはまず、夫だ。けれど、すぐ側の家で殺人が起きて、しかも妻が犯人につながるなにかを知っているようなことを口走っていたとなると、話は別だ」

「そういえば死体が見つかった日、〈黄金のスープ亭〉でわたしたちは犯人が児玉不動産の社長じゃないかって話をしてたんだ。そしたら松村さんが、妙に曖昧なことを言った。三号棟の鍵を持ち出せたのは本当に不動産屋の社長夫妻だけだったんですかってね。思えばあの一言で、わたしも他に犯人がいるような気になったんだった」

入江菖子が紅茶のカップに向かって呟いた。彼女はこのところやや元気がなく、芙由と弥生が心配そうに目を見交わした。

「朱実が殺された日」

駒持は咳払いして続けた。

「松村健は午後いちで〈葉崎ファーム〉に出かけた。ファミリーレストランの新メニューの打ち合わせのためにね。残念ながら話し合いは思うように進まなかった。がっかりして外に出たとき、彼の携帯電話に朱実からの電話が入った。彼女はヒステリックになっていて、すぐに帰ってこいとかなんとかわめきちらしたそうだ。ヒステリーの原因は伊能圭子とのいさかい、直前の岩崎晃との犬をめぐる争いだったんだろうが、この電話で松村は完全に切れちまった。もうあの無神経でひとりよがりな性格には我慢できない、と思った。松村はためらいもせず、考え直すこともなく、即座に行動に出た。〈葉崎ファーム〉から車を飛ばして家に戻る。駐車場で石を拾い、家に入るなり玄関先で朱実をぶん殴る。ドアを閉めて車に戻り、急いでその場を離れる。正確な時間は覚えていないそうだが、レストランに戻る途中、音楽を鳴らしながらのろのろやってくる魚政のトラックとすれ違ったそうだから、二時少し前といったところだろう。〈葉崎ファーム〉からヴィラまでは車なら五分とかからない。自供通りの行動をとったとして、殺人の所要時間は三分たらずだったでしょう。この一ツ橋くんが実験してくれたんですがね」

「おかしいと思ったのよね」

芙由が苦笑した。

「刑事さんに聞かれて初めて気づいたんだけど、あの朱実さんが魚を買いに出てこないなんて。彼女わたしにずいぶん嫌みを言ってたのよ、育ち盛りの子どもに魚政の魚を食べさせないなんてって。それくらい魚政がお気に入りだった。なのにあの日は彼女の姿が見えなかったんだわ」

「彼女はあの日も、二時に魚政が来るのを待ってたんですよ」

一ツ橋は言った。

「玄関先にはいろんな置き物にまじって、大きなざるが置いてありました。魚を買うためのものですね。でも、魚政より先に旦那がやってきたんでした」

「おたくの双子が言ってましたな。死体の役と殺人者の役をやってみた。死体の役の亜矢ちゃんが殺人者を待ち構えて抵抗するんで、アンフェアだって麻矢ちゃんが怒ってた。それを聞いたとき、ひょっとしてと思ったんだ。話そのままではなくて、玄関先に朱実が待ち構えているとしたら、その理由は、と。双子の話は一種のヒントになった」

「そんなこと、あの子たちに言わないで下さい」

芙由は慌てて駒持を制した。

「言いませんとも、恐ろしい。それはともかく、このことから私は朱実が殺されたのは三時ではなく、二時少し前なのではないか、と考えてみたんだ。死亡推定時刻はあの日の午後一時から三時だったから、つじつまは合う。しかし、この説にはふたつのネックがあった。ひとつは岩崎くんの悪戯電話です。彼は犯行時刻と思われる時間帯に、南海荘の先の公衆電話から朱実さんに電話をかけた。喧嘩して頭に来てたから嫌がらせをするつもりだった。そのとき、確かに受話器はとられたそうです。が、岩崎くんはすぐに自分が犯人だとばれると思い、『あの女の荒い鼻息を』聞くなり電話を切っちまった。鼻息だけじゃ、朱実のものかどうかわかりませんからね。案の定、これはその場に居合わせた犯人、松村の鼻息でした」

一同は少し笑った。遠くで双子たちの歓声が聞こえる。

「もうひとつは、こっちのほうが重要だが、三時過ぎに松村の携帯電話にかかってきた〈朱実からの〉電話だった。電話に直接出たのは松村だけだが、音声が外にもれていたため、それを聞いていた三上という松村の部下も朱実からの電話だと証言した。松村の近辺には共犯者になりそうな女はいなかったし、そもそもの私の考え、つまり朱実殺しが発作的に発生したいきあたりばったりの犯行という見方からすれば、共犯者がいるわけがない。しかし、偶然ということを考えてみたとき、ひとつの答を与えてくれたのは、牧野セリナだった」

「彼女に女探偵になれって言ったのよね、わたし」

入江菖子が寂しそうに呟いた。駒持は先を急いだ。

「牧野さんは、松村を南海荘にかくまった夜に受けた奇妙な電話を、松村本人によるものではないかと考えた。松村の自供によれば、牧野セリナの考えは正解で——彼は〈妻を失って悲嘆にくれる夫〉を過剰に演出するつもりだった。報道関係者に泣きながらインタビューされる。リア王さながらの錯乱を見せる。こうしておけば、誰も自分に疑いを向けないだろうと思ったわけだ。ところが入江さんから連絡を受けたセリナが、ばか正直に彼を匿《かくま》ったものだから、インタビュー計画は台なしになりかけた。まさか、自分からずいずい出ていくわけにもいかないからね。セリナが受けた電話は、松村健が表に出ていくための、トリックだったわけだ」

「それじゃ、あいつは正気の癖に——ああ、思い出すとはらわたが煮えくり返るよ」

菖子がこぶしを作った。駒持は気弱に笑い、

「ところで、牧野セリナがそのことに気づいた根拠は電話の相手が舌打ちをしたことで、松村の父親の舌打ちが電話のそれにそっくりだったからだ。彼女は私に言いましたよ。父と息子って変なところが似ますよね、と。そこで気がついた。松村は自分の母親に似た女を妻にしたんじゃないか。実際、松村の母親のヒステリックな感じは、話に聞く朱実にそっくりだった。そこで通話記録を調べた。もっと早くに調べるべきでしたな。三時に松村が受けた電話は、彼の自宅からかけられたものではなく、ワイドショーを見て息子の家の近所で殺人が起こったことを知り、興奮した母親からのものだとわかりました。松村は三上がその電話を朱実からと勘違いしたのを、利用することにしたんだな。そんな小細工をしなければ、彼を追いつめることはできなかったかもしれん。もっとも、港大先生があれだけ松村を逆上させたことを考えると、遅かれ早かれ自分で自分の墓穴を掘っただろうが」

「先生はなぜ、犯人を名指ししようとしたんでしょう」

「角田先生は安静を口実に事情聴取に応じてくれんのですわ。だから、これは私の想像になるが、駐車場の件ではないかと思うのです。先生の奥さんはあの日、二時前に外出先から車で帰宅された。そうでしたね」

「ええ」

角田弥生はうなずいた。駒持は脚を組み直し、

「そして、そのとき駐車場に車を入れるのに手間取った、とおっしゃいましたな。なぜ手間取ったのでしょう」

弥生は薄笑いを浮かべて、

「本来なら私の車を停める場所に、すでに車が停まってたんです。シートがかけられていたので、てっきり主人の車だと思ってました。だから、主人に二時には帰宅してたんでしょうと尋ねたら、彼は否定しました。帰ってきたのは三時だとね。主人はそのことから気づいたんじゃないでしょうか。例えば、そういえばシートを置いておいた場所がおかしかった、とか、シートを抑えておく石がなくなってた、とか」

「松村健の自白通りです。自分の駐車スペースに車を停めたら、あの時刻に自分がいったん家に戻ったことに気づかれるかもしれない。そこで、角田さんの駐車スペースとシートを拝借したんだってね」

「それじゃ、うちのシート抑えの石が凶器だったんですか」

弥生はおかしそうに尋ね、一ツ橋が答えた。

「ええ。自供にしたがって、ファミリーレストランの駐車場から探し出しました。朱実さんの血痕と松村の指紋が検出されました」

「だけど、どうして松村さんは角田先生を襲うなんて無茶をしたんでしょう」

芙由が不思議そうに言った。一ツ橋は爪を弾きつつ、

「松村はただ、破れかぶれになってただけですよ。そもそもは牧野さんが原因ですね。彼女は当然、朱実さん殺しと三号棟の死体がまるっきり別の事件だと知っていたわけです。おまけに松村の言い出した〈お別れパーティー〉やら、怪しい電話の一件やらで、松村に疑いを持ち始めた。最初は松村が犯人を割り出すために、あれこれ企ててると考えていたようですが、通夜に行ってみたら、朱実の持ち物が無造作に捨ててあったりしたんで、変に思ったんですね。彼女の疑惑のおかげで、角田先生はさっき警部補が言ったように、携帯電話の音声が朱実のものではなく、母親のものではないかと気づき、かまをかけた。小心者の松村は逆上する。あとはご存知の通りです」

一同はため息をつき、弥生がウイスキーのお代わりを、芙由が紅茶のお代わりをついだ。菖子が鼻を鳴らして先をうながした。

「そっちの話はもういいからさ。三号棟の件は？　いったいあの死体はどこの誰だったのさ」

2

一ツ橋は菖子の顔色をうかがい、唇を湿した。

「結論から言うと、あの死体はある不法在留の中国人のものでした。揚飛沖と名乗っていましたが、おそらく偽名でしょう。県警に頼んで照会中ですが、身元がはっきりするまでには少々時間がかかるでしょうね」

「なんだそれ。だってセリナは誰だか知ってたんだろ。だから殺したんでしょう？」

「ことは三年前にさかのぼるんです」

一ツ橋は深く息を吸った。

「三年前、この年にはいろんなことが起きました。三島貞夫の失踪。牧野セリナの夫だった南春太の自殺。そしてもう一つ、この葉崎南海岸で大きな事件が起こりました。台風が来て、中国からの密航者を満載した船が沖から風で陸地にむかって押し流されてきて、座礁したという事件です。覚えてますか」

「ああ、もちろん。七時のニュースでも流れたんだ」

「三号棟の死体の主は、あのときの生き残りと称してました。ほんとかどうか今となってはわかりませんがね。少なくとも、そう自称する人間が現れたのは、まったくもって、南海荘の人々にはこのうえない重大事件だったんですよ」

「どして」

「三年前の台風の日。日付は七月二十五日ですが、その前日、牧野セリナの夫は自殺しました。母親の経営するミニホテル、南海荘に遺書が残され、本人の姿は跡形もなく消えていた。すぐに警察が捜索し、そのときは死体こそ見つかりませんでしたが、南春太が友人の借金の保証人になって、そのことで一千万の借金を背負っていたこと、周囲に自殺をほのめかしていたこと、一週間前に手首を切ったこと――これは軽傷でしたが――、それに、ヨットハーバーから海に飛び込む姿を目撃した第三者がいたこと等々から、覚悟の自殺と断定されました。そして一週間後、葉崎北湾に死体が漂着し、母親の南小百合と妻のセリナが春太本人だと確認しました。死体の損傷が激しかったうえに、衣服が波にはぎとられていたんですが、血液型が一致したこと、小柄で痩せ型、色が黒い、それに歯並びといった特徴が似ていたこと、もっとも近い身内が確認したことで、その死体は南春太となり、誰もそれを疑わなかったわけです。セリナは、夫の生命保険金七千万円を受け取り――その生命保険はかけ始めて七年たってましたから、自殺でも保険金が下りたんです――、借金を返し、残った金でヴィラ・マグノリアの八号棟を買って、ここに引っ越してきた。そして南海荘で働き始めた。ところが」

「南春太は自殺なんかしてなかったんだな」

駒持がいいところで主導権を奪った。

「彼らは周到に計画をたてたんだ。保険金をだまし取るためにね。もっとも、彼らにも同情すべき点がないわけじゃない。バブルの末期に生命保険会社が銀行と連携して顧客に勧めたとある保険パック商品ってのを覚えてるかな。リスクの説明をせずに銀行から金を借りさせ、ハイ・リターンだと信じ込ませて保険の商品を買わせた。ところが不景気になって、利回りがうまくいかず、借金だけが残って社会問題にもなった。春太の友人は春太を保証人に銀行から一千万もの借金をしていたわけだが、それを踏み倒して逃げた。つけが春太のところへ回ってきた。銀行は南海荘を渡せと言ってきた。そこで、彼ら家族は大博打を打つことにしたんだ。牧野セリナいわく、同じ生命保険会社からお金を取るんだから、だました気なんかこれっぽっちもしなかったそうだ」

「ふん。なるほどね。わたしも同じ立場だったら、悪いことしてるとは思わなかったかもね」

駒持は菖子の言葉にうっかりうなずいたが、すぐに渋面を繕い、

「南小百合という、例のママさんな。春太の母親なんだが、計画の第一歩は、そのママさんと春太が二重国籍を持っているところから始まったんだ」

「二重国籍？　あれってだけど、二十一歳すぎたらどちらかの国籍を選択しなくちゃいけないんじゃなかったっけ」

入江菖子が言い、一ツ橋が答えた。

「そこらへんはどうも、意外にルーズみたいですよ。ぼくの従姉妹はアメリカの市民権と日本

国籍両方持ってますし。知り合いのカナダ生まれの親なんか、本人すっかり忘れた頃になって、カナダ大使館から、国籍取得して五十年たってるけど更新しますかって、連絡があったそうですから」

「ママさんは戦前にバンクーバーで生まれたんだよ。だから生まれたときにカナダ国籍を取得したんだな。子どもの春太を生むときも、わざわざ向こうに渡ったんだそうだ。春太のカナダ国籍名は、小百合の離婚前の名字で沢田《さわだ》。英語名はロバート・サワダとなる」

「そ、それじゃ、あの菓子職人のロバさんがセリナの旦那？」

「そういうこと。ついでに言うと、牧野セリナももともとシアトルの日系人の家庭に生まれたんだそうだ。こちらも祖父さんだかひい祖父さんだかが戦前に向こうに渡って、戦争中はアメリカ兵として戦い、市民権も得た。セリナの父親の代になってホテルマンとして日本に帰ってきた。そんな環境がきっかけでふたりは知りあい、結婚したんだな。ま、それは事件とは関係ないことだが」

　入江菖子は徐々にふだんの勢いを取り戻しつつあった。

「それじゃ、死体はどこから用意したの？　春太の身代わりになった死体だよ」

「用意なんかしてなかったんだ」

　一ツ橋は芙由の目を避けながら答えた。

「三人の計画に、死体が出てくるなんてことはまるっきり入ってなかったんだ。ただ、春太が周囲に自殺をほのめかし、手首を死なない程度に切ってみせたりしてから、身投げのふりをして――彼はこのへんの海で育ったから、どこをどう潜ればいいか、よく知ってたんだな――行方をくらます。あらかじめ取得しておいたカナダのパスポート、日本の入国印を偽造しておいたらしいんだが、こいつで日本を離れてカナダに向かったんです。

南春太はセリナが勤めていたのと同じ都内のホテルでシェフをしていたわけで、カナダで菓子職人となるのはたやすいことだったでしょう。死体が上がらない自殺では、保険会社に疑われないともかぎらないから、あっちで五年ほどほとぼりの冷めるのを待って、南海荘に戻ってくるつもりだったようです。ところが、予想外の事態が起こった。なんと条件ぴったりの死体が出てきてしまった」

「そこで、例の中国密航船の出番というわけだ」

駒持が一ツ橋のセリフを脇からさらった。

「セリナとママさんは、てっきりその死体が、座礁した密航船から流れ着いた中国人のものだと思ったんだな。警察から連絡が入ったときにはびっくり仰天しただろうが、こいつは天からの授かりものだというわけで、ふたりはそろって、その死体を南春太のものだと証言した。おかげで保険金も下りたし、春太も予定よりかなり早くカナダを引きあげてくることができたんだ。菓子職人となった春太は、もとはさっきも言ったように小柄で痩せ型だったわけだが、三年で二十キロほど太って体型も大きく変わった。母親の遺伝のせいか太りやすい体質だったのが、この場合幸いだったわけだ。歯並びも矯正《きょうせい》し、目や鼻の形も変えたから、以前の知り合いに出くわしても、あれじゃ見違えてしまっただろう」

「南春太とロバート・サワダじゃ名前もずいぶん違うしね」

菖子はうっすらと笑みを浮かべた。

「この計画の最大の長所は」

駒持は自分もにやりとしながら、

「春太は身分を偽《いつわ》っているわけじゃない、という点だよ。頃合いを見計らって、再びセリナと結婚するのになんの支障もない。俺たちが南海荘を訪ねたときも、ロバートは自分から外国人登録証を見せると言い出したくらいだ。——話を戻すが、そんなわけで半年前に彼が南海荘に帰ってきて、計画は成功裡に終わったんだ。一応はね」

「ところが、好事魔多しというか、この自称・揚飛沖が突然、南海荘にやってきてしまったんですよ」

一ツ橋はロールケーキを飲み込んで、口を開いた。

「十月四日、木曜日。台風のあった夜のことでした。ロバートとセリナの話を総合すると、こういうことになります。——その日、台風が神奈川県南部に上陸することは早くにわかっていて、彼らは午後五時には南海荘の準備を終えていました。午後七時ちょうどに、この揚がやってきたわけです。そんな天気の最中に客が、しかも中国人の客が来るなんて珍しいとは思ったそうですが、そのときは自然に部屋に通し、セリナは南海荘に泊まり込む準備のために車でいったんヴィラに戻ります。揚という人物は、日本語もそれなりに話せたようで、ロバートは彼の話し相手になったわけです。そこで」

「揚はロバートが日系カナダ人と聞くと、警戒心を解いたんだろう、こんなことを漏らしたんだそうだ。実は自分は三年前に中国から密航してきた。そのときにも大きな台風が来て、仲間が大勢溺れ死んだ。自分は奇跡的に助かって、警察にも捕まらずに逃げ延びたのだが、以来、弟と連絡がつかなくなった。生きているのか死んでいるのかもわからない。台風が来ると聞いて、弟のことを思い出し、この海岸までやってきたのだ、とな」

駒持は口を開こうとする一ツ橋をねめつけ、続けた。

「話を聞いて、ロバートはうろたえたんだな。こいつは、自分たちの秘密をかぎつけて恐喝しに来たのじゃないか、と。見れば揚は三年前のまだほっそりとしていた頃の自分に体型が似ている。もしや、自分の身代わりになった死体というのは、この揚の弟なのじゃないか。ロバートが揚を強請り屋と勘違いしたのは無理からぬところで、事実、この自称・揚飛沖なる人物は、中国人の組織犯罪の片棒を担いでいたようだ。千葉県警が捜査中の、高級車連続盗難事件に一枚噛んでた可能性もある。ただ、犯罪者と言っても下っ端で、金回りがいいわけでもないし、当然歯医者になど行ったこともなかったわけだが、犯罪者特有の匂いみたいなものはあっただろうし、だからロバートは怯えた」

駒持は大きな音をたてて紅茶をすすった。

「これは俺の想像だが、ロバートの態度を、揚は揚で勘違いしたんだろう。宿代を踏み倒されると思ってるんじゃないか、とかなんとか。ロバートの自供によると、あとで揚の持ち物を調べたら、所持金は五千円たらずだったそうだから、宿代踏み倒しは揚の計画のうちだったかもしれない。とにかくふたりは気まずくなって、揚は部屋に戻った。しかしロバートは彼から目を離さずにいた。八時半頃というんだが、揚は見張られていることを知らずに外へ出た。ロバートはレインコートをはおって後を追った。嵐はますます激しくなっていたが、揚は浜辺の遊歩道をとぼとぼ歩いていく。三年前の嵐の夜のことを考えながら。行方のわからなくなった自分の弟のことを思いながら」

一同は駒持の語り口に、なんとなくしんみりとなった。菖子が眉をひそめた。

「そして、その揚とかいうひとを、ロバートが殴って殺したのね」

「それが——そうじゃないんです」

一ツ橋が上司の目を避けながら言った。

「えっ、それじゃまさか、セリナが……?」

「それが、そうでもないんです」

「どういうことよ」

「ロバート・サワダの言うには、揚は遊歩道で足を滑らして、岩場に激しく頭を打ちつけたんだそうです。ロバさんが駆けつけたときには血を流し、意識もなかったそうです」

菖子も弥生も芙由も、いっせいに抗議の声をあげた。

「だって、あんたたち、あれは殺人だって言ったじゃないの」

「いや、それが実は最初から、監察医の先生は事故もあり得ると言ってたんです。そのことでドクターにはずいぶん苛められましたけど、現場の状況を考えると、殺人としか思えなかったわけですよ。しかし、捜査本部の方でも、今ではロバートの自供通り、あれは故意による殺人ではなく、ただ死にかけている人間を死んだと思い込んで放置したものだ、と考えています」

「話を急ぐんじゃない」

駒持には気持ちのいい説明役を部下に譲る気は、さらさらなかった。

「ロバートは揚を助け起こした。後から考えれば、そのとき揚はまだ死んでいなかったわけだが、ロバートは死んだと思い込んだ。普通なら、死体を海に蹴りこんじまうか、警察を呼べばいいわけだが、ロバートにはそうすることができなかった。というのも、三年前の台風の日の密航船座礁事件や彼の身投げ自殺、そのいきさつを揚が知っていると彼は考えていたからな。南春太のことを知っている揚の仲間がいたらどうする。揚が溺死体で打ち上げられたらどんな騒ぎになるか、考えたくもないだろう。

あるいは、警察が他殺の疑いを持って調べ始めるかもしれない。なぜ台風の日にあの場所に見慣れぬ中国人がいたのかと考え、結果として三年前の座礁事件、ひいては南春太の自殺事件に行き着いてしまうかもしれない。

どうも話をしてみると、あのロバートって男はあんな大それた計画を思いつくようなタマじゃないですな。実行力はあるが、根は単純なやつですよ。それにくらべて、牧野セリナ、彼女が事件のブレーンだった。幸か不幸か事故が起きた場所はヴィラ・マグノリアのすぐそばだった。ロバートは死体——と思い込んでいたもの——をかついで、ヴィラに向かう。どうしたらいいのか、セリナに相談するために」

「そのとき、海岸道路を横切る姿をトラックの運転手に見られたんです。おまけに牧野セリナとは行き違いになったんです。彼女はふたりが出かけてまもなく、車で南海荘に戻ってましたから。——わかりましたよ。そんなににらまないでください、駒持さん」

一ツ橋は語り部の座をいやいや明け渡した。

「横取りしやがって。事件を解決したのは俺なんだからな」

駒持警部補は上着を脱いで、椅子の背にかけた。日ざしが強くなり、海風がやんだ。夏がよみがえってきたような陽気で、芝生の向こうに見える海も青く輝いている。

「さて。どこまで話したんだっけか。そうそう、ロバートが死体をヴィラに運んだ、しかし牧野セリナはいなかった、というところだったな。——問題は、ロバートがそれまで一度も牧野セリナの家を訪れたことがなかった、という点にあった。ヴィラの場所やセリナの家が八号棟だということも知ってたが、足を踏み入れたのはそれが最初だったんだ。ふたりはいずれ夫婦に戻るつもりだったが、あまり急速に仲良くなったところを周囲に見せるのは考えものだ。ロバートとセリナは、一応知り合ってまだ半年ということになってたからな。世の中にゃ、出会って二週間で結婚するカップルもいるくらいなんだから、気にし過ぎだとは思うが、危険は避けるに越したことはない。ましてや、いつでも南海荘で会えるんだから、ロバートがセリナの家に出入りするのはもう少し先送りにするつもりだったんだろう。

それがトラブルのタネになった。さっきも言ったが、ロバートはセリナが八号棟に住んでることは知ってたが、あの十軒の家のどれが八号棟なのかは知らなかった。ヴィラ・マグノリアでは、下から一号、二号ときて、上の建物が六号、七号というふうになっている。しかし、上から一号、二号と数字が打ってあるほうがむしろ自然じゃないか。かくいう俺も最初、中里と岩崎の家、四号棟を九号棟と勘違いしてしまった。ロバートが下の五軒の家の真ん中こそがセリナの住む八号棟だと間違ったのも当然だろう。

もともと俺が牧野セリナこそが、空き家の事件の犯人なんじゃないかと見当をつけた最初のきっかけは、家の位置だったんだ。彼女自身が家を間違えるはずもないから、他に誰か、と考えて、彼女の恋人に注意を向けた。牧野セリナの旦那が三年前に自殺してる、というのもひっかかった。で、彼らの過去を洗い直してみたわけだ」

「それじゃ、ロバさんは、三号棟と八号棟を間違えたというのね。セリナの家に入るつもりで、空き家に死体を投げ出しちゃったのね」

三島芙由が呆れたように叫んだ。駒持はじろりと彼女を眺めやり、

「そうだ。おまけに、もうひとつ悪い条件が重なった。あの日は台風で、以前、風の激しい日に七号棟の玄関灯が割れ、そのせいで停電したことがあったから、どの家も玄関灯を消し、きちんとシートでくるんであった。真っ暗だったうえに、表札も見えないわけだから、ロバートにしても確かめようがなかったんじゃないかな。ましてや彼はパニック状態だった。三号棟を牧野セリナのいる八号棟だと思い込み、疑いもしなかった。

そして、さらに運悪く、三号棟の表玄関の鍵が開いていた」

駒持の合図を受けて、一ツ橋は児玉不動産の社長の一件を説明した。

「ロバートは真っ暗な三号棟の玄関に、揚の身体を投げ出す。ひとひとり担いで強風の中、坂道を登って来たんだから、相当へばってもいただろう。家の中が暗いのは、セリナがすでにでかけたせいだと最初は思った。ところが、じきに気がついた。家を間違えたこと、その家が空き家だということに。

彼は蒼惶《そうこう》としてその場から逃げ出した。もちろん、ドアは閉めたが鍵なんかかけようもない。慌てふためいて南海荘に戻り、牧野セリナにこのことを打ち明ける。セリナも真っ青になったんじゃないかな。そのままヴィラに取って返したいところだったが、あいにくとその矢先、十一時過ぎにまたしても客が来た。進藤カイと名乗る人物が宿泊したいとやってきたんだ」

入江菖子が首をかしげて、角田弥生を見やった。弥生は珍しく笑い声をたてて、芙由と彼女

に説明した。

「どうやら熱烈な角田港大ファンとおぼしきこの男、いまのところどこの誰ともわからないが、それはまあ、どうでもいい。こいつは翌朝早くに出立《しゅったつ》するからといって、部屋をとった。いつ寝るかと見張ってたらしいんだが、進藤はどうやら徹夜するつもりだったようで、一向に寝やしない。

おまけに、セリナは入江さん、あんたから角田港大の本を借りて読んでいる最中だったから進藤カイという名前に覚えがあったし、連絡先も東京の出版社だったから、この人物は角田港大のファンで、角田先生に会いに行くところか、帰るところじゃないかと見当をつけたそうだ。仮に彼がそれから角田邸を訪ねるとなると、どうしたってヴィラの脇の坂道を通るし、死体を抱えてうろうろしているところなんぞ見られないでもない。結局ふたりはその夜、ヴィラに戻ることも、ましてや死体を片づけることもできなかった。五時になって進藤は出ていったが、その頃には台風は行き過ぎていた。三号棟の隣に住む五代夫妻は年寄りだから朝が早い。後始末は翌日に持ち越さざるをえなかった。

とはいっても、死体の片付けなんぞ昼間からできるわけもない。十勝川レツのような、好奇心の塊みたいな婆さんの目だってあるから、皆が寝静まるまで待つしかなかった。ようやく皆が寝つき、ふたりは三号棟に忍び込んだ。揚の死体を持ち出し、裏山に埋めてしまうつもりでね。ところが、突然、ふたりの耳にけたたましいサイレンの音が聞こえてきた」

駒持は一ツ橋に指を突きつけた。

「おまえさんのメモから欠落していた、重要な事がらというのがこれだ。事件の翌日、二号棟の五代四郎が心臓発作を起こして救急車を呼んだというのがな。さて、深夜のサイレンには後ろ暗いところがなくてもぎょっとさせられるもんだ。人生始まって以来のやばい状況にあったふたりの心臓が止まりかけただろうことは、想像に難《かた》くない。救急車はライトをぐるぐる回しながら坂道を上がってくる。その赤い光が三号棟の玄関の明かり取りのガラスを通して見える。いやもう、死体を持ち出すどころじゃない。セリナによれば、てっきり死体がすでに誰かに見られていて、その人物が警察を呼んだんだ、あれはパトカーなんだと思ったそうだ。

逃げ出す前に、咄嗟の機転でセリナは時間稼ぎに玄関に内側から鍵をかけ、揚の財布や時計なんかを持ち去り、ホテルでつちかった手際の良さで周囲を拭き清めた。ロバートはロバートで持っていたシャベルで死体の顔と指を潰した。死体を身元不明にしておいたほうが都合がよかったわけだし、指を潰したのは揚が恐喝屋にちがいないと考えてのことだった。岩場で転倒したときに、揚は顔にも手にもかなりのすり傷を負っていただろうから、それを隠す意味もあった。

それだけすませると、彼らは裏口から逃げ出し、救急車に驚いて家から飛び出してきた近所の衆の仲間入りをした。ロバートがセリナと一緒に居心地悪そうにいるのを見ても、誰も驚きゃしなかった。恋人のおうちに初めてお泊まりした男が、近所の連中に見られてもじもじするのは、ま、ごく自然のこった」

「そりゃそうだ。ほほえましく眺めてたよ。——だけど、どうしてふたりは救急車騒ぎが収まったあと、死体を持ち出さなかったんだ？　皆、寝入りばなを起こされて、ぶつぶつ言いながら家に戻ったんだ。小一時間も待てば、皆爆睡してたろうし、それから戻ればよかったのに。まさか、寝ちゃったわけでもないだろう」

菖子の言葉に駒持は大笑いした。

「もちろんだよ。あのふたり、そこまで肝《きも》は座ってなかったさ。彼らは事実、一時間たってから、また戻ったんだ。ところが、すでにそのときには三号棟には入れなくなってたんだ」

「どうして」

「三島さんが裏口の鍵をかけちまったからさ」

菖子があっと叫んだ。

「そうか。そうだったね。そうすると——」

「そう。先日南海荘で、私が三島さんをむやみと責め立てたのは、彼女にそのことを白状させたかったからだよ。でなければ、セリナの行動はまったく不可解ということになるからな。おまけに、あの説明でわかっただろうが、逆に、犯人は、裏口の鍵の一件をまったく知らなかった人物ということになる。知っていれば、とうに裏口の鍵を手にしていただろう。牧野セリナは双子が鍵を隠しているという情報から、一番遠い人間だった。

さて、あの日の行動を、三島さんから詳しく説明してもらおうか」

芙由は菖子の視線を浴びて、頬を赤らめた。

「前から娘たちが三号棟の裏口の鍵を見つけ出して、あの家に出入りしてること、鍵を裏の竹垣に隠してることに、気づきかけてました。五代さんが発作を起こした日のことですけど、フジさんはまずうちに来たんです。あのひと、いいひとだけど、緊急事態に対処できないでしょう？　だからわたしが救急車を呼んだし、救急車が来たときには坂まで迎えに行ったんです。そのとき、三号棟の前を通ったら、玄関の鍵が閉まる音が聞こえたんです」

芙由は一ツ橋をちらりと見やった。

「当面は五代さんを運び出すのに大騒ぎだったんだけど、静かになったとたんにそのこと思い出したんです。わたしはフジさんが来るまで熟睡してて、あの時間の双子の居場所を知りませんでした。親がこんなこと言うと、無責任に聞こえるかもしれないけど、あの子たちなら夜中に三号棟に出入りするくらいのことやりかねないもの」

駒持と菖子がいっせいに賛同の声をあげた。

「ふたりが部屋で眠っているのを確認して、隠し場所から裏口の鍵を取り出して、念のために見に行きました。裏口には鍵がかかってなかった。双子が救急車騒ぎで慌てて閉め忘れたとばかり思ったんで、二度と出入りできないように施錠し、鍵を持ち帰りました。鍵はそのうち不動産屋さんに渡すつもりでした。まさか、あの家に死体が転がっていただなんて、夢にも思わなかったんです」

「なるほどね」

菖子が空になった紅茶カップを弄びながら、言った。

「不動産屋が表玄関の鍵をかけ忘れた。ロバさんが死体を運び込んだ。裏口の鍵は三島家の双子が持っていて、芙由さんが鍵をかけた。まさか、全部がばらばらに起こったとは思わなかったな」

「死体が見つかった時点で鍵を警察に差し出していたら、三島のこともあるし、わたしが疑われると思った。でも娘たちを黙らせておくなんてできそうもなかったんで、とにかく鍵を元の場所に戻しておきました。玄関の鍵が開いてたなんて知らなかったから、てっきりうちの娘たちが隠していた裏口の鍵が、犯行に使われたんだと思ってたの」

「でも実際には、双子が鍵を隠してたことなんか、誰も知らなかったわけだ。その親以外はね。三島さんも、旦那のことさえなければもっとすんなりそのことを白状してたんだろうが、なにせ旦那と条件ぴったりの死体がにわかに近所に出没したんで、度を失って我々警察を困らせたわけだ」

「条件ぴったり?」

菖子が顔をあげた。駒持はにやにやと彼女を眺めやったが、表情を改めた。

「そうなんだよ。条件ぴったり。三島さんにとっても、牧野セリナにとっても、あらぬ疑いをかけられた鬼頭典子さんにとっても、非常に都合の悪い条件がぴったり。要するに、牧野セリナとママさんが中国人の密航者の溺死体と思い込み、南春太と偽って引き取ったあの死体。あれは、実は、三島貞夫のものだった」

菖子は凍りついたように、芙由、駒持、一ツ橋の顔を順ぐりに見渡した。

「それ、確認できたの？」

「それが少々難しいことになりそうなんだ。死体はとっくに荼毘《だび》に付されてるし、死体の写真はあるんだが、さっきも言ったようにひどく傷ついてるからね。だが、牧野セリナはたぶん間違いないと言ってる。いま、科警研に頼んで、骨を鑑定してもらってるから、遅かれ早かれ結論が出るだろう。――彼女がきみに謝ってくれと言ってたよ」

芙由は難しい顔になった。一ツ橋が見かねて口を挟んだ。

「牧野さんは、夏目とそうつきあいがあったわけじゃない。夏目にあの三年前の台風の日に行方不明になった旦那がいることも、入江さんから教えられるまで全然知らなかった。それだって、事件の起きたあとの話だからね。ぼくときみがでかけて、双子が入江さんに預けられたあの日。牧野さんは入江さんと一緒に、双子を一号棟の三島家に運び込んだ。そのとき、彼女は初めて、三島貞夫の写真をリビングで見た。あっ、と思ったそうだよ。というのも、きみの旦那さんは双子たちに笑顔がそっくりで、双子たちと同じように八重歯だった。南春太も――ほら、さっき彼はカナダで歯並びを矯正したと言っただろ？　もともとは右上の犬歯がでっぱっている、八重歯だったんだ。

夏目が旦那さんの捜索願いを出したのは、台風の二週間後のことだっただろ？　その一週間前に死体は葉崎北湾にあがった。牧野セリナをかばうわけじゃないが、他に該当する行方不明者がいないから、死体が自分たちのところにまわってきた、つまり、中国人のものだ、と思い込んだのはしかたのないことだったと思うよ」

「牧野セリナは自分たちのせいで、三島さんに大変な迷惑をかけていることを知って、目の前が真っ暗になったそうだよ。三島さんだけじゃない、鬼頭典子さんの過去の傷口をえぐるようなことになったのも、あの死体のせいだった。言い訳に聞こえるだろうが、自分ひとりなら、あるいはロバートとふたりだけなら、もっと早く自首するつもりだったと言ってたよ。だが、ママさんのことがあるからな。彼女は今度のことについては、なにも知らされてなかった。松村朱実が殺されて、事態が容易ならなくなったので、そこで初めて打ち明けた。南小百合はショックで寝こんじまい、また自首する機を逸した。三島さんにしてみれば許せないことだろうが、牧野セリナも苦しんだんだ。自業自得とはいえね」

駒持の言葉を、芙由はゆっくりとうなずきながら聞いていた。一ツ橋は彼女から目をそらした。菖子がおそるおそる、といった調子で尋ねた。

「で、セリナはどうなるの？　ロバやママさんは？」

「殺人の罪には問われないにしても、死体遺棄に損壊、不法侵入、保険金詐取《さしゅ》、公文書偽造、その他もろもろあるからな。まあ、ママさんは微罪だな。セリナやロバートに関してはわからないが、全部ひっくるめても五、六年、いい弁護士がつけば二、三年でなんとかなるんじゃないか。ひとつ、いい話があってな。例の南春太の友人、借金踏み倒して逃げたやつ。こいつ、逃走先で一山あてたうえ今度のことを聞いて、一千万を返却すると言ってきたそうだ。それにママさんもセリナも、いずれこの日が来るかもしれないという予感があったんだろうな。けっこうがっちり貯金してて、それにヴィラの家を売り払った金を足せば、南海荘を手放さなくても、保険金はなんとか全額返済できる見通しだそうだ。保険会社も金さえ戻ってくれば、たぶんうるさいことは言わないだろう。いっちゃなんだが、もとはといえばてめえんとこで蒔いた種だ」

長い話が終わって、一同は大きなため息をついた。家政婦が紅茶のお代わりを運んできた。双子たちがきゃあきゃあ騒ぎながら、芝生の縁を走り回っている。季節はずれのハナバチが鈍い羽音を立てて彼らの周囲をゆっくりと旋回した。潮風が彼らの髪をなぶり、紺碧《こんぺき》の海にちりめんのような波をたてている。

「そう。よかった。それじゃ、南海荘はなくならないし、いずれはセリナたちも戻ってこられるんだね。〈黄金のスープ亭〉が店たたんだらどうしようかと思ったよ」

「たたまないさ。南小百合はもう南海荘に帰ってる。息子夫婦が戻ってくるまで、意地でも南海荘は潰さないとはりきってたよ。ま、あのママさんなら大丈夫だろう」

菖子は初めて明るい顔になった。

「朱実さんや伊能さん夫婦はセリナたちの巻き添え喰ったみたいで気の毒だけどさ。事件のおかげで破綻が少々早まっただけで——火種は自分とこにあったわけだよな。伊能夫婦は離婚が決まったってね。タケシくんは圭子さんの実家に引き取られることになったそうだ。一度挨拶にみえたんだけど、なんだか圭子さんの親とは思えないくらい、いいひとたちだったよ。怪我をした角田先生は気の毒だったけど、これも自分から乗り込んでいったわけだしね。めでたしってわけにはいかないけど、かえって事件が起きて、いろんな膿《うみ》が出ちまって、よかったのかもしれないね。無責任なようだけどさ。ところで」

菖子は角田弥生の顔をのぞきこんだ。

「弥生さん、さっき、角田先生は怪我をしたおかげでいい方向へ向かってる、なんて言ってたけど、あれ、いったいどういう意味？」

弥生はにっこり笑って切り返した。

「あら。わたし、そんなこと言いましたっけ？」

3

それから数時間後、一ツ橋は芙由と一緒に海岸にいた。双子たちと朱実の遺した犬が岩場を危なっかしく飛び回っている。ふたりは並んで遊歩道に腰を下ろし、その姿を目で追っていた。

一ツ橋は軽く咳払いをした。

「牧野セリナが夫として密葬した遺骨が旦那のものとわかったら、どうするんだ、夏目。まだ双子はそのことを知らないんだろう？」

「馬鹿ね」

彼女は小さく微笑んで、

「あの子たちに内緒にしておけることなんか、なにもないわよ。とっくに知ってるわ。でも思ったよりショックは受けてないみたい。父親のこと、好きだったみたいだけど、なにしろあの頃だってめったに家には帰ってこなかったんだから」

「そうか」

一ツ橋はため息をついた。初めて三島貞夫が少し、気の毒になった。夫婦喧嘩の挙句家を飛び出し、彼はなにを思って海岸に下りたのか。自ら海に身を投げたのかもしれないし、波にさらわれたのかもしれない。生きている人間の気持ちすらわからないのに、死んでしまった男の気持ちなどわかろうはずもない。

「旦那の身元が確認されたらどうするんだ。新国に帰るのか」

「え？　まさか。ここがわたしたちの場所よ。ヴィラ・マグノリアがわたしたちのホームだもの。ここに居続けるわ。——初美ちゃん、双子がね」

三島芙由は照れたように笑って、

「今度あの巡査部長とデートするときは、うちに食事に呼べですって。お邪魔ならあたしたち、三号棟にでも潜り込んでるから、勝手に出かけるな、だって」

一ツ橋はぽかんとして芙由の横顔をのぞきこんだ。しばらくして、彼はふき出した。芙由はその姿をじろりとにらんだが、やがて自分も声をあげて笑い始めた。ふたりが涙を流しながら笑っていると、子どもたちと犬が岩場の陰から飛び出してきた。彼らはおなかを抱えているおとなたちを不審そうに眺めたが、すぐにいつもの調子で話し出した。

「ママったら聞いて聞いて。この犬ったら、宝物を岩陰に隠してたんだよ」

「すごい宝物なの、ねえ麻矢」

「瓶とか海藻とか、きったない靴下片方とか」

「ねえ、この犬誰が飼うの？　うちで飼っちゃダメ？」

「飼うんだったら、カトリーヌちゃんはやだな。犬は男らしくポチがいい。ねえ亜矢」

「メスなのにポチってことはないでしょ。そうだ。駒持ってつけちゃえば」

「亜矢、それ最高。駒持、おいでおいで」

げらげら笑い交わしながら駆け去っていく一行を見送ると、芙由は言った。

「……やっぱり、家でデートは考えものかもね」

葉崎医科大学付属病院の外科病棟の廊下で、角田弥生は旧知の編集者に出くわした。編集者は弥生に駆け寄ってくると、

「奥さん、この度はとんだことで。あのう、先生は頭をぶたれたんですって。原稿のほうは大丈夫でしょうか」

「心配しなくていいと思うわ」

「でも」

「角田なら、殺しても死にませんからね」

弥生は病室に入った。角田港大は山のような花束に囲まれたベッドの上で、仏頂面で煙草を吸っていた。

「どいつもこいつも原稿の心配しかしやがらねえ。俺はいったいなんなんだ」

「ふて腐れてんじゃないの。お見舞いに来てもらえるだけ、ましじゃないの」

港大は上目遣いに妻の顔を見た。

「おまえ、しゃべったのか、警察に、あのこと」

「あのこと?」

弥生は面白そうに夫を見下ろすと、肩をすくめて、

「あのことって、角田港大の小説を書いているのが見るからに渋いあなたじゃなくて、アル中の中年主婦であるあたしだってこと?」

「嫌みを言うなよ」

「本当のことでしょ」

弥生は意外なほど優しいまなざしを夫に投げかけた。

「気にすることなんかないわよ。あたしたちはふたりで角田港大なのよ。どっちが欠けても角田港大じゃなくなってしまう。あんたはあんたで、きっちり角田港大の金看板背負う。あたしは面白い小説を書く。それでいいじゃない。だけどねえ」

弥生はため息をついた。

「実のところ、少々、昔の男をいつまでも慕ってる女ばっかり書くのに飽きてきちゃったわ。女なんてもっと現実的で変わり身が早いもんだわよ」

「例外もいるだろう」

「いないわけじゃないけどね」

弥生は事件の中心人物を思い浮かべて、肩をすくめた。

「二、三年くらいなら待ってる女だっているでしょうけど、よっぽど頭がおかしくないかぎり、十年は待たないわね。というわけで、新英社から頼まれているシリーズは打ち切りにして、別の話を書いてみようかと思ってんの。進藤カイは今度死ぬことにするわ」

「意地悪だなあ」

角田港大はしかたなさそうに答えた。

「あの進藤カイと名乗ってるファンが、怒り狂って剃刀《かみそり》かなんか送ってくるぞ、きっと」

「あなたもそろそろ腹をくくんなさい。なんのためにわざわざ都会を捨ててきたと思ってるのよ。小説を書いているのがあたしだって、あなた口すべらせそうになるからよ。酒が入るとすぐそうなんだもの」

港大は面目無さそうにうつむいたが、じきににやりと顔をあげた。

「そういやさっき、杉岡が来たよ。いまフリーライターになってる男。あいつ、ものすごい勘違いしてたぞ。俺のことをな、美少年趣味があると思い込んでやがるんだ」

「ええ？　それであなた、どうしたの」

「そらとぼけてやったんだ。俺たちの秘密を糊塗《こと》するのにちょうどいいからな」

弥生は呆れたように夫を眺めていたが、じきに肩を震わせて笑い始めた。ベッドのうえの港大もそれにならった。

「なあ、俺、おまえに教わって文章の勉強でもしておこうかな。小説が書けるようになるとは思わないが、ルポルタージュくらい書けるようになれば、海外取材させてもらえるかもしれないし。いつまでもトレンチコート着て飲み歩いてるわけにはいかねえし、このまま主夫で一生終わりたくないし」

「あたしは働く主夫に理解があるわよ」

「そうかあ？　たまには家事の分担してくれんのか」

そのとき、看護婦が入ってきた。彼女は角田港大のひそかな愛読者だった。てきぱきと業務をこなしながら横目で、そっぽを向き合う夫婦を見て、看護婦は考えた。なんだか感じの悪い奥さんだこと。港大先生は渋くて素敵なのに。あたしが奥さんだったら、もっと先生のこと優しくして差し上げるのに。


中里澤哉はおずおずと〈鬼頭堂〉をのぞき込んだ。正午すぎのことで、客の姿は見当たらない。奥のカウンター脇の机に向かい、典子は忙しそうに本を選り分けていた。

「やあ」

「あら」

典子は汗で額に貼りついた髪の毛をはずしながら、起き直った。

「どうしたの。今日は塾、休みだったっけ」

「三十分ほど、空いてるんだ」

「そう。コーヒーでもいれましょうか。インスタントだけど」

「実は、それを目当てにやってきたんだ」

鈍い音を立てている電気ポットからふたつのマグカップにお湯が注がれる間、会話はとぎれた。中里は所在なげに本の積まれた机の上を見回して、

「なにしてたんだい。値段つけかなにか？」

「ううん。セリナに差し入れる本、選んでたの」

「牧野さんに？　だって、彼女は」

「そうね。確かにセリナのおかげで大変な三日間だったわよね。だけど、彼女はわたしに恨みがあってあんな真似をしたんじゃないんだし、それどころか、本人がいちばん驚いたと思うわよ。まさかわたしが疑われるなんて思ってもみなかったでしょうからね」

「ずいぶん寛大なんだな」

「母が先に切れちゃったから」

典子は笑った。

「大変だったわよ。母ったら、セリナのことを殺人鬼よばわりするんだもの。そんなひとがお隣にいただなんてどうしたらいいの、典子が結婚できなくなっちゃうわ、なんて叫んじゃってさ。今さら騒いだってどうしようもないじゃないの、ねえ？　わたし、母の言うことにはなんでも反対する癖がついてるじゃない。あれこれセリナをかばってるうちに、なんだか彼女の気持ちがわかってきた気がする。それにね」

典子はコーヒーをがぶりと飲んで、顔をしかめ、

「葉崎署の駒持警部補が笹間のこと見つけ出したついでに呼び出して、ぎゅうぎゅうの目にあわせたらしいのね。彼、一昨日帰り際に立ち寄って、散々喚き散らしてったわ。おまえみたいな恐ろしい女には金輪際近づかないって捨て台詞残して」

「最後までひでえ野郎だな」

「ほんとよね。そんなこと言われて傷つかなかったと言ったら嘘になるけど——でも、どういうわけか、その晩は実によく眠れたんだな、これが」

「そっか」

「だから、セリナには少しだけ感謝してんの。あんなことがなかったら、わたし、いつまでもうじうじしてたと思うんだ。——そうそう。ねえ、あの話聞いた？　朱実さんが殺された日、うちにあった悪戯電話の話」

「あ、そうだ。あれ、結局なんだったんだ？　松村さんがきみに罪をかぶせようとして」

「それが違うんだな。駒持さんが通話記録を調べてくれたんだけど、以前うちで万引やった三人組の中学生がいたじゃない？　あの電話、その中学生たちの悪戯だったのよ。ご丁寧にも年寄りの声色使って、仕返しのつもりだったんだって。その仕返しが偶然にもわたしに容疑をかけたんだか晴らしたんだかになったんだから驚きよね。こっちも駒持警部補が散々説教ぶってくれたみたい。あのひと、あれでわたしに申し訳ないと思ってるんだわ」

「そっか」

「まあ、なんだかんだですっかり吹っ切れて、母にもあのことぶちまけちゃった。ちょっと可哀想だったけどね。母にしてみればこんな裏切り行為はないわけだから。ここんとこ口もきいてくれないのよ。だけどしかたないわ。自分でやったことの責任を、自分でとるだけのことだから。セリナが言ってたっけ。笹間は自分の責任までわたしに押しつけたんだって。その通りだと思う。自分のぶんは自分で背負っていくしかないにしても、他人のまで背負えやしないよね。いずれ、母にもちゃんと謝って、わかってもらえるようにするつもり」

中里は目をしょぼしょぼさせて、苦いコーヒーをなめていたが、

「俺も岩崎に謝らなきゃ」

「あなたたち、喧嘩でもしたの？」

「喧嘩よりひどいな。その、なんていうかな。きみが犯人というよりは、岩崎が犯人のほうがいいなと思ってさ。あいつを疑うような態度をとっちまった。なんか、謝りづらくてさ。それこそあいつも、ここんとこ口をきいてくれないんだ。無理もないけど」

「お互い、帰宅恐怖症だね」

「なんだったらさ」

中里は不意に元気づいた。

「岩崎に七号棟に移ってもらってきみが四号棟に来るってどう？　おふくろさんと岩崎を一緒に住まわせてさ。でもって俺たちが……」

「可哀想な岩崎くん」

典子は笑いの発作に襲われて、危うくコーヒーをカッパ・ブックス版の『快楽主義の哲学』にぶちまけるところだった。中里は膨れっ面で黙り込んだ。典子は涙を拭きながら、

「やだ。まさか中里くん、本気で言ったんじゃないんでしょ」

「――冗談だよ」

「そ。ならいいわ。物事には限度ってものがあるものね」

典子は数冊の本を集めて紙袋に入れた。不安そうな中里に、彼女はさりげなく言った。

「ねえ、中里くん。あなた、どのくらい貯金してる？　わたしの貯金とあわせれば、セリナのいた八号棟が買えるくらいになるかしら」


南海荘の厨房で、南小百合はカボチャを切っていた。店名の由来にもなったパンプキンスープを作るところなのだ。数種類のカボチャを使い、葉崎ファームの濃いミルクとクリームで仕上げるパンプキンスープ。今度ふたりに差し入れてやろう、と小百合は考えていた。春太もセリナもこのスープが大好物なのだ。これからずっと大変なときが続くから、栄養をつけさせなきゃならない。

疲れてうっかり口を滑らせたりしないように。

あの男が南海荘に来たとき、最初に彼に疑いを持ったのは小百合だった。息子と話しているのを聞き、まずいと思ったのも小百合だった。あの男が夜の嵐の中を、ふらふらと海岸沿いの遊歩道を歩いていくのを尾《つ》けていったのも小百合だった。あの男は靴を脱ぎ、濡れた靴下をそのなかに詰めて、裸足でふらふらと海岸を進んでいった。

小百合は彼を追う途中で、激しい不安にとらわれ始めた。男の向かっているのは、セリナのいるヴィラ・マグノリアではないのか。

家族三人が力をあわせれば、どんなことでもやってのける自信があった。しかし、いま、セリナはたったひとりで家にいるのだ。この先もひとりで家にいることになるだろう。そんなときこの男が押しかけていったら——。

男は靴下の片方を遊歩道に落としていた。小百合はその靴下を拾い上げ、石を詰めた。激しい波の音が、小百合の気配を消した。小百合は振り向いた男の頭に、はずみをつけてその靴下を叩きつけた。

失敗だったのは。カボチャを鍋に入れながら、小百合は思った。失敗だったのは、小百合のあとを春太が追ってきたのに気づかなかったこと。後始末を彼に任せたこと。なにより三年前、葉崎北湾に浮かんだ死体を春太のものだということにしよう、と嫌がるセリナを説き伏せたこと。あんなよけいなこと、しなければよかった。

真っ青になって走り寄ってきた息子に説き伏せられ、小百合は男の始末を彼に任せて南海荘へ戻った。戻ってみると、セリナがいて、あとから春太が帰ってきて——あとは警察に話したとおり。

カボチャは色鮮やかにゆであがり、小百合はカボチャをざるにあげた。少しミルクをたしてミキサーにかけ、その輝くばかりのねっとりとした液体を別の鍋に移した。

セリナから、春太のものとして葬った死体が実は三島芙由の夫のものらしいと聞いたとき、さすがに小百合も良心の呵責に耐えかねて倒れた。これはもう、隠し通せるものではない、とセリナは言った。松村朱実殺しの犯人の目星がついたら、これまでやってきたことすべてを明るみに出そう、すべて警察に打ち明けよう。——ただし、ママさんがあの男を殺したことをのぞいて。あれは事故だと言い張るんだ。保険金詐取を隠すために、事故を公にできなかったといえば、大丈夫。うまくいく。絶対に。

スープにミルクとクリーム、塩こしょうで味つけをした。小さな皿にすくって味見をした。うん。よし。最高。これこそ〈黄金のスープ亭〉の看板メニューの味だ。事件を知っていったんは客足も遠のくかもしれないが、ほとぼりが冷めればまた戻ってくる。この味を懐しがって。

小百合にはその自信があった。

だってうまくいったものね、セリナ。

一九九九年六月 カッパ・ノベルス（光文社）刊

解説

香山《かやま》二三《ふみ》郎《ろう》
（コラムニスト）

若竹七海が『ぼくのミステリな日常』（創元推理文庫）でミステリー界にデビューしたのは一九九一年三月のことだった。二〇〇二年で作家生活一二年目に突入、著作数も二〇冊を越えた今、すでにベテランの域に達したといってもいいだろう。

でも、その代表作を一冊あげよ、といわれると、ファンもちょっと手間取るかも。

デビュー後も順調に作品数を重ねてきた若竹だが、その作品世界は本格ミステリー一辺倒では決してない。実はハードボイルドものからパニックもの、ホラーから戯曲に至るまで、作風は多岐《たき》に渡っている。代表作がないわけじゃなくて、バラエティに富み過ぎているのである。

いわゆるコージーミステリーといわれる本書も彼女の得意とするサブジャンルのひとつだが、いきなりコージーといわれても、ピンとこない読者もいるはずだ。

コージーとは英語でcozyと表わし、辞書には、居心地のよいとかくつろいだ、親しみやすい等の意味が記されている。それがミステリーとくっつくとどういう意味になるかというと、「小さな町を舞台とし、主として誰が犯人かという謎をメインにした、暴力行為の比較的少ない、後味の良いミステリ――これすなわち、コージー・ミステリです」（光文社カッパ・ノベルス版『ヴィラ・マグノリアの殺人』「著者のことば」）

今ふうにいえば、日常劇仕立てのまたーりとした本格ものといったところであろうか。本書『ヴィラ・マグノリアの殺人』について、著者は「重苦しい情念の世界も、鬼面人《きめんひと》を驚かす類いの大トリックもありません」と断ったうえで、「舞台は海岸沿いの閑静な住宅地」で、「それぞれ一癖ありそうな住民たちが、ご近所に突如降って湧いた謎の死体に右往左往する、犯人探しのミステリです」と説いている。

著者はまた、初刊本で、舞台となる架空の町・葉崎についても、

神奈川県に葉崎という市はありません。江ノ島あたりが突然隆起して、ものすごく細長い半島ができあがりでもしない限り、これからも存在しないでしょう。作品中には鎌倉や藤沢といった地名が出てきますが、これも架空のものとお考え下さい。

とわざわざ断り書きを付している。

むろん、これは野暮なクレームをつけてくる手合いへの牽制《けんせい》という意味合いもあろう。だが、それ以上に、このシリーズが現実にはない、あくまで著者好みのミステリーワールド／コージー世界であることを強調しているようにも思われる。その当否はさておくとしても、著者のコージーミステリーへのこだわりぶりはそれだけ半端じゃないということだ（ちなみに、葉崎は舞台背景として他の若竹作品にもたびたび登場する。本書には、それらの登場人物もさりげな

く配されているので、肝心の物語本体はどうか。

さてそれでは、要注意！）。

お話は、海に臨《のぞ》む斜面に造成された一〇棟の建売住宅「ヴィラ・葉崎マグノリア」の三号棟の空き家で顔をつぶされた男の死体が発見されるところから幕を開ける。葉崎署の駒持警部補と一ツ橋巡査部長を始めとする捜査陣は直《ただ》ちに発見者となった不動産屋の社長夫人や四号棟の牧野セリナ等、ヴィラ・マグノリアの居住者の聞き込みを開始。ひと癖もふた癖もある住人たちの愛憎半ばする人間関係が次第に浮き彫りにされていくが、被害者の身元はなかなか判明しない。やがて「容疑者が多すぎる」中、さらに第二の事件が発生するが……。

のっけから「熟れすぎたザクロのよう」に顔がつぶされた死体の登場とは、「暴力行為の比較的少ない」コージーものとしては結構ショッキングな出だしであるが、これ以後はこの死体をめぐる丹念な謎解き——捜査が描かれていく。もっともストレートな犯人探しものではなく、そもそも死体がいったい誰なのかを目玉にした、いわゆる〝被害者は誰か〟もの仕立てという辺り、いかにもミステリー通の著者らしい凝《こ》った設定というべきだろう。

それにしても、住人から捜査陣まで、老若男女、よくもまあこれだけアクの強い面々を取り揃えたもんだ。いやまあ、アクの強いというか、清濁《せいだく》合わせ呑んだといおうか、このピリリと辛いキャラクター造型が若竹ミステリーの特徴のひとつなわけなのだが、著者にいわせると、そこがコージーの肝ということになる。

著者はエッセイ「ニンジンと酒」(「ミステリマガジン」早川書房刊/一九九九年一月号掲載)で、「コージー・ミステリは、あくまでミステリとして面白くなくてはならないし、誰が犯人かという謎がうまく呈示され、解決されなくてはならないと思う」と述べた後で、「この〈誰が犯人か〉ミステリが成功するかどうかは、ひとえにキャラクターの造形とその立ち上がうまくいくかどうかにかかっている」と断じている(そのいっぽうで、キャラだけがひとり歩きしているような作品がコージーにお手軽なイメージを抱かせる原因にもなっていると批判しているが、それはまた別の話)。

なるほど本書には、住人、警官を始め、二十数人の主要人物が登場、それぞれの役割を担っている。中には当初目立たない人物もいるわけだが、読み進めていくうちに次第にキャラが立っていく。駒持と一ツ橋の刑事コンビのように住人たちも対照の妙《みよう》を活かした二人ひと組のセットで紹介されているところなどはそうした巧さの現われといえるだろう。

むろんキャラが立ち上がっていくにつれ、それぞれが抱えた小さな秘密が謎を呼び、謎解きも自ずと盛り上がっていくことになる。そう、どんな人間であろうとひとつやふたつ、人にはいえない秘密を持っているもの。著者は個々の人物像にそうした隠蔽《いんぺい》劇をリンクさせてミステリー的な興趣《きようしゆ》を増幅させてみせる。その端的な例が三島ツインズで、いやはやこの姉妹、ちょいとやんちゃな女のコとは思っていたが、中盤からは思いも寄らない活躍ぶりを見せつけてくれる。日常劇においては、爺婆とガキンチョの使いかたがポイントのひとつであることはわかっていても、こうも鮮やかにやられるといっそ気持ちがいい。

もっとも、キャラ造型や様々な伏線の張り渡し等、地道な小技系ばかりが卓越しているわけでは決してない。「著者のことば」では「鬼面人を驚かす類いの大トリックもありません」と謙遜《けんそん》しているが、二転三転するラストの展開は充分〝驚愕《きょうがく》の真相〟に値するのではあるまいか。必ずしも後味のいい作品ばかりとは限らない若竹小説、今回もひょっとしてと思われる向きもあるかもしれないが、その点はきちんとコージーしているのでご安心を。

もうひとつ、本書にはファンのミステリーマインドを刺激するようなアイテムもさりげなく織りまぜられている。たとえば、岩崎晃による牧野セリナ評にある「ヘレン・バクセンデール似」という言葉。バクセンデールは英国の女優で映画『私が愛したギャングスター』等にも出演しているが、ミステリー的には何よりP・D・ジェイムズの代表作のひとつ『女には向かない職業』（ハヤカワ文庫）のTVドラマ版でヒロインの女探偵コーデリア・グレイを演じたことで記憶されるべきだろう。

またハードボイルド作家角田港大によると、入江菖子女史は「ヒラリー・ウォーなんかも訳してますよ」とのことだが、ウォーがアメリカの警察捜査活動小説の第一人者であるのはいうまでもない。さらに、その入江女史が寝しなに読んでいた『鞍馬天狗　地獄の門』（小学館文庫所収）は勤皇と佐幕の暗闘が続く中、鞍馬天狗が同志の裏切りや謀略に巻き込まれることになる（この緊急事態に、よくもまあ、そんな話が読めるもんだ！）。

とまれ、ディテールにも著者独自のこだわりというか遊びが凝らされているので、チェックを怠りなきよう、申し添えておきたい。

本書『ヴィラ・マグノリアの殺人』は一九九九年六月、光文社カッパ・ノベルスの一冊として書下ろし刊行された。シリーズ第二弾『古書店アゼリアの死体』はすでにカッパ・ノベルスから刊行済みで、『このミステリーがすごい！　2002年版』（宝島社）の「私の隠し玉」によれば、「カッパの書き下ろしの葉崎コージー・ミステリ第三作『ホテル・カトレアの醜聞』（仮題）」も、「予定と構想だけはあるのですが……」とのこと。

村上貴史による日本作家インタビュー「ミステリアス・ジャム・セッション」（「ミステリマガジン」二〇〇二年五月号）の中で、著者は「長篇を書く面白さを初めて感じたのは、一九九九年の『遺品』（筆者註・角川ホラー文庫）のときでしたね」と述べていた。

それまでは、長篇が本当に苦手だったんです。さっきも言ったように描写をどんどん削っていくタイプなので、枚数が増えないんですよ。そこで仕方なしにエピソードを追加すると流れが悪くなってイライラするといった繰り返しで、どうもうまくいかなかったんです。それが、プロットの分析結果を活かせるようになってから、長篇執筆のなかで色々な愉しさが見えてきたんですよ、十年経ってようやくね。

してみると『遺品』の半年前に刊行された本書でも、それなりの手がかりをつかみかけていたと推察される。デビュー後一〇年、著者の熟成が促進されたまさにその年に本シリーズは発進したわけで、この先の展開に対しても自ずと期待も膨《ふく》らむというものである。年一作ペースというわけにはいかないにせよ、本シリーズが日本を代表するコージーミステリーに成長していくのは間違いないだろう。

光文社文庫

長編推理小説

ヴィラ・マグノリアの殺人《さつじん》

著 者　若《わか》竹《たけ》七《なな》海《み》

2002年9月20日　初版1刷発行
2017年3月10日　7刷発行

発行者　鈴　木　広　和
印　刷　豊　国　印　刷
製　本　関　川　製　本

発行所　株式会社 光 文 社
〒112-8011　東京都文京区音羽1-16-6
電話　(03)5395-8149 編　集　部
8116 書籍販売部
8125 業　務　部

ISBN 978-4-334-73373-5　Printed in Japan

お願い　光文社文庫をお読みになって、いかがでございましたか。「読後の感想」を編集部あてに、ぜひお送りください。

このほか光文社文庫では、どんな本をお読みになりましたか。これから、どういう本をご希望ですか。どの本も、誤植がないようつとめていますが、もしお気づきの点がございましたら、お教えください。ご職業、ご年齢などもお書きそえいただければ幸いです。当社の規定により本来の目的以外に使用せず、大切に扱わせていただきます。

光文社文庫編集部

光文社文庫　好評既刊

ほおずき地獄　近藤史恵
寒椿ゆれる　近藤史恵
土蛍　近藤史恵
烏金　西條奈加
はむ・はたる　西條奈加
涅槃の雪　西條奈加
流離　佐伯泰英
足抜　佐伯泰英
見番　佐伯泰英
清搔　佐伯泰英
初花　佐伯泰英
遣手　佐伯泰英
枕絵　佐伯泰英
炎上　佐伯泰英
仮宅　佐伯泰英
沽券　佐伯泰英
異館　佐伯泰英

再建　佐伯泰英
布石　佐伯泰英
決着　佐伯泰英
愛憎　佐伯泰英
仇討　佐伯泰英
夜桜　佐伯泰英
無宿　佐伯泰英
未決　佐伯泰英
髪結　佐伯泰英
遺文　佐伯泰英
夢幻　佐伯泰英
狐舞　佐伯泰英
始末　佐伯泰英
流鶯　佐伯泰英
佐伯泰英「吉原裏同心」読本　光文社文庫編集部編
八州狩り　決定版　佐伯泰英
代官狩り　決定版　佐伯泰英